「推しに課金は当然の義務なので」
「俺はあなただけ振り向かせられれば良いんですから」
エルディア・ユクレール(エルア)
ユクレール侯爵家の長女。
中身は元日本人の転生者で、
有能なのに推しが絡むと残念な性格に。
アルバート・ベネット
エルディアの筆頭執事。その正体は、
元凄腕暗殺者のダンピール。
エルディアの最推し。

「今すぐ俺達と逃げてくれ」
リヒト・クラージュ
聖剣に選ばれた勇者。快活で
怖いもの知らず。誰かのために
最大限の力を発揮できるタイプ。
「お姉様のけはいが……」
ユリア・カログリア
聖剣の守り手の役割を担う聖女。
天真爛漫で無邪気で素直な性格。
エルディアをお姉様と慕っている。

悪役令嬢は今日も
華麗に暗躍する
追放後も推しのために悪党として支援します!

押さえておきたい3つのポイント

ポイント① 舞台

元OL主人公が「お金は貢ぐもの!」と人生を捧げて、推しのために課金をしまくってプレイしていたソーシャルゲーム「エモシオンファンタジー」が舞台。そのゲームの序盤のボスキャラ、ユクレール侯爵家の長女・エルディア（通称悪徳姫）に転生してしまう。

ポイント② 主人公は残念系女子

ゲームのエルディアと違い、中身は推しに貢ぎまくる元OL。シナリオを進めるため悪役を演じてはいるが、一度その仮面が外れると……「私のすべては推しのために!」「イエス推し！　ノータッチ!!」「推しに課金は当然の義務なので」推しへの愛故に残念な子になってしまう。

ポイント③ ゲームとキャラの設定が違う!?

推しその1の聖女ユリアはエルディアと敵対するはずが、何故かお姉様とめちゃくちゃ慕ってくるのですが!?

推しその2の勇者リヒトは、追放されたエルディアを勇者パーティに入れようとしてくるのですが!?

最推しのアルバートは、勇者パーティには加わらずエルディアの執事を続ける気まんまんなのですが!?

悪役令嬢は今日も華麗に暗躍する
追放後も推しのために悪党として支援します!
道草家守
ill. 春が野かおる

口絵・本文イラスト
春が野かおる

装丁
ムシカゴグラフィクス

Contents

Akuyakureijyō ha
Kyō mo Karei ni
Anyaku suru

プロローグ　推しの晴れ舞台！

人生を捧《ささ》げたソシャゲがあった。

そこで、全財産をかけても惜しくない推し達に出会った。

仕事で落ち込む時も無性に疲れた時も、励まされたことは数知れず。

初めてを味わい、何度も元気をもらい、色んな意味で胸が張り裂けそうな展開に頻繁にガチ泣きして、推し達の新たな一面を見るために死ぬ気でイベントを走って一喜一憂した。

彼らのおかげで私の人生は鮮やかに色づいた。

推しのためなら何でもできる。

そう、推しを輝かせるためであれば……。

悪役だって、完璧《かんぺき》に演じてみせよう！

◇◇◇

青々とした晴天の広がる庭園。

「エルディア・ユクレール！　貴様の爵位を剥奪《はくだつ》する！」

強く糾弾する声に、私の全身がぞくぞくと震えた。

恐怖からではない。歓喜からだ。

深紅のドレスを揺らしながらゆっくりと振り返れば、そこには憎々しげに私を睨《にら》むこのフェデリー国の第二王子、ウィリアム・フェデリーがいる。

うおおお！　こっちに来てリアル金髪を見慣れていても彼の金髪は群を抜いてきれいなんだよ！

青の瞳《ひとみ》は夏の青空みたいに澄んでいて浮き世離れしているし、二十代前半で王子業を立派にこなし、しかも軍部に所属しているばりっばりの戦闘キャラなんだから人気が出ないわけがないよな！

まあそんな風にウィリアムを愛《め》でている間も、周囲の参加者からの視線は痛いんだけど。

そう、今この王家所有の庭園で行われている園遊会は私、エルディア・ユクレールの罪を暴く糾弾の場となっていた。

国の要職についている者はだいたい集まり、世界の浄化を担う聖女と、主人公となる勇者くんをはじめ、彼らが仲間にする主要キャラクターまで勢揃《せいぞろ》い。私が人生を捧げたソシャゲ「エモシオンファンタジー」の、序盤では一番の大舞台である。

ウィリアムがその美しい青の瞳で、ぐっと私を射殺さんばかりに見つめながら続けた。

「この国の侯爵位であるにもかかわらず王家をないがしろにし、国を脅かした数々の悪行は目に余る。何より国家の宝である聖女を粗略に扱った罪は重い」

「ウィリアム様っ！　これはなにかの間違いなんです！　エルディア様がこんなことをするなんて何か理由が……」

フェデリー国で瘴気《しょうき》の浄化をする役割を担った聖女、ユリアが割って入る。しかしウィリアムは労《いたわ》るように微笑《ほほえ》みながらも、私からかばうように退けた。

「ユリア、優しいあなたには酷だろうが、今まであなたを悩ませてきた嫌がらせや事件はすべてこの女のせいだ。擁護する価値はない。後は私に任せなさい」

あああユリアちゃん私の推し！　雪のような淡い銀色の髪にエメラルドグリーンの瞳も生き生きとしている超絶美少女！　ぎゅってしてあげたくなるような儚《はかな》げな容姿なのに芯《しん》は強くて、怖くても世界を、大事な人を救うためだと旅に出る最高の天使！　しかも十六歳！

鈍感なところもあって、毎度周囲のアプローチをスルーするのも含めて推せる要素しかない！　そんな素直かわいい彼女に惚《ほ》れるしかないよね守ってあげたくなるよねウィリアム、その気持ちわかる！

私だってユリアちゃんをいじめるやつは万死だと思う。

だがすまんな、私がやらないとこの国どころか世界が滅亡しちゃうから！

これだけ心の中が騒がしくて大丈夫かって？　ふっ私の擬態は完璧だ、たとえ脳内で顔面崩壊していようと表はアルカイックスマイルを保っている。

まあとりあえず、様式美としてしらを切ってみるか。

私はこてり、と不思議そうに小首をかしげてみせた。

だって今の私は十七歳、豊かな栗色の髪に緑眼のすごく色気のある美女だもの。ぜってー似合う。

鏡だけ見れば最高に慈愛に満ちたお姉様顔だもん。

中身がアラサー喪女なんて言わぬが花だ。知っているやつはこの場に一人しかいない。

「あら、わたくしはただ貴族として、この国のため我が王のため、民のためを思って懸命に働いただけですわ。聖女候補として身を粉にもいたしましたし、王族に嫁ぐのに必要な振る舞いも身につけましたのに……いらないと、そうおっしゃいますのね？」

「しらじらしい。私はその裏で貴様が何をしていたか知っているぞ。そもそもこの件はすでに陛下にも報告され貴様との婚約はすでに破棄されている。罪もない者達をたぶらかし尊厳をもてあそび、堕落と破滅に導いた悪徳姫《あくとくひめ》め」

ウィリアムは憎々しげに吐き捨てた。

うおおおお！　いただきました悪徳姫！　エルディアの二つ名‼　ははははちゃーんと調べてくれたんだね私の悪行！

だから私は、とびっきり優雅に扇子を広げて微笑んでみせた。

この数年、全力で培ったお貴族（笑）スタイルは、さぞや悪辣《あくらつ》に傲慢《ごうまん》に見えることだろう。

「あら、皆様とはただ楽しんだだけですわ。甘いこの世の悦《よろこ》びを。それのなにがいけないの？」

我ながら甘い毒のように艶《つや》やかな声だった。

ふっ言ってやったぞ。悪徳姫の決め台詞《ぜりふ》！　ゲームで見た時はそりゃあもう絶望しかなかったけどまさか自分でやることになるとはな！

ユリアちゃんの横にいた茶色い髪の男の子が青ざめた顔でこちらを見つめていた。

「エルディア様、なんで、そんな……」

おっと茫然自失《ぼうぜんじしつ》だね、勇者リヒトくん。うふふ……その絶望顔が心に痛いと同時においしさでときめきがとまらない！

ごめんねえ、めちゃくちゃ君に優しくしたしその親切は嘘《うそ》じゃないし、この推したい気持ちは本物だけど。話の都合上、それだけじゃだめなのだよ。

「あら勇者様、西にあるゴーストの廃墟《はいきょ》の浄化に行ったあと大けがをされたと聞いてましたが、治りましたのね。その治癒力はさすが勇者ですわね」

「ゴーストどころかリッチがいたんだぞ！　知っていたはずの情報を教えずにリヒトを陥れたのはあんただろうがふざけるな！」

ウィリアムの隣に控えていた騎士アンソンが耐えきれなかったようすで怒鳴った。

ああそうよね！　君も推し！　熱血漢で大事なもののためにまっすぐ突き進める太陽属性！　君の防御力と貫通力にはゲームで大変お世話になりました！

「お前の身勝手な振る舞いのせいでどれだけの人間が不幸になったか！　お前さえいなければ幸せに平穏な日々を送れた者だっていたのだぞ！」

「あら、わたくしはただ求められたから教えただけですのに。選んだのは彼ら、彼女らですわ。それについてわたくしに言われても困りますの」

「このっ……」

「アンソンっ！」

勇者リヒトくんが止めようとするが間に合わない。

アンソンが剣を抜き、私へと突き出してくる。

ひえええ、やっぱゲームのエフェクトそのままに繰り出されると怖いなあ！

でも、悪徳姫たる私も一時期は聖女候補になったほど、魔力と魔法に長《た》けているさ。だからただ扇子を閉じるだけで防ぐのがゲームの展開なのだが……。

「エルディア様！」

そう声を上げてかばってきたのは、我が従者殿だ。

茶色い目と髪をした、どこにでもいそうな顔立ちの彼は、身を挺《てい》して盾になる。

気づいたアンソンが寸前で剣を止めたものの、私の心臓を狙《ねら》ってきた剣先は彼の執事服ごと脇腹《わきばら》を割いた。周囲のご婦人から悲鳴が上がる。

脇腹から血をしたたらせながらも退《ひ》かない彼に、アンソンは理解できないとばかりに声を荒らげた。

「どうしてそんなやつをかばうんだ！　そいつがやってきた所行を知らないのかよ！」

「……エルディア様には、ご恩がございますので」

特にこれといった表情を浮かべず、私の従者アルバートは淡々と答える。いっそ見事なほどの忠義っぷりに、アンソンの方が怯《ひる》んでいるくらいだ。だがしかし当の私といえば、顔をゆがめたいのをこらえていた。

理由はわかっているんだけど、おかしいどうしてこうなったという気分が拭《ぬぐ》えない。けれど彼は私をかばうように立つばかり。

ならば、貴族の令嬢エルディアとしては、大きくため息をついてこう言うしかない。

「わたくしの従者を傷つけるなんて、野蛮ですわね。フェデリーの騎士の質はいつからこれほど落ちたのです？」

「……っ！　……‼」

アンソンは怒りに顔を真《ま》っ赤《か》にしながらも、剣をあげようとしなかった。

うむ、すまんなほんと。

そしてさらにウィリアムに向き直る。表情はもちろんアルカイックスマイル。彼らにしてみればきっと優美に、毒々しく思えることだろう。

「仮に、あなたが先ほどおっしゃった恐ろしいことにわたくしが関わっていたとして。爵位を剥奪した程度でわたくしを止められまして？」

ぐっとウィリアムが言葉を飲む。うんうんそうだよね。だって私の悪事はフェデリー中を網羅していたんだもん。しかも、今回は尻尾《しっぽ》を出したけれど、その他は全部、エルディアがそこに居たという事実しかないのだ。

罪にふけっていたというのは貴族として醜聞ではあるものの、弱い。うんうん、そこんところうちの従者が手抜かりするわけないもん。

そう、だから私をここで捕まえることはできない。

ふわりと悪役らしい深紅のドレスを翻した私は、ウィリアムにとびっきり美しく微笑んでみせた。

「ウィリアム様、従者の手当てをしなければなりませんので、先にお暇《いとま》させていただきますわ」

「……ひとまず自宅で謹慎せよ。余罪についての処分は追って伝える」

「悪徳姫！　逃げられると思うなよ！」

悔しげなアンソンの捨て台詞に、私はひときわ優雅にカーテシーを決めてやった。

前世アラサー喪女だった私は現在、死ぬほど大好きだったゲームの世界で、序盤の悪役、悪徳姫を演じてます！

第一章　やり抜いた結果の大誤算

いやもうびっくりしたよな。

集めに集めた推しグッズの下敷きになって意識が遠のいたと思ったら、七歳の悪徳姫《あくとくひめ》エルディア・ユクレールになっていたのだ。

即座にわかったのは、屋敷内が見覚えのある背景スチルだったから。

時系列は本編の十年前だったけど、即座に推しが居るか確かめに行ったよね。

ただ行った場所は治安最悪な地区、しかも妖精《ようせい》ばかりの美少女が一人でほっつき歩くなんて自殺行為だったと笑うけど。あの時の私は、推しと同じ世界に居る喜びと別の存在に成り代わっている恐怖と悪徳姫である動揺で軽く我を失っていたから、若気の至りってことで許して欲しい。

この世界にうり二つのソーシャルゲームRPG「エモシオンファンタジー」は、主人公である勇者リヒト（性別、名前変更可）が、聖女ユリアの守る聖剣の主となったことから始まる。そして魔界の門から現れる暴走した魔物や世界の異変を調査し、その原因である魔神を倒すために仲間と旅をするストーリーだ。

メインキャラはもちろんキャラクター達が素晴らしく、心底惚れ込んだ私は課金をはじめリアルイベントもグッズもヲタ活と呼ばれる行為を網羅する勢いでハマっていた。

そう、だから知っていたのだ。

私がなってしまった悪徳姫、エルディアが物語上どれだけ重要か。

エルディアは、栗色の豊かな髪にけぶるような緑の瞳《ひとみ》が美しいユクレール侯爵家の息女だ。

この世界ではとても希少な「浄化」の魔法の適性があって、同じ聖女候補だったユリアとも顔見知り。田舎《いなか》出身だったリヒトくんの行儀作法の先生までしていたため、ストーリー序盤で彼女は二人を慈母のように優しくサポートする。

しかしその裏では様々な人間を捕まえて魔法の実験材料に使い、気まぐれに一般市民を殺し合わせ見世物として楽しむ。面白そうだからという理由で犯罪に手を貸し、快楽に溺《おぼ》れる人々を慈愛の微笑を浮かべながら足蹴《あしげ》にする。この世の悪徳すべてを養分にして咲く毒の花なのだ。

いわゆる確定悪として登場する彼女は、一見後で仲間になるお助けキャラにしか見えなかったことから、一章のラスボスとして現れた時には裏切られたユーザーが怨嗟《えんさ》の声を上げていた。私も上げた。

だがしかし、彼女が起こした数々の事件によって聖女と勇者、そして仲間達は絆《きずな》を深めるのだ。

要はこの人がいないと、さらに悪事を働かないとキャラクターが強くなるきっかけが一切ない。

つまり、推しが魔神に負ける。

この世界もキャラクターも大好きな私は、当然のごとく推しを輝かせるために、悪徳姫になりきることを決めた。

幸いにもストーリーは所持キャラ分のサイドストーリーも含めてエンドレスリピートしたおかげ

で、時系列も頭に叩《たた》き込《こ》まれている。だから、推しを死なない程度に鍛えるために全力で慣れぬ悪役を演じたさ。健全に正々堂々悪事を働いてね！

私の涙ぐましい努力の結果、歴史は無事に本編通りに進み、彼らは私が尊さに号泣するほどの団結を見せてくれた。

のだが、一つだけ。どうしても本編から外れてしまったことがあるのだ。

◇◇◇

帰りの馬車の中で、私は化粧が崩れるのもかまわず、ここまで耐えきった想《おも》いをクッションに爆発させた。

「あ――――っ！　さいっこうに、推しが、尊かった！　ユリアちゃん超かわいくない？　けなげじゃない？　悪徳姫なんて呼ばれてる私をそれでも信じようとしてくれるなんて天使すぎるだろう……勇者くんもまじ勇者。いや主人公の台詞はプレイヤーとして楽しんでた身だけどさ、実際に音声と動きが伴って超イケメン度が増してるんだよね。もうそのたんびにすげえときめく。しかもあの子現時点で仲間にできるキャラほとんどと交流持ってるんでしょ。もはやコミュ力チートじゃない？　しっかしウィリアムもアンソンも迫力やばかったよ睨《にら》まれてちびったけどそれって聖女ちゃんと勇者くんを想ってのことなんだからクソデカ感情まったなし……生推しやばい。ほんとやばい」

「……エルア様」

ゆったりとした座席でじたばたごろごろしていた私は、アルバートに声をかけられて、ようやく脳内ハッスルを収めた。

彼を見ると凡庸だった顔立ちが揺らぎ、再びはっきりした時には、射干玉《ぬばたま》のような黒髪と極上のアメジストのように濃い紫色の瞳の、怜悧《れいり》な美貌《びぼう》の青年に変わった。これがアルバートの本来の姿だ。

「うわやっぱり顔が良い」

もはや反射の勢いで呟《つぶや》いてしまうと、彼は呆《あき》れた顔をした。その目は若干どころではなく冷え切っている。おっとちいさくため息までつかれたぞ。

「あなたの推しへの狂喜乱舞ぶりは相変わらずですね」

「当然でしょ！　というかこれからしばらく近くで顔を拝めなくなるんだからその分だけね。思う存分堪能しとかないとと思ってさ」

「……それで恋愛感情ではないんですから、よくわかりませんが」

推しに関しては恋愛感情ではないというのが私の持論だ！

それはともかく、アルバートの斬られた脇腹がまだそのままだ。あんまり痛そうにはしていないけど、それで放置するようなものでもない。

「アルバート、傷の手当てしよう。というかアンソンの剣、普通に避《よ》けられたでしょうにどうして食らっちゃうのよ」

「あそこで普通の従者が筆頭騎士の剣を避ける方がおかしいです。それに、あなたのお手を煩わせるつもりはありませんよ」

　あっさりと言ったアルバートは、椅子の下に用意してあった救急箱を開けるなり、てきぱきとジャケットとシャツを脱ごうとする。服の上からは想像がつかないほどしっかりと付いた筋肉が浮く腹が見えたところで、私はぐふっとむせ込んだ。

「ななんで急に脱ぐかな⁉　その美しい腹筋はしまっちゃいなさい、目の毒なんだから！　リアルは刺激が強すぎるの！」

「傷の手当てすらさせてくれない主《あるじ》なのですかあなたは」

「そんなわけないじゃない、というかそれよりも私の血をなめたら良いでしょう？　あなたダンピールなんだから」

　吸血鬼と人の間に生まれた彼は、諸事情あって血を飲むと飛躍的に回復能力が高まる。一瞬だけ見えた傷口はもう血が止まっていたから、そうすれば一晩もかからず治るだろう。

　アルバートの腹から目をそらしつつも私が言うと、彼は理解に苦しむとばかりに眉《まゆ》を顰《ひそ》める。

「たかが従者の体を見ないために血を吸わせるなんて、あなたは相変わらずですね」

「私がおかしくなるのは推しに対してだけだから安心して。というかあなただけだから。ほんと勘弁して」

　私が切実に言うと、盛大にため息をつかれたあと、布の擦れる音がした。

「わかっていますよ。ゲームの『俺』が、あなたの最推しだからでしょう？」

「その通りよアルバート・ベネット。なんで私の従者なんてやってるの！」

「あなたが俺を拾ったからでしょう。あなたが一番よく知っているでしょうに」

ほんの少し声に呆れと冷たさを滲《にじ》ませるのも麗しい。

ええ知っていますとも、こちらに来て唯一にして最大のどうしてこうなった案件様！


そう、アルバート・ベネットは私の最推しである。

本編では二十六歳。襟足にかかる艶《つや》やかな黒髪、長い前髪に見え隠れする紫の瞳は宝石にも負けないほど鮮やかでどこか憂いを帯びている。中性的でありながら男らしさも漂わせる容姿は、芸術家といわれた方が頷《うなず》けるくらい繊細なのに、その実、闇夜《やみよ》に紛れて幾度も困難な仕事を完遂させるダンピールの凄腕《すごうで》暗殺者だ。

彼は、ゲーム内性能と、彼が背負った悲しい過去を含めてユーザーに絶大な人気を誇っていたキャラクターである。

本来この世界でのダンピールは身体能力が高いだけの存在でしかない。けれど、彼は吸血行為をすることで飛躍的に身体能力と回復能力が増すという特性がある。

それは、かつて囚《とら》われていた犯罪組織での実験が原因だ。

幼少期に拉致《らち》されて以降、実験という名の拷問を受けながらも暗殺技術を仕込まれ続けた彼は、それでもくじけずに仲間の子供達と励まし合いながら、いつか解放されるのを夢見て過ごしていた。

しかし自分が任務に赴いている間に、仲間達がすでに処分されたことを知った彼は、己の全技術を使って犯罪組織を壊滅に追い込んだのだ。

二度と親しい者を作らないと決めた彼は、法外な報酬でどんな殺しの依頼も引き受けるフリーの暗殺者になり、世界の裏で活躍しているのである。byアルバートのコネクトストーリーより！

けれど聖女と勇者のまっすぐな想いをぶつけられた結果、ほんの少しだけほだされて、彼らの魔神を倒す旅に手を貸すのだ。

つまりは明確には仲間に加わらずかたくなに一線を引いているが、どうしても力が足りない時に一番おいしいところをかっさらっていく存在なのである。あの園遊会の場でも勇者側として、エルディアが関与した罪の証拠を提示するお助けキャラ的な活躍をしていたはず。

そんなアルバートだったが、なぜかこうして悪役であるはずの私の従者としてそばにいた。

いや原因は私が彼を拾った……もといスカウトしちゃったせいなんだけど。

私がエルディアになった時期は当時七歳、つまりは本編前で推し達もまだ若かったり小さかったりする時代なわけですよ。しかもアルバートが囚われていた犯罪組織の拠点は、なんと私の住んでいた屋敷からそう遠くない地区で。

まだ転生ハイだか憑依《ひょうい》ハイだかだった時期なもんだから、てってこと場末の裏街に入り込んで探していたら、ちょうど彼が組織を壊滅させている現場に居合わせたのだ。

画面上よりまだ若い推《お》しアルバートは短剣を握りしめる手を緩めるのも忘れて、負った傷もそのままに、深い絶望と虚無の表情でたたずんでいた。

それを見て、私はこれが現実なのだと理解して。

これからさらに味わうだろう彼の辛苦と絶望を知る身としては、そのまま放っておくなんて耐えられなかったのだ。

……まあ、そんな小難しいことを考えたのはすべてやらかした後なんだけど。

ぷっつんと切れた私は、全力でアルバートを持ち帰り、傷の手当てと気が済むまで屋敷で雇用すると宣言して居着かせた。

当時の彼は十六歳。成長期特有の華奢《きゃしゃ》さが目立つ、どこに出しても恥ずかしくない美少年だ。

ふふふ、外見が七歳児じゃなければ許されない所行だったな。

本当に、ほんとうに。ただの出来心だったのだ。アルバートは一人を好むし、もうどこの組織にも属したくないと考えていて、何より一人で生きるすべを知っている人だ。だから、傷が治れば勝手に出て行くと思っていた。

にもかかわらず、彼はあっという間に使用人スキルを磨いていつの間にかユクレール家の家令になっていた。だけじゃなく私が転生者……とまではわかっていないっぽいけど、私の中身が成人していることやある程度この世界の未来を見通せることまで自力で気づいてしまったのだ。

あの時はビビった。「あなたが呟く『推し』という単語は未来の重要人物に対する名称ですか」なんてすまし顔で聞かれて魂が縮んだ。

一体全体なにが望みなんだ、いやあなたにだったら脅される前に全部差し出しますけど？　なんて大混乱していたのに、私がやっている「推しのための明るい悪役計画」を当然のように手伝いだしたのだ。

わけわからん。どうしてだ。と思いつつも彼の持つ暗殺者としての技術は、そりゃあもう重宝しているんだ。さらにユクレール家で雇っていたどんな使用人よりも居心地《いごこち》良くしてくれるもんだから、こっちから改めて理由を聞きづらいし。

そんな経緯があって、アルバートは凄腕暗殺者ではなく、スーパー従者様として。

十年経《た》った今でも私のそばに居る。

◇◇◇

馬車の中で私が視線をそらしている間に、アルバートはさっさと傷の手当てを済ませると、服を着込み直した。う、生腹筋見逃したのなんて後悔していないぞ。

こっちの動揺を知ってか知らずかアルバートは平然と話を続ける。

「俺がなぜ使用人をしているかなんて簡単ですよ。裏社会でしか生きられない職業より、名目上でも侯爵家の上級使用人の方がはるかに堅実でまっとうな職業だからに決まっているでしょう」

「ド正論ありがとう。でもそれなら別の仕事先も紹介するって言ったよね」

「別の仕事先って、あなたが別名義で投資している会社や商会にですか？　俺は経営している事業のほとんどに関わっているんですから今更でしょう。それに」

そこで言葉を切った彼は、私に呆れ混じりの冷めた目を向けてきた。薄く開かれた唇から覗《のぞ》くのはかすかに主張する牙《きば》だ。

「忘れてませんか。俺の体質」

「……さっきの手当てはそれを考慮した上での提案だったんですけど？」

彼は実験の副作用で、本来ないはずの吸血衝動があった。

最低でも月に一度は血液を摂取しないと体調を崩す。前の摂取からそろそろ一か月経つはずだ。なのに彼は私が言い出さない限り血が欲しいとは言わないんだよ。雇用契約書にもちゃんとお給料として明記されてるのにさ。

私が恨めしく半眼で見上げても、アルバートはちょっと眉を上げるだけで、答える気はないようだ。自分の体調に関わるんだからもっと労《いたわ》れって思うんだけどなあ。

「まあそれは抜きにしても。俺はダンピールです。差別意識がある中で、あなたの所以外で侯爵家の家令になんてなれる機会はありませんよ」

「現在進行形で泥船なんだけどねえ」

「すでに避難場所は用意されてるでしょう。手配したの俺ですよ」

ちょっと自虐を込めて呟いてやったのだが、アルバートは動じなかった。こんちくしょう。

頼んだことはだいたい何でもできてしまうスーパー従者様め。この上から目線も大好きです！

これじゃどっちが主かわからない。いや元々推しを推してるんだから立場は弱いのか？

私が思考の迷宮に陥りかけていると、ふ、と眼前のアルバートが真面目《まじめ》な表情に戻る。

この少し冷たい顔立ちが真剣に引き締まるのがほんと良い。

十年前に画面で見ていた表情差分、リアルで初めて見た時には思わず泣いた。

だって画面越しにしか会えなかった人が目の前で生きて動いているんだぞ。感極まるに決まって

るだろう⁉

今でも鮮やかな衝撃と感動を思い出してうっとりしている間にも、アルバートが聞いてくる。

「エルア様こそ、よろしいのですか。今まであなたがどれほどあの恩知らずどもの手助けをしてきたのか、誰《だれ》にも知られないまま姿を消すことになるんですよ」

「当たり前でしょ？　私は推しが幸せになってくれるんなら、それ以上のご褒美はないわ！」

「その推しのために数々の事業に出資して経済を回したあげく、国中の生活水準を引き上げた功労者が何を言ってるんです」

「それは結果的にだし。代わりに何にも困らないくらい稼がせてもらったし。なにより私が貢がないと推しに対する供給が出来なくなるんだもん」

だってさー！　ゲームではあったはずの魔法や技術が存在してなかったらビビらない⁉　シナリオ通り進めるためにも、研究所や手工業や商会を中心に資金を突っ込んだよね。

悪徳姫だってばれたらいけないから身代わりを立ててたんだけど、そしたら謎の投資家の話が一人歩きしたのは大誤算だった。

一般的なＯＬだった私に、物語の主人公のような内政や開発なんてできるわけがない。

あくまで私がやったのは、ユクレール家で死蔵されていたお金を推しが必要としている分野にぶん投げたことだけだ。お金がいっぱい使えるって神かよって思ったし、それで間に合ってくれるほどにこの世界の人達は優秀だったから本当によかった。

「……とりあえずこれからの話をしましょうか。あなたの知識ではこの後どうなりますか」

私がしみじみしていると、アルバートに肩をすくめられて話をそらされた。

聞いてきたのはそっちだろうが。時々私に対する扱いが雑な気がするんだけど、まあいいか。このままだとどうせ平行線だろうし。

「まずはこれでユクレール家の爵位剥奪《はくだつ》は確定よ。けれどエルディア・ユクレールは逮捕の手が伸びる前に忽然《こつぜん》と消える。国を挙げて捜索されるけれど捕まらずじまいになるわ。つまりこれからの数日が表舞台から消える絶好のチャンスなのよ」

この後、エルディアは盛大な置き土産《みやげ》を残して失踪《しっそう》する。死んだとも、現在敵と言われている魔族の仲間になったとも噂《うわさ》されることになるが、この後私が知る限り本編には登場しないのだ。

私が絶対的に自分に課しているのは本編シナリオの流れを変えないこと。穏便に歩むべきシナリオを変えずに、悪役である私が生き延びられるタイミングはここしかない。

だがこうして断罪イベントを乗り越えた今、めでたく私は悪徳姫という役割から卒業できるのである！　ここまでよくぞ頑張った。私。

「まあ、要するに手はず通りってことで」

「かしこまりました。屋敷に着いたら最後の準備をいたします」

あとちょっとで自由が手に入る、その感動に打ち震えていた私は、アルバートのいつも通りすぎる了承に我に返る。

「えーとさ、普通についてくる気みたいだけど。いいの？」

アルバートとこれから起きる未来を共有するようになって、私は気持ちの上でも軽くなった。

けれど、彼は本来なら勇者側の人間のはずだ。

私はアルバートがゲーム通りに進んでいれば、今頃《いまごろ》暗殺者という日陰の存在からようやく表舞台に立って、沢山の人に感謝される立場になっていたと知っている。

にもかかわらずこの断罪前にもそれとなく匂わせてみても、彼はあんまりにも当然のごとく私との先の話をするものだから、少々戸惑っていた。

私は推しが逆境に負けずに頑張る姿を愛しているが、それ以上にめいっぱい幸せになって欲しい。

これからの私はうまくすれば悪徳姫から解放されるとはいえ、表舞台には二度と上がることはない。そもそも私一ファンだし。たまたま「悪徳姫」なんて役になったから頑張ったけども、本来なら私は舞台に上がることすらおこがましい人間だ。ぐずぐずしていたとはいえ、さすがに彼のためにも説得して勇者側に合流してもらうべきなんじゃないか、と思うわけですよ。

そんな私の考えなど知らぬげに、アルバートはすこし眉《まゆ》を寄せたかと思うと腰を浮かす。

そしてとん、と私の頭の横に手をついてきた。

変形型のいわゆる壁ドンである。ぴゃってなった。

アルバートの黒髪がはらりと顔にかかり影になる。そんな中で彼は心底不思議そうに小首までかしげてこちらを覗き込んでいた。

「おや？　俺のこの顔、見飽きましたか？」

「もちろん見飽きるはずがない顔の良さですがなにか⁉」

常に思っているけど、アルバートはゲーム画面で見るよりずっときれいだし、一見表情が乏しく思えてもその実たいそう雄弁だ。なによりゲームよりも自分の顔の良さを利用するギャップにゲームの時以上に滾《たぎ》ること滾ること！　これ一生見蕩《みと》れるんだろうなあってレベルで尊い！

……っは！　喰《く》いぎみに肯定してしまった！

我に返って慌てたが、その頃にはアルバートはすまし顔に戻って離れていた。

「ならかまわないでしょう。あなたはのんきに『推し』とやらを愛《め》でていればいいのですよ」

「うっわひどいなこの従者。主ぞ、我主ぞ？」

「存じておりますよ……さあ、着きました。お手をどうぞ」

アルバートは馬車が停《と》まるなり、扉を開いて先に下りると、私に手袋に包まれた片手を差し出してくるのだ。私はうっと口を押さえた。

「……まって、今かなりときめいてるからまって」

「あなたは本当に、ゲームの俺が好きですね」

最後になにか呟《つぶや》かれた気がしたけど。

傷なんて感じさせず、優雅に振る舞うアルバートは最高に滾るほど従者様で、それどころじゃなかったのだった。

◇◇◇

アルバート・ベネットの主は、十七歳の少女である。

世間では「悪徳姫」などというたいそうな名前をいただいているが、表向きの仮面を一枚はげば、頻繁に情緒を崩す珍妙な娘でしかない。なぜ、あの本性に誰も気づかないのかとアルバートは疑問なのだが、それは自分が教えた芝居技術によるものなのだろうとわかっているだけに、少々複雑だ。

彼女の両親はそれぞれ秘密クラブや愛人の元に入り浸って放蕩《ほうとう》のかぎりを尽くしており、ここには滅多に帰ってこない。

十年前、エルディアが七つの時からずっとそうだった。

彼女は、組織を壊し尽くしたアルバートの前に唐突に現れた。愚かで甘ったるい幻想を抱いた報いを清算し終えた日だ。

経緯は酷《ひど》く陳腐である。己と同じく実験素材として捕まった仲間が、無惨な怪物と化しているのを目の当たりにした。組織が自分達と交わした「仕事を成功させる限り生かしておく」という契約を守るつもりがないと思い知ったのだ。

実験に失敗し、使えなくなった物は簡単に捨てる。そして「使える」アルバートはそのまま壊れるまで使い続ける。思えば単純なことだ。人間にとって他人の価値なんて大したものでもない。弱者はただ良いようにもてあそばれるだけだ。

弱かった仲間がこうなるのは当然の帰結だった。そう冷静に把握する自分がいるにもかかわらず、それを見た瞬間アルバートの視界は真《ま》っ赤《か》に染まった。

許せないと思った。一つ残らず根絶やしにすると誓い、そうしたのだ。

施設内すべての人間の命を奪い取り、血しぶきや肉片の飛び散る地獄絵図の中で、なにもかもがどうでも良くなっていた。指先一本動かすことすらおっくうで、だからこそ、酷く軽い足音にも顔を上げるだけだった。

それは子供だ。こんな場所には不釣り合いなきちんとしたドレスを身につけ、その衣装も霞《かす》むほど美しく整った容貌《ようぼう》をした、栗色の髪と深い緑色の瞳《ひとみ》の妖精《ようせい》のように現実味がない少女だ。どこかの魔族が、自分をたぶらかしに来たのかとすら思ったほど。

いや緑の瞳は浄化の魔法を扱える証《あか》しだ。たとえ身寄りがなかろうと、教会に引き取られ大事にされるはずの子供がどうしてこんな所に。

だが、見られたのなら殺さねば、と頭の隅で考えて短剣を握り直す。あんな華奢《きやしや》な子供なら、痛みを感じさせる間もなく屠《ほふ》れる。それだけの技術があった。

少女は、アルバートの様子など露ほども気づかず、桜色の唇を少し開いて、呆然《ぼうぜん》とこちらを見つめていた。刹那《せつな》、緑の瞳からぼろりと、涙をこぼしたのだ。

ぼろりぼろりと大粒の涙が少女の頬《ほお》を濡《ぬ》らし、床にまで落ちてゆく。それは恐ろしく生々しく人間と感じさせるのに、美しさは一筋も損なわれることはない。自暴自棄になりかけていた自分などよりも、よほど痛いと感じているような泣き方にアルバートは意識を奪われた。

そうして少女は、避ける間もなく血まみれの己の手を握って。

『最推しがズタボロなの無理いいぃぃ！！！』

訳がわからないことを絶叫した。

しかもアルバートの持っていた短剣で自分の指を傷つけて、アルバートの口に突っ込んできたのだ。自分の体質について知る者はもういないはずなのに、なぜそんなことをするのか。驚き警戒する前にそれをなめ取っていた。生きる気などなかったにもかかわらずだ。

そして、延々と泣き続ける少女に手を引かれるまま、大きな屋敷に連れ込まれた。

『傷が治って落ち着くまでうちに居てくださいマジ後生なので！　なんもできないけどお布団とお風呂《ふろ》とご飯はあるし、お金盗んでも一向にオーケーだしなんなら雇うし貢ぐので！！！』

少女とは思えない言動で支離滅裂な懇願をされた結果、そのまま屋敷に滞在することになった。

我に返ったアルバートはもちろん警戒を解くことはなかったが、少女が本気で自分を雇うつもりなのだと、言質を取られた次の日には制服が用意されていた時に悟った。

まあ訳がわからない。少女らしからぬ言動もそうだが、なんの益もないはずの少女が自分に構うことが理解できなかった。それでも死ぬ機会を逸してしまったアルバートも仕方なく、生活の基盤が作れるまで、この環境を利用することにした。

気味が悪かったが、侯爵家の使用人という肩書きは何をするにしても便利なのだ。

『私はエルディア・ユクレール。ただ、この名前が自分だってあんまり思えないから、エルアとでも呼んで』

そう名乗られたためにここが悪名高きユクレール家であることもわかったが、同時に、エルアが両親から放置され、彼女の両親を恨む使用人から虐待を受けていることも理解した。

エルア自身がケロリとしているために表に出ていないが、本来ならばすべてを呪《のろ》って破滅へと向かうだろう。自分はそうした。

なのにエルアはそんなそぶりすら見せず、アルバートを見るたびに幸せそうに笑い、言うのだ。

『アルバート、今日も生きててくれてありがとう！』

全身全霊で向けられる無条件の好意が理解できず、彼女がおかしいのかとすら考えたものだ。けれど、どこからどう見ても、少女の言動は本心からにしか思えない。

『……あなたは俺に命じないのですか。今はあなたが雇い主ですから、この顔が好みならばあなたが望む通りに振る舞いますよ』

『うっアルバートの敬語とか尊すぎてそれだけで充分すぎるのでなにもありませんとも！』

使用人らしい態度を取るだけで喜ばれるのだ。意味がわからない。

だがしかし、少女はアルバートが普通の女なら喜ぶような甘い態度を取っても、多少は嬉《うれ》しそうにするが本心でないとすぐに見抜いてしまうのだ。骨抜きにして安全を確保しようと考えた決まり悪さだけが残った。

そうしてまずほだされたのは、今までに関わってきたどんな依頼主よりも、アルバートを「使う」ことが上手《うま》いことだった。

『うーん、さすがに居心地《いごこち》が悪いだろうから、ちょっと屋敷内の人員整理を手伝ってくれるかしら』

エルディアがアルバートに「お願い」という形で命じる任務は、己が最高のパフォーマンスを発揮して完遂できる、恐ろしく難しくやりがいのある物ばかりだ。ある側面では自分よりも自分のことを理解しているのではないかと感じたほど。

しかも己が密《ひそ》かに屋敷の外で裏稼業の仕事をしていることを薄々悟っていても、やめろとすら言わなかった。もう誰《だれ》の下にもつく気がなかったアルバートが、仕えているという感覚すらなく過ごせる貴重な場所だと渋々ながら認めるしかなかった。

何より彼女はいつでも己を手放す気満々だった。アルバートのことを誰よりも優秀だと認めているにもかかわらず。

『アルバートがやりたいと思う道を進んでね。あ、でも幸せになってくれなきゃ嫌よ』

『したいことなんてありませんし、もう暫《しばら》く、あなたの従者をしますよ』

そう彼女の従者に収まるために言った言葉は、半分本当で半分嘘《うそ》だ。

彼女の思惑通り離れるのがしゃくだったのが一つ。この娘に自分から懇願させてみたいと思ったのが一つ。そして、警戒心からの観察だったはずが、ただ目で追わずにいられなくなっていただけだと認めるのが悔しかったのが一つ。

彼女の奇行も慣れれば愉快で、時々わざとつつけば面白いほど過剰に反応する。何よりもこの温かさを悪くないと思った時には、離れるという選択肢がなくなっていた。

『ひえっ、今笑った⁉　あのアルバートが笑ったのめっちゃ尊い……』

『ですので、抱えている秘密を洗いざらい吐いてください。あなたが呟く「推し」という単語は未来の重要人物に対する名称ですか』

そう聞いた時の彼女の焦り顔はたいそう見物だった。

ずっと観察していたのだから、彼女の抱える秘密に気づいたのも必然だ。一度居座ると決めれば、すべてを知りたくもなるし自分が当てはめられている「推し」という概念について気になりもする。

自分の全技術を使って少女を尋問すれば、彼女はあっさり陥落して白状した。

ただ異なる世界で遊戯としてこの世界を知っており、そこで見た良い未来へ正常に向かうように働きかけようとしていた、などという話はにわかには信じられなかったが。

それでも彼女の内面がひどく大人びている理由と、なぜアルバートを救ったのかという理由の納得につながった。

『で、その未来にたどり着くために何が必要なんですか』

『……は』

『あなた一人じゃ手が足りないでしょう。俺のような優秀な人員が必要なのではありませんか』

『自己肯定感ＭＡＸなアルバートって新境地では？？？』

ぽかんとする少女の顔に徐々に歓喜が広がるのに、アルバートは満足する。満足した理由については蓋《ふた》をした。

アルバートという協力者を得た少女は、それはもう精力的に働いた。

彼女の行動は大胆で無茶で破天荒で、恐ろしく的確だった。大陸中に名をとどろかせる商会を作り、数々の事業や研究を進めた上で、貴族としての義務を果たしながら聖女教育を受ける。

表に出られない彼女の代行はアルバートがしたが、それでも未来を見通せるだけではできない様々な事柄をしてのけた。にもかかわらず少女は、自分の立ち位置は「悪役」だからと、誰からも讃《たた》えられない位置に甘んじた。

いや、おそらく甘んじているという意識すらないのだろう。

彼女は「推し」のためであれば自分を犠牲にして動く。彼らの幸せが自分の存在意義で自分も幸福だからと言って。その対象は、あの勇者や聖女だけでなく周囲を固める人間達にまで及んでいた。聖人君子でもそうはいかない、まさしくおとぎ話の聖女のような無私の慈愛を振りまいているのだ。にもかかわらず、彼女がどれだけ身を犠牲にしているか、彼女によってどれほどこの国が救われているのか誰も知らない。どころか、彼女を悪徳姫だと罵《ののし》り唾《だ》棄《き》するのだ。のうのうと彼女を悪役として扱い糾弾しているやつらにも、自分を捧《ささ》げる彼女にも腹が立つ。なにより他の「推し」に心を砕く彼女が恨めしい。

だが同時に、自分しか知らないというのに酷く優越感を覚える。

そう、少女と過ごしているうちに、アルバートはある感情に悩まされるようになっていた。

彼女が惚《ほ》れ抜いているのが、彼女の見通したゲームという世界線の「アルバート」だと知った時、湧《わ》き上がったのは悔しさと嫉《しっ》妬《と》だ。

見知らぬ……しかも存在しない己に対して、滑稽《こっけい》だと己をあざ笑いもするが、それでなくなるものでもない。よく人間くさいものに振り回されるようになったと思うが、それが今の己だ。

ただゲームの中の自分を彼女から聞くたびに、確かに一人だったらそうしたかもしれないと思うと同時に、彼女の心を奪う「自分」が恨めしくなっていたのだった。

「……ゲームの『俺』に、いつになったら勝てるんだろうな」

宵闇《よいやみ》に沈む屋敷内を巡回しつつ、アルバートはため息をつく。このユクレール家の屋敷には、現在最低限の使用人しかおいていないため、一層静かなものだった。

エルアは早々に寝かし付けてある。はじめはいろいろと理由を並べ立てていたが、ゲームの中の自分がよくしていたらしい仕草で見下ろしたとたん、親指を上げてベッドに沈んでいった。

そのてきめんぶりを見るとこの娘は大丈夫なのかと少々心配になるし、割りきってはいても面白くはない。

ことあるごとに、彼女が自分を手放そうとするのは、彼女の記憶に刻みつけられた「アルバート」との齟齬《そご》を感じているからなのだろう。

自分の抱えるこの想《おも》いが従者としてふさわしくないものだと知っている。

「推し」の概念については彼女にいくら語られようとわからなかったが、彼女が自分を男として見ようとしないことは理解していた。

だがアルバートは己の選んだ道に後悔はしない。彼女が明確に自分を必要ないと言うまでは、知らない振りをしてそばに居るつもりだ。

それでも、思うことがなくはないのだ。

「エルア様はなぜ、ああも気楽に血を吸わせようとするんだ。いやあの人は全部ひっくるめて『推しのためなら！』と叫ぶ人だったな」

だから自分が悩むはめになる。

彼女の手足となって働くアルバートは知っている。この国がどれだけ彼女によって延命されているか。にもかかわらず、この国は彼女に優しくないし、愚か者ばかりだ。

ようやく表舞台から去ろうとしている自分達に対し、こんなものを送り込んで来るくらいには。

アルバートがかつん、とわざと革靴の音を立てて立ち止まってやると、窓から侵入しようとしている襲撃者達がこちらを振り向いた。あれだけ目立つ園遊会でエルディアの爵位剥奪《はくだつ》が宣言されれば、利用価値なしと考え、恨みを持つ組織が復讐《ふくしゅう》に来るだろうとは考えていた。

しかしこの距離になるまで自分の存在に気づかないとは、とアルバートは評価を下げる。

まあこれでも国中から指折りの腕利きを揃《そろ》えたのだろう。

屋敷のあちこちから交戦の気配がした。この質でも、ここまで数を揃えればかなりの脅威だ。

ここが、ユクレール家の屋敷ではなく、相手がアルバートでさえなければ。

「……まったく、このような夜更けにぶしつけな訪問ですね。おおかた俺達を始末しに来たのでしょうが。悪徳姫の居城を見くびられたものです」

慇懃《いんぎん》に、だが嘲弄《ちょうろう》を込めてため息をついてみせたとたん、襲撃者達は一斉に襲いかかってきた。

しかしアルバートは慌てず、袖《そで》から取り出した暗器を無造作に投擲《とうてき》する。

鋭く飛んでいったそれらを暗殺者達はたたき落とすが、その頃《ころ》にはアルバートが肉薄していた。

いつもよりも乱暴に、一番近い一人の胸部へ掌底を放つ。

男が前屈《まえかが》みになったところで、容赦なく頭を引き寄せ膝《ひざ》を打ち上げてやった。

アルバートはエルアの従者となった。だが今まで培った技術は、彼女のそばにいれば使う機会はいくらでもあった。むしろ鈍らせれば即座にエルアへ危害が及ぶ過酷さだったため、今でも研鑽《けんさん》を欠かすことはない。

おそらく、フリーで暗殺者などをしているより、ずっと今の己の方が強い。

鼻を折られた一人を放り投げて傍らにいた者にぶち当て、背後に回っていた一人にひねりを効かせた蹴撃を食らわせた。壁まで吹っ飛んでいくそれを見送ることもせず、腰の短剣を抜いたアルバートは、飛んできた針を無視して肉薄する。

普通の人間よりも肉体が頑健な自分にはこの程度、傷のうちに入らないからだ。

たとえ毒が塗られていたとしても行動に支障はない。

しかし、刺さったとたん、じゅうと肌の焼ける熱を感じ、軽く体から力が抜ける感覚を味わう。

「銀メッキの武器ですか。多少は調べているようですね」

だが、アルバートは純粋な吸血鬼ではない。

その弱体化を無視したアルバートは予定を変更した。

針を飛ばしてきた男が剣を構える前に接近すると、みぞおちをえぐり、体勢を崩した所を剣の柄《つか》で叩《たた》いて床に沈める。相手を制圧したアルバートは、即座に男の顎《あご》を掴《つか》むと、懐から取り出した小瓶を無理矢理嚥下《えんか》させた。

咳《せ》き込んだ暗殺者は愕然《がくぜん》とした顔をする。その反応の理由はアルバートにとって明白だ。

「やはり、自死用の毒を仕込んでいましたね？　あなた達のような人種が失敗すれば何を考えるかくらいお見通しなんですよ」

これはエルアがゲームの知識を用いて、お抱えの魔法研究者に作製させた強力な回復薬だ。

特に今アルバートが使用したのは、どんな毒薬でも死ぬ前ならばたちまち癒やすという代物。

たとえ知識があったとしても、まだこの世界になかったものである。それをあっさりと実用化にこぎ着けさせるのだから、彼女は恐ろしいほどの天才だと思う。

けろっと「だって推しに必要だったから」とのたまった彼女が、価格崩壊を起こす値段で流通させようとした時は、壁と足で逃げ道を塞《ふさ》いで懇切丁寧に説得した。

鼻血を噴く勢いで正体を無くされたのはかなり不本意だったが。それは今はいいのだ。

「安心してください、あなたの傷を一瞬で治す薬もあります。さて、後顧の憂いを断つためにも、雇い主は知りたいところなんですが」

死ぬ手段を失った暗殺者はアルバートを見上げて震えている。

これを見てもまったく心は痛まないのだから、自分は表の職業には向いていない。

つくづくそう思いつつ、きれいに微笑《ほほえ》んだ。

「俺は今、最高に機嫌が悪いんです。早めに吐かないと指、なくなりますよ?」


血の臭いにアルバートは酩酊《めいてい》感を覚えつつも、きれいに洗い終えた手に再び黒い手袋をはめた。

銀の針が刺さった箇所がじくじくと熱を持っている。治りかけていた脇腹《わきばら》の傷も開きかけているようだ。少々気が立っていたとはいえ乱暴な戦い方をしたことをうっすらと後悔した。

だが、そうでもしないと気が紛れなかったのだ。

「そんなに簡単に、大事な人を噛めるわけないだろうが……」

あの娘はそのあたりの情緒が限りなく足りないのだ。わかっていて心を傾けてしまっている身としてはどうしようもない。

ただ、月に一度の摂取が近づいているためか様々な自制が甘くなっている。気をつけなければ。

各所では部下達がすでに始末をつけたと報告があった。後は何を報復とするかだけだ。エルアの身の安全を考えるのであれば、後顧の憂いは断っておきたい。

算段しつつ、一応エルアの部屋の様子を見に行こうとした時。

彼女の部屋の騒がしさに気づいて、アルバートの血の気が引いた。

◇◇◇

最推し《アルバート》に生のファンサを食らってしまった私は、大人しくベッドに沈み込んだ。

も――……襲撃イベントが起きるとしたら今日だから、私だって備えていようと思ったのに、アルバートは「使用人の仕事ですので」って押し切るんだもん。

こういう時ばかり顔の良さを存分に使ってさあ。おのれ、顎クイなんてされたら言うこと聞くしかないじゃないか。

ぶつぶつと不満たっぷりに布団に潜り込んでいた私だったが、かつん、と窓になにかぶつかる音が響く。

……おや、ここは完全に私の気配を遮断している特別仕様の部屋なんだけど。さらに外から見ると窓すら認識できないような阻害魔法がかかっているはずなのだ。そこにピンポイントでぶつけてくるとは、どんな魔法使いだ？

私はすぐにでもアルバートを呼べるように警戒しつつ、眠ったふりを崩さないまま自分の武器……魔晶石の填《は》められた杖《つえ》代わりの腕輪を確認する。手慣れてるって？　しょうがねえだろ！　悪徳姫ってほんっと暗殺されやすいんだ！　自衛自衛！

武器を握りこんだあと、窓が見えるようにごくごく自然にごろーりと寝返りを打ってみて、死ぬっほど驚いた。

「早くしないと見つかるぞっ」

「わ、わかってるわ！　ええとうん、こうして……えぇーい！」

私は、夢を、見ているのだろうか。

パリーン！

魔法がかかっているはずのガラスを思い切りよく割ったのは、救国の聖女ユリア《推し1》。その後ろから続けて室内に入ってくるのは、聖剣に選ばれし勇者リヒト《推し2》だった。

推しが目の前に居ることと、自分の部屋に侵入しようとしている事実と、まったく素のままで対面することになった私は頭がパンクした。

具体的に言うと眠ったふりなんてかなぐり捨てて飛び起きた。

当然私に気がついたユリアちゃんとリヒトくんは、ぱっと表情を輝かせて駆け寄ってきた。

「起こしてしまって申し訳ありませんエルディアお姉様！　ですが緊急事態なのですっ」

「ああ、エルディアさん、今すぐ俺達と逃げてくれ」

「…………なんて？」

ユリアとリヒトに口々に言われた私は、悪徳姫の仮面すら忘れて素で問い返した。

え、まって。まって。

なんで二人がここに居るの、ユリアちゃんそんなお姉様なんて呼んでなかったでしょ？　そもそもリヒトくん逃げてくれってどういうこと？　こんなイベントなかったよね⁉

どうしてそんな熱っぽい視線で私を見つめているわけ⁉　まるで推しでも見るみたいに！！！

だけども私の素の問いかけを都合良く解釈してくれたらしいユリアちゃんは、そりゃあもう、イベント差分のようにかわいく頬《ほお》を染めた。

「ずうっとずうっとお呼びしたかったんです。教会育ちで世間に疎《うと》かったわたしをお姉様は叱咤《しった》激励してくださいました。だけでなく、ただ漫然とお役目を果たそうとしていたわたしに、生きがいをくださいました。お姉様が居てくださったおかげで、わたしは聖女になれたんです。だからお姉様の窮地にはお役に立たなきゃと思いました！」

「俺も！　周囲が腫れ物《はれもの》みたいに俺を扱う中で、あなたは平静に必要なことを教え込んでくれました。故郷が恋しくて訓練に身が入らなかった時に、エルディアさんが突き放してくれたから、勇者として立つことができたんです。だから世界を救うための勇者が、恩人を救えないなんてあっちゃいけない」

ええええっとぉ⁉　今回の出来事でウィリアムに私の悪事の証拠を見せられているはずだし、何より彼らも薄々私が犯人だって感じていたはず。今回で確固たるものになってショックを受けている

んじゃなかったかな⁉

そりゃあせっかく推しと同じ空気を吸えるんだ、シナリオ改変にならない程度に関わりは多くしてたけど、こんなに懐かれるようなことはしてないはずなんだ。

もしや清廉潔白で優しいエルディアの仮面が嘘《うそ》（笑）とわかってない？

「わたくしを助ける？　あなた達に助けられるいわれなどありませんのに。それにねえ、ウィリアム様からわたくしの罪状を聞いたでしょう？　もしそれをわたくしが実際に犯していたとして、あなたはその責任をとれますの」

ようやっと悪徳姫の仮面をかぶって冷淡に応じてみたものの、内心は心臓ばっくばくだ。

だって不意打ちすぎない？　推しが自分の部屋に居るんだぜ。理性保てているのが奇跡だって。

なのにリヒトくんは怯《ひる》んだ顔をしつつも言うのだ。

「知っています。今まで俺達が解決してきた事件にエルディアさんが関わっていること。魔界の門が開いた場所に、ちょうどエルディアさんがその場にいたことも。でもそれってなにか理由があったんですよね？」

私としっかり目を合わせる彼は、とてつもなくまっすぐだった。

「だってフェデリーでずっと問題になっていた貴族の搾取や人身売買も、あなたが関わらなければ明るみに出なかった！　隠れ続けていたこの国の闇が見える形になったのはあなたがいたからだ。それは偶然ですか⁉」

「魔界の門のそばにいらっしゃったのだって、わ、わたしの浄化が必ず間に合う時でした。とっても厳しい戦いだったけれど、お姉様が事前に訓練をしてくださったことが役に立ちました！　そうやってわたし達を助けてくれていたんですよねっ」

ま、まぶしい！　まぶしいよリヒトくんユリアちゃんっ。

私が悪事に手を染めると決めた時、心に誓ったことがある。

それは誰《だれ》もが手を出せない、解決をあきらめるような犯罪であること。

だって勇者くんと聖女ちゃんは、この世界の中心にいる。そして私は彼女達の敵役だ。だから私という悪役が関われば、必ず白日の下にさらされるのだ。

それが、私の行動で不幸になる人に対してのせめてもの罪滅《はんざい》ぼしだ。

なまじっか間違っていないだけに、下手《へた》に否定するとぼろが出そうだ。

ただね、訓練は攻略法をそれとなく盛り込んでアドバイスしたけど、魔界の門についてはまったく関係ないんです！　そ、そばに居たのは推しの雄姿を見たいのといざという時のサポートとしてこっそり待機していたら、なぜか絶対にばれるってやつだったんだ。

とはいえ思ったよりもリヒトくんとユリアちゃんの主張に根拠があって、言い逃れの仕方が思いつかない。穏便に悪役だと思って暗殺しにきてくれる方がまだマシだったぞ⁉

私が顔面には出さずともうろたえていると、たたみかけるようにユリアちゃんが鞄《かばん》からなにかを取り出した。

ひいっ！

「そ、それにわたし、お姉様の発行されたご本のファンなんです――――！」

ユリアちゃんが持っていたのは、薄い本。そう、私が耐えきれずにしたためた、ビーでエルな数々の小説だった。

だって耐えられなかったんだよ、推しの世界に居るのに目の前に大量の供給があるのにこの萌《も》えを誰とも共有できないなんて！

ならば沼に引き込もうと、侯爵家の力と裏社会で築きあげた力を全力活用して、……具体的には元からあった技術にちょっと出資して、印刷業界活性化させた！　お金の力すごい！

というわけで萌えの丈を書き殴ってはそっと放流していたのである。

だってずっと悪徳姫で居るのもしんどかったんだよ。素に戻れる場が欲しかったんだよ。それでも匿名性だけは絶対に守ろうと、ペンネームを使っていたし顔出しもリアルイベントも断腸の思いで行かなかったんだけど⁉

「こんなに誠実に愛を語られる方が、あのようなことを引き起こしていたのは何か理由があるに決まっています！　だって！　こんなにも胸がどきどきしますもん！」

「まってね、作家の人格と創作物は結びつけちゃいけないのよ」

「それでも感想の返信はとっても丁寧で誠実でした！　だから教えてくださいっお姉様っ」

「そもそもなんでわたくしだって思いましたの⁉」

私の悲鳴のような絶叫に、ユリアちゃんが真顔で言う。

「わたし、えるるんです。ゆくゆくさんですよね」

「まじかよ常連さんだった……？」

えるるんのゆりゆりしい話大好きだったんだけど今知りたくなかったかな⁉

ってもしかして……。

「ゆくゆくさんとお姉様の言葉選びが似ていて、何よりウィリアム様とアンソン様に似た方が出てきましたのでもしかしてと思ったんです！」

「ああああああ盲点だったああああ――――！」

この世界で私が提唱した同人創作文化は王都で爆発的に広がってな。素人《しろうと》が投稿する同人雑誌ができるまでに至ったのだ。

そこでは出版社を経由して、匿名でファンレターを送れるサービスをしていてだな。ユリアちゃんことえるるんと、私ことゆくゆくは雑誌では常連になっていて、匿名とはいえ頻繁に感想を送り合う仲だったのだ。

うあああん。筆跡読み取るなんて芸当、私にできるわけないだろう。それでも警戒して私の手紙はうちの子に代筆を頼んでいたんだ。まさか言葉選びの癖で見抜かれるとは思わないじゃないか。

私が絶句していると今度はもじもじと顔を赤らめたリヒトくんが言い出した。

「お、俺もあなたの書いた、女の子同士の……その恋のお話がすごくどきどきして、新しい世界を知ったんです」

「リヒト、それは百合《ゆり》って言うんだって教えてあげたでしょ」

「そ、そうだった。百合の話がすごく好きです！」

まってくれ私が書いた百合話って、年上のお姉様が年下妹分に悪戯《いたずら》をしかけるけど、惚《ほ》れた妹分がお姉様に下剋上《げこくじょう》するとかはちゃめちゃきわどい話ばかりだぞ⁉　その様子だとユリアちゃんリヒトくんに布教したの⁉　沼に突き落としたの⁉　というか推しに私の創作物を見られていたなんてええええ⁉

ほぼキャパオーバーで震えていると、いつの間にやら近づいてきていたリヒトくんとユリアちゃんにそっと手を握られる。

「あなたはこのままだと弁明できる機会もなく殺される。絶対俺達が守るから。このままついてきてくれないか」

「お姉様は、きっとなにか知っていらっしゃるんですよね」

「あの、うえっえっ」

うろたえている間にも、ぎゅっと、握られた手に力を込められる。

そして、リヒトくんの褐色の瞳《ひとみ》とユリアちゃんの鮮やかな緑の瞳に見つめられた。

「この国は、どこかおかしい」

「わたし達は、この国の……そして世界の異変を確かめる旅をあなたとしたいんです」

うわあああ数々のキャラを落としてきた殺し文句ぅぅぅ！！！！

なんで悪役であるはずのエルディアが聞いてるんだよおおおお！　嬉《うれ》しいけれど違うだろう⁉

しかもこの国の異常性にもうっすら気づいてるっぽいしっ。

今までシナリオ通りに進んでいたはずでしょ、あれ私いったいどこで間違えた⁉

そもそも今、彼女達がここに居るのもまずいんだ。

誰かこの混沌《こんとん》から助けてくれ！

「エルア様っ！」

ばんっと、寝室の扉を開けて駆け込んできたのは、我が頼れる従者様、アルバートだ。

アルバートは手を握られている私とユリアちゃんとリヒトくんを見るなり、ぐわっとその気配を変えた。

それは紛れもない、怒気と焦りだ。

紫の瞳が炎のように揺らめいたと思った瞬間、一気にリヒトくんに向かってきた。

リヒトくんも、さすが勇者という素早さで腰の聖剣を抜いて応戦する。

金属がぶつかる鈍い音をさせながら、アルバートの短剣とリヒトくんの剣が交錯した。

聖剣の切れ味はさすがのもので、アルバートの短剣は二合目で折れる。

しかし、アルバートは折れた短剣で手の平を斬った。とたん、傷口から吹き出した血液は鮮やかな鎖の形をとってリヒトへと襲いかかった。

やっぱい、よっぽどのことがない限り人前では出さない吸血鬼のスキルまで使っただと。つまりアルバートはここでリヒトくんを仕留めるつもりだ！

「っ吸血鬼⁉」

ユリアちゃんが驚きの声を上げてとっさに浄化の魔法を発動させる。確かに、魔物……その中でも知能のある魔族に分類される吸血鬼に対して浄化の魔法を使うのは正しい。

だけど、煌々《こうこう》とした光の奔流は、アルバートを素通りするだけで止めるには至らない。

そりゃそうだよ！　浄化の魔法は暴走した魔物に有効なんだもん。暴走してないアルバートにはただのまぶしい光でしかない。

「ユリア！　先行っててくれ！　こいつ強いっ」

「はいっお姉様、こちらですっ」

「その方をはなせ！」

たちまち激しい応酬が繰り広げられる中、私はユリアちゃんに手を引かれてベッドから転げるように降りる。

いやいやまってこれはまずいって、なんでアルバート殺意満点で……そっかこんな所に勇者がいたら私を害されると思うよな。

だめだこりゃ、私がなんとかしないと！　ごめんねユリアちゃん！

ユリアの手をふりほどくなり、私は床を素足でがつん！　と踏みつけた。

私の得意な魔法、それは影に関するものだ。つまり夜で暗いこの部屋では一番有利なんだよっ て！

「ここはわたくしの部屋です。全員静かにしなさい！」

とたん、私の足下から伸びた影は彼らを拘束した。

ユリアちゃんはもちろん、リヒトくんも私がどんな魔法を使うかは知らなかったんだろう。

まあ特殊だからね！　殺傷能力ほぼなし！　陰険悪役にふさわしい魔法そのものですので。

だけど、今回は効果ばつぐんだ。

「わっ」

「きゃっ⁉」

「……っ！」

その場に硬直するリヒトくんとユリアちゃん、そしてアルバートに、私はようやくまともに息が吐けた気がした。やれやれ。

なんとか呼吸を整えた私は、まだ目を殺意にぎらつかせる彼を落ち着かせるために言葉を選んだ。

「アルバート。この方達はぶしつけではあるけど、わたくしを心配していらしてくださったみたい。追い出すのは待ってちょうだい」

「……その前に、状況のご説明を願ってもよろしいでしょうか」

あれ、アルバートが食い下がるのは珍しいが、今のうちに情報共有はしといた方がいいか。

だから私は困惑を滲《にじ》ませて、あくまで気位の高い悪徳姫風に言ってみせた。

さっきは崩れた？　そんなもん幻覚だ、幻覚。

「驚いたことに、わたくしのことを親しく思ってくださって、身の潔白を証明しようと申し出てくださったのだけど。わたくし、共に行くわけにはいきませんもの。ねえわかるでしょうアルバート」

意訳、この子達、私を妙な感じに崇拝してるんだけどどうして。ついて行くなんて言うわけにはいかないから穏便に追い返す方法を考えてヘルプミー！

そう、このまま勇者一行に加わることなどできるわけがない。

エルディアは悪徳姫。悪のまま終わらなきゃいけないのだから。それに私もストーリー通りの未来にするためには、まだまだやることがあるし、というか全っ然推しを愛《め》で足りないわけですよ！

我がスーパー従者様であるアルバートは、私のテレパシーをわかってくれたみたいだ。

まかせて、とばかりに目顔で応じられた。オーケー私の推しを信じるぜ。

目で会話をしたあと影を解くと、アルバートは手に持っていた血の鎖を霧散させるなり私に向き直った。

「エルディア様、あなた様はご自分が思っていらっしゃるより、悪に徹し切れてないのですよ、勇者しかり聖女しかり。あなたの悪は影響力が強い。生まれさえ間違えなければもっと日の当たる世界に居られたはずだ」

「アルバート？」

え、なに急に言い出すのなんで切なそうな顔するの。それ私があなたに思っていたことだけど。

私が思わず声を上げようとした時、アルバートの熱のこもった紫の瞳に見つめられた。

「ですが、あなたは、想《おも》うことを俺に許してくださいましたよね」

はい？　初耳ですけど？

意味がわからず目を点にしていると、アルバートはゆっくりと私の手に己の指を絡めた。

どうしたのなんか動きがえろいんだけど。

はい？？？

しかも私の動揺なんてなかったように、そのまま腕を引かれて閉じ込められた。

「きゃっ」
かわいらしい悲鳴を上げたのはユリアちゃんだ。あっそうだよね、あなたこってこての恋愛もの
も大好物だもんね。
あれまってこれもしかしてアダルティな空気ただよってない？
そんな声を上げたかったけど、合わせてっていうようなアルバートの視線を忘れてなかったから、
かろうじて悪徳姫の仮面はかぶっていた。だがしかし、言うまでもなく心臓は耳から飛び出そうな
ほどばっくばくである。
なのにアルバートは心底愛《いと》おしげに、すい、と私の手を持ち上げると、指先に唇を寄せた。
「この肌に牙《きば》を立てることを許してくださったその時から、俺はあなたが運命から解放される日を
待ち望んでいた。それでも、勇者達について行きたいと望むのでしたら、俺は姿を消しましょう。
所詮《しょせん》俺ははみ出し者ですから」
ようやっとアルバートがやろうとしている芝居を把握したが、それにしてもなんでそれを選んだ
んだ。でもそれが穏便に収められそうなのも確かだ。
だから私は、言葉を遮るようにぐいとアルバートのタイを握って唇が触れそうなほど引き寄せて
やった。超手が震えてるがユリアとリヒトには見えないだろう。
どうやら、これを機に外へ逃げようとしている身分違いの恋人同士と思わせるつもりらしい。
確かに純粋なこの二人には情に訴えるのが一番だ。やるぞやってやるぞ。
心臓が口から飛び出そうなくらい緊張するが、それでも驚いたアルバートの顔を睨《にら》み上げた。

「わたくしが、約束を破る女だと思われているのだったら心外だわ。わたくしはあなたが一番なの。何度言い聞かせたらわかるのかしら」

あなたが揺るぎない最推しなんだよ。ゲームでも今でも。なんかもう自分でも何言いたいかわからないけどこれで充分よね⁉

ぱっとタイを放した私は、ユリアちゃんとリヒトくんを振り返る。とたん、二人はぴゃっと肩を震わせて真《ま》っ赤《か》になった。

「わたくしにはこの男との先約があるの。だからあなた方にはついていきません」

「は、はい……」

なんだこの三文芝居、とちょっと心が引きつるのを耐えていたのだが、純粋な二人は完璧《かんぺき》に信じてくれたみたいだ。

こくこくと頷《うなず》いたリヒトくんにほっとする。

だけど、ぞわりといやな気配を感じた。

「ふあ⁉」

ユリアちゃんも同時に気づいたようで急に胸を押さえて外を振り返る。

これはこの世界を脅かす魔界との道……魔界の門が開いた感覚だ。

やっぱりな。

「ユリア、どうしたんだ⁉」

「ま、魔界の門が開いて、魔物が来ます……っ！」

「ど、どこかわかるか」

「街の中心……！」

リヒトくんとユリアちゃんは一気に緊張と絶望を帯びる。

その間にまだ私にひっついたままのアルバートが、こそりとささやきかけてきた。

「これはあなたが言っていたイベントですね」

「だと思う。本当はこれ、悪徳姫が持ち込んだ魔道具で引き起こされるものなんだけど。私持ち込んでないのに発生したから、予定調和のものだったんだと思う」

「ああ、何度かあった回避できないストーリーというやつですね」

そう、致死性の高いイベントは、これでも何度か回避を試みたのだ。でも勇者の村が全滅することも、ユリアちゃんが瀕死《ひんし》の重傷を負うことも止められなかった。

だからこの魔物襲撃では、聖女と勇者が防ぐことがベストエンドになる。

しかし、この屋敷は都市部からだいぶ遠い。どんなに急いでも中心街にたどり着く頃《ころ》には地獄絵図が広がっているだろう。

「行かなきゃ。一人でも多くの人を救おう。間に合わないかもしれないけど。でも」

「はいっ！　リヒト！」

それでも、彼女達は迷わずそう言うのだ。何より誰かの大切な人を救うために。

にもかかわらず、ユリアとリヒトは私達を労ることも忘れないのだ。

「待っててくださいね！　ちゃんと守りますから」

「えっとお二人ともお幸せに！」

「待ちなさい」

死地に赴こうとする彼らを私が呼び止めると、二人はぱっと振り返る。

「ここに、一瞬で中心街まで行ける方法があると言ったら？」

息を呑《の》む二人に希望の色が宿る。

けれど、彼らに向けて私は精一杯の悪徳に満ちた笑みを浮かべてみせた。

「ただ、そのような都合が良い手段を用意しているこのわたくしを、あなた達は信じられて？」

「「もちろんです！」」

迷いのない返答に、私は顔が緩むのを必死でこらえた。

うん、だから私の推しなんだ、君達は。

ああやっぱ尊い。

なんだか泣きそうになる気持ちを、私は未《いま》だに手を取ったままのアルバートの手を強く握ることでこらえ、呼吸を整える。

私の影を使った魔法は、殺傷能力がほぼない分、案外いろいろ便利に使える。その一つが、影がつながっていれば一瞬で移動できることだ。あらかじめ印をつけた地点から地点までという制限もあるが、今回はこんなこともあろうかと、中心街付近に印をつけてあった。

二人を移動させるくらいなら、まあ問題なくいけるさ。

私が魔晶石のアクセサリーを使うと、闇《やみ》よりも濃い魔法陣が揺らぎながらユリアちゃんとリヒトくんを包み込む。

「さあ、行きなさい」

救世の勇者達。

きらきらと光るエフェクトとかじゃないのが申し訳ないんだけど。

艶《つや》やかな影に飲まれて、聖女と勇者は部屋から消えた。


「ん、ちゃんと行けたっぽい」

つながった影の感覚で到着を把握した私は、ほっと息をつく。がまだ早い。

というわけで、すでに私から一歩離れた所にいるアルバートを振り返った。

「アルバート、疲れてるところ悪いけど今夜中に夜逃げするわ」

「……待たないのです？」

心底不思議そうに聞かれて私は半眼になった。

「悪徳姫の役割はおおかた終わったけど、『私』にはまだまだやるべきことがあるのよ。ここでとんずらかまさないと、せっかく今まで維持してきたシナリオが崩れるわ」

「まあその通りですが」

「それに四六時中推しと顔をつきあわせるなんて情緒が保《も》たない」

「……あなたはそういう人でしたね」

推しを幸せに愛でるためにもな！

私が真顔で言うと、アルバートはものすんごく呆《あき》れたニュアンスでそう漏らした。

けれど、なんとなく顔色が冴《さ》えないように思える。影使いなんてものをやっているせいか、夜目はめちゃくちゃ利くんだ。

「どうかしたの？」

「いえ……。そうでした、屋敷に襲撃者が侵入してきましたがすべて排除いたしました」

「うわっやっぱり来たのか！　って、ちょっと待って怪我《けが》してるじゃない！」

私が肩口の刺し傷っぽい部分をよく見ようとしたら、ふっと隠すように身をそらされた。

代わりに感情の揺らぐ紫の瞳《ひとみ》に見つめられた。

「エルア様は、勇者達より俺に情緒を乱されてくれますよね？」

「いきなり何言うの？　ついさっきまで乱されまくりだったしあなたが最推しなんだから当然じゃない？」

わけわからなすぎて逆ギレ風味になったが、アルバートはなんとなく複雑そうではあるものの、ほっとした顔になる。

「ですよね、ゲームの中ではあなたの一番なんですから」

「うん？　ゲームとあなたは違うでしょ」

私はいまいち言葉の意図がわからなくてそう言うと、彼が戸惑っていた。

いやほんとどうしたアルバート。襲撃者処理で疲れたのか？

私も萌《も》えの過剰供給で少々頭がふらふらしていたが、なんだか彼の方が不安定っぽそうだ。ならば言葉を尽くすのがファンの務め！

「ゲーム上のアルバートはもちろん愛してるけどね。今のあなたは目の前にいるもの。しかもエルディアになってからのほとんどを一緒に過ごしてるでしょう？　推しなことには変わらないけど、身内みたいなものなのよ」

「身内、ですか」

なんでそこで低い声になるの。あ、やっぱりちょっと距離近すぎだった⁉

「いやいやあくまでたとえばだからね。でも前世から推している好きで好きでたまらなかった人と、こんなに長い間一緒にいると、できればずっとそばにいて欲しいとか血迷ったこと考えたりするし。ああでもとにかく幸せになって欲しいってところだけは変わらないか……」

ざあっと青ざめた。えっと待て今何を口走った私。

予想外の嵐《あらし》に遭遇して、ストッパーが緩んでいたのかもしれない。

きょとんとするアルバートに、我に返った私は手を振ってごまかした。

「要するにゲームとあなたを混同するつもりはなかったってこと！　わーっ忘れて！　お願い！」

「つまり、あなたの中で俺は『ゲームの俺』と違って、推しではない？」

「いや最推しなのは変わらないけど、別格！」

押し切るしかなくて私がさらに言いつのると、アルバートは喉の奥で押し殺すように笑った。

すっきりしたような、苦しさを飲み下しているような。こみ上げてくる感情を理性で耐えて、それでも抑えられない喜びがにじみ出ているような。

そんな複雑で、あんまりにも魅力的な笑顔に見蕩《みと》れ、私は硬直した。

このざわざわとした感覚を知っている。だって、私が推しに感じる尊さと萌えと似ているようで、でも微妙に違うこの感情を、私は少し前から何度も何度も味わっているのだから。

違う私は夢女《ゆめじょ》じゃない。いや否定するつもりはないけれど、推しは全力で愛でて愛して遠くから眺めて私が勝手に幸せを願うのがベストポジなんだ。

だからアルバートはいつだって手放せるようにイメトレは欠かさなかった。

こんなことにならなければ、絶対にアルバートの人生に干渉しなかったし、一緒に過ごそうと思わなかった。本当は離れて欲しくない、なんておこがましいことも思わなかったのに。

急に後ろめたさがこみ上げてきて一歩後ずさったら、アルバートはなぜか距離を詰めようとしてきた。動揺しかけた私だったけれど、彼が少々体をふらつかせたことで我に返る。

「アルっ大丈夫？」

「申し訳ありません。先ほど銀の武器を食らったもので。血で武器を作ったのがダメ押しだったようです」

「ああもう、そういうことは早く言う！　処理を任せちゃってごめんね」

ううん、これじゃ今日中に移動は無理か。ならアルバートには移動までにちょっとでも休んでもらって他の使用人に準備を進めてもらうか。

私が算段をしていると、アルバートが言い出した。

「今、あなたを噛《か》んでもいいですか」

その申し出は願ってもなかったことだ。日中はのらりくらりと躱《かわ》していたのに珍しいとは思いつつも、私は一も二もなく頷いた。

「あの子達が事態の収拾をつけるまでに移動しなきゃいけないから。今のうちに万全の体調にしておいて」

「……ええ、あなたも。覚悟してください」

え、と思った時には、アルバートに腰を引き寄せられていた。

いつもは渋々といった気配を隠しもせずに指先から必要最低限を吸うだけなのに。だから血を吸うのは嫌いなんだろうなって思っていたくらい。

するり、と腰をなでる感触がとても近くて、自分が薄いネグリジェだけなことを今更思い出す。

元々ゆったりとしていた襟ぐりをあっという間にくつろげられた。

見上げた紫の瞳に今まで見たことのない、燃えるような色があって。

アルバートが私の首筋に顔を伏せた。

彼の黒髪が頬《ほお》をなで、柔らかい唇が湿らせるように肌をたどると、ぷつん、と牙《きば》が肌を突き破る慣れた感触がする。

……――そこからは、今までとまったく違う。私は濁流のようになだれ込んでくる熱に呑まれた。

吸血鬼の特性として、吸血される獲物側に軽い催眠をかけることができる。それは血を吸う時に必要だったため、吸血鬼は全員無意識に使うものらしい。

けれどアルバートは純粋な吸血鬼ではないから制御がうまくできず、自身の感情が勝手に相手に伝わってしまう。まあ、それを知ったのがアルバートに初めて私の血を突っ込んだ時なんだけど。

初期には敵意と不安だった感情が、時を重ねるにつれて警戒から困惑になっていったのにはほっとすると同時に、野生の獣を手懐《てなず》けているようでまた萌え転がったものだ。

ただ、ここ数年はずいぶん制御が効いたのか、なんにも伝わってこなくなった。

なのに今、アルバートはあえて私に伝えてきているんだ。

そりゃあ、ここまで長く一緒に居てくれるんだから、それなりに情は感じてくれてるんだろうな、と思っていた。

でもこんなに感謝して、嫉妬《しっと》して、もどかしくて、怒って、苛立《いらだ》って、歓喜して、愛おしむような熱を孕《はら》んでいたなんて知らなかった。

アルバートの想《おも》いの奔流に、勘違いの芽を、冗談の可能性を、思い込みの余地を根こそぎ削り取られる。それはぜんぶ私に向けられた感情だ。

吸血行為を嫌がるのも、感情が伝わるからだろうな、となんとなく感じていたけれど、意味が違う、ちがった。

言葉よりも雄弁に、こんなにあからさまにしかもアルバートから伝えられ、まるでその熱が伝播《でんぱ》して自分を内側から焼いているような錯覚にすら陥った。

とっさにアルバートの胸を押しかけるけど、腰に添えられた手に力が込められ徒労に終わる。

「ひぅ……」

せめて勝手に漏れかける声を必死で押し殺すと、咎《とが》めるようにより深く牙が食い込んだ。

牙を立てられている部分がじりじり熱く、すすられている音がダイレクトに聴覚を侵食する。耐えきれず私の足から力が抜けても、ぐっと引き寄せる手に支えられた。

だが、アルバートは血の量自体はさほど必要としない。吸血衝動も一時的だ。

にもかかわらず永遠のように長い気がした吸血を終えて、前髪を揺らしながら顔を上げたアルバートは、満足げにちろりと唇を嘗《な》める。そしてずいぶん良くなった顔色で笑った。

本当に本当に珍しい、ゲームの表情差分にもない。してやったりと言わんばかりの満面の笑みだ。

「つまり俺は、こういうことなんですよ。……わかっていただけましたか？」

対する私はもう、何も言えずに肩で息をするばかりだ。心臓が痛いほど鳴っている。顔だってもうゆでだこのように真《ま》っ赤《か》になっているだろう。

「つまり、あの、その。さっきリヒトくん達に言ったことは」

「多少真実を混ぜると、嘘《うそ》の説得力が増しますからね」

そんなことをしれっとのたまうアルバートは、私のことを引き寄せたまま、私が心底惚《ほ》れ込んでしまった顔で見つめるのだ。

「しばらくは側近で満足するつもりでしたが、あなたは俺を男として見てますよね」

「わ、私があなたに萌え転がって顔を赤くするのはいつものこと、でしょう？」

「その通りですけれど、今、自分がどんな表情をしているか、わかっていますか？」

頬をなでられながら言われて、アルバートの瞳に映る自分を見られず顔を伏せる。

「まあ先ほどの発言からして、そういうことでなくても口説きますが」

「くどっ……!?」

「ああそうでした、安心してください。俺はあなたが嫌だと言うまで離れませんよ」

なんで、なんでそうなった!?

キャパオーバーして絶句する私の顎《あご》を、アルバートは指ですいと持ち上げた。

「だって、存在しない自分に負けるなんてしゃくじゃないですか。……でも、ねえ。俺自身が別格なんでしょう」

「……ほんと、どうして、こうなった」

もはや頭を抱えるしかない。けれども顎を持ち上げられていると動かせないって初めて知った。

私が過剰供給でぐるぐるしているにもかかわらず、アルバートは思いっきりとどめを刺すように、長いまつげを伏し目がちにするのだ。まるで悲しげに、あきらめるように。

「それともこの俺は解釈違い、というやつですか？」

「大好物です！　そもそも今のあなたが一番だし！」

ああああ正直な口の馬鹿ああああああ！！！

でも嬉《うれ》しいんだよ、生身の人としてそこに居る彼から目が離せなくなってしまったんだよ！

私が真っ赤になってぐぬぬと黙り込んでいるのに、アルバートはさっきまでの最強憂い顔はどこへやら、ますます楽しげに笑ったのだった。

閑話一　世界に選ばれた勇者の決意

リヒト・クヤージュが街を襲った魔物の大群を倒し、魔界の門を断ち切った頃《ころ》には、すでに空は白んでいた。

息をつく間もなく、聖女であるユリアを探す。ここに送ってくれた恩人である、エルディアの元へ戻ろうと思ったからだ。ユリアもおそらく浄化作業でくたくたに疲れているだろうが、それでも行くと言うだろう。

銀色の髪の、エルディアとはまた違った方向で美しい少女はすぐに見つかった。胸にあるペンダントを押さえながら呼吸を整えていた彼女に駆け寄ると、ぎょっとするほど濃密な緑と目があった。

「ユリア、大丈夫か」

「大丈夫です。早くお姉様の所に戻りましょう！」

そうだ、散々二人きりで話して、守ろうと決めたのだ。

身を翻そうとした時、立ちはだかったのは金髪に青い瞳をした気品のある青年、この国の王子であるウィリアム・フェデリーだ。剣と杖《つえ》を持ち、戦闘の余韻を残しているのは、彼もまた最前線に立っていたからだ。しかもリヒトとユリアが到着するまで兵士を指揮しながら戦線を維持していたのだから、自分達よりもずっと疲れているだろう。

「リヒト、ユリア。まずは討伐お疲れ様。お前達のおかげで街での死者は確認されていない。だが、いちおう確認しておかないとと思ってね」

す、と青い目が細められて、リヒトの背筋がぴんと伸びる。リヒトには細かいことはよくわからないが、ウィリアムは本当に人を従える才能に恵まれているのだろう。心が竦《すく》みそうな威圧感を覚えたが、後ずさるのはぐっとこらえた。

「俺達が、どうして影から出てきたかってことですよね」

「ああ、君達が泊まっているはずの部屋がもぬけの殻だった時はぞっとしたよ。闇魔法はあの女が得意とするものだ。より確実に王都を落とすために君達を排除しようとしたのだろう？　自力で抜け出してくれたようでほっとしたよ」

あの女というのは、エルディアのことだ。

吐き捨てるように言うウィリアムに、リヒトはぐっと唇を噛み締める。ウィリアムは彼女の婚約者だったはずなのに、これほどまでに悪《あ》しざまに言うようになってしまった。

いや、その理由はわかっているのだ。エルディアはフェデリーでそれだけのことをしたのだから。

それでも信じると、リヒトとユリアは決めたのだ。

ごくり、とつばを飲み込んだリヒトが声を上げる前に、ユリアが叫んだ。

「ちがいます！　お姉様はわたし達をお屋敷からここまで送り届けてくれたんです！」

ユリアは女神イーディスに愛された証《あか》しである鮮やかな緑の瞳《ひとみ》で、ウィリアムを睨《にら》む。

まさかそう主張されるとは思っていなかったのか、ウィリアムは驚愕《きょうがく》したものの、すぐに表情を険しく引き締めた。

「まさかお前達、エルディアに会いに行っていたのか」

「エルディアさんは、いつだって最終的には俺達を助けることしかしていません。だからあんなことをした理由があるはずです」

リヒトもまた主張すると、ウィリアムの怒声が響いた。

「勇者であり聖女であるお前達が惑わされてどうする。あの女は悪徳姫《あくとくひめ》なんだ。甘言によって人を陥れ破滅に導く毒婦だぞ。ただ己の快楽を追求し、用が済めば捨て去るんだ。あれに人の良識を期待するな！　今回の王都襲撃とて、あの女が仕組んだ可能性が高いんだぞ！」

「少なくとも今回は違います！　だってエルディアさんは俺達と一緒に居たんだから！」

負けじと声を張り上げれば、ウィリアムは驚いたように言葉を止める。

「ウィリアムさんこそ冷静になってください。魔界の門が開く原因も方法もわかってないんですよ。それをエルディアさんのせいにするのはおかしいです」

「だが、しかし……」

「ウィリアム様、今回はお姉様はいません！　いつも見守ってくださる気配がないんですもん。だから別の原因を探しましょう！　それにそんなに気になるんでしたら、もう一度お姉様のお屋敷に侵にゅ……訪ねればいいんです」

「ユリアなにを言っているんだい？　そもそもお姉様というのはエルディアのことか？」

リヒトと居る時の本性が見えてしまっているユリアに、ウィリアムがたじたじになっていた。自分が彼女に勧められた本を気に入って以降、ユリアはだいたいこのような感じなのだが、ウィリアムは初見だったか。

ユリアはきっとウィリアムを見上げてまくし立てる。

「そうですよ。わたしはお姉様の別の一面を知っています。そしていつもわたし達を見守ってくださっていたことも。悪いことをされていたのは確かですけど、私は、それには理由があると思うんです！　そもそもウィリアム様はお姉様の婚約者で小さな頃から知っていらっしゃるのになんで信じてあげないんですか！」

「……だからこそなんだよ」

聞き落としそうな程小さく呟《つぶや》かれたその言葉に、リヒトは目を見開く。

表情を窺《うかが》おうとしたが、ウィリアムはいつもの威厳ある王子の顔に戻った。

「そうだな、元々エルディアの元には行かねばならないと考えていた。おそらく逃げられた後だろうが、いくつか手がかりになるようなものが残っているかもしれん」

「望むところです！」

血気盛んに言い放つユリアに、ウィリアムは哀れみのような色を浮かべたが何も言わなかった。

ウィリアムのかたくなさがもどかしいリヒトだったが、これは仕方がないのだろうとも思う。

彼とリヒトでは、立場も背負っているものも違うのだ。

そう、教えてくれたのは、栗色の髪に鮮やかな緑の瞳をしたエルディア・ユクレールだ。

故郷の村に魔界の門が出現し、大量の魔物に襲われた時、リヒトは駆けつけたユリアの持っていた聖剣を抜いて魔界の門を断ち切った。

その結果、唯一浄化を使わず、魔界の門を断ち切れる勇者として王都に連行されたのだ。

聖剣は使い手を選び、選ばれたのがリヒトだった。言うなればそれだけなのに、ただ野山を駆けまわって獣を捕るだけだった己に厳しい剣術の訓練を押し付けられた。勇者ならばこれぐらいできなければならないと当然のように言われる。

だけでなく、周囲の貴族は過剰に自分を持ち上げた。ことあるごとに贈り物をされ、さすが聖剣の使い手だと褒めそやされる。なのにその瞳はあざ笑っていて、酷《ひど》く、気持ちが悪かった。

ユリアやウィリアム、そして騎士アンソンはそれぞれに普通に扱ってくれたが、ただひたすら野山を駆けまわっていた頃が懐かしい。

名誉が欲しくて聖剣を抜いたわけじゃない。世界を救いたくて剣を振るうんじゃないと怒鳴り散らしたかった。

そんな鬱屈《うっくつ》した想《おも》いを抱えていた時に、救ってくれたのがエルディアだった。

マナーの教育という、食べ物はおいしく食べられればいいし、挨拶《あいさつ》ができればいいと考えるリヒトにしてみれば必要なのかと疑問に思う授業を担当したのが彼女だ。

ユリアには大層うらやましがられたが、以前密《ひそ》かに憧《あこが》れていた貴族の令嬢にあざ笑われたことで高貴な女性に対して苦手意識が生まれていた。

しかも侯爵位にある令嬢だ、きっとこちらを褒めそやしながら曖昧《あいまい》な微笑の下で馬鹿にしているんだろう。

そんな憂鬱《ゆううつ》な気分を抱えていたにもかかわらず、彼女はまったく違った。

リヒトに対して、甘えた声もこびた笑みもなかったが、ごく初歩で間違えても嫌みを言うこともなく、ただ淡々と教えてくれたのだ。悪いところは指摘し、良いところは褒めてくれた。教え方も的確で、あまりにも普通に扱ってくれることが逆に気味が悪く思ったほど。

それでも、へこむことがあって、リヒトが思わずサボってしまった日があった。

まあすぐさま見つけ出された。エルディアは怒ってもいなかったが、代わりに一緒にいた茶色の髪をした執事の目が痛かった。

「つらいですか」

そう聞かれて、リヒトが本心を吐露すると、エルディアは顔色一つ動かさなかったが最後まで聞いてくれた。その上でこう言ったのだ。

「少なくとも、魔界の門が開く原因がわからない限り恋しがる故郷へは帰れません。あなたはここで生きていかねばなりません」

はっきりと言われたのはそれが初めてで。酷いことを言うものだと思いつつ、どこか腑《ふ》に落ちたのだ。

「そしてマナーというのは、あなたが生きてゆかねばならなくなったこの場所での共通言語です。これができなければ、あなたはいつまでも人と認められることはございません。良くて珍獣です」

「悪ければ、なんですか」

「知りたくて？」

小首をかしげるエルディアの表情があまりにも静かで、恐ろしくなったリヒトは首を横に振った。

「今まであなたが生きていた常識とはまったく違いますから、受け入れがたいこともあるでしょう。それでも何もわからないうちに利用されないよう、最低限の自衛の手段を覚えてくださいませ」

「たとえば、なんですか」

「マナーもひとつですけれど、己で見て、己で感じたことを大事にしてください。人の言葉を素直に受け入れられるあなたの性質は美徳ですけれど、上流階級ではいいように扱われますの。彼らの言葉の裏を考えなさいませ」

めんどくさい、というのが顔に出ていたのだろう。仕方ないわね、とでも言うような顔をされた。

「そう、だからせめて、後悔のないようにご自分で決めることです。あなたを愛してくださる方を悲しませないためにも、ね」

「……エルディアさんは、どうして俺にそこまでしてくださるんですか」

マナーを教えるだけなのなら、リヒトの身の上なんて聞く必要ないはずだ。

そう聞くと、彼女はゆっくりと瞬いた後、微《かす》かに微笑《ほほえ》んだ。

「それが必要だから、ですわ」

これほど美しい令嬢に気にかけられて、少しうぬぼれなかったわけがない。なぜなら多少擦れたとはいえ、リヒトはお年頃なので。だが残念に思う中にも、彼女が自分に心を傾けていないとわかって少しほっとする気持ちの方が強い。

肩の力を抜いていると、エルディアは、ふと笑みを深める。

ユリアよりも淡くとも、けぶるような緑の瞳が艶《つや》を帯びた気がした。

「それでも無理だとおっしゃるのなら。甘い、この世の快楽に、溺《おぼ》れまして？」

リヒトはぶわりと顔が熱を持つのを感じた。よくわからなかったが、なんだか見てはいけないものを見た気がした。この人が自分とたった一歳違うだけとはとうてい思えない。

冗談よ、とくすくすと笑ったエルディアにもうあの時の艶はなかったが、リヒトは心臓がばくばくと鳴りっぱなしだった。

「そうね、どうしてもつらい時は趣味を探すと良いかもしれません」

「エルディアさんでもそんな時があるんですか？」

「ありますわよ。わたくしも人ですもの」

「その、参考までに何をされるんですか」

「え……そ、そうね。読書、かしら。物語を読むと嫌なことも忘れられるの」

自分が楽しめることと言えば、野駆けくらいしか思いつかなかったのに、生まれながらの貴族の令嬢は趣味も優雅なのかと感心した。だがそれなら、ここでも文句も言われないだろう。

リヒトはエルディアがこの世界で生きていくためのすべを教えてくれていたのだと、この時ようやく理解したのだ。

「ありがとうございます、エルディアさん。俺もなんか読んでみます！　あとごめんなさい改めて授業お願いしてもいいですか！」

「ええ、それがわたくしの務めですもの」

その後、何を読んでいるのかも聞いてみたが、エルディアにははぐらかされてしまったため、ユリアにも聞いてみた。

「むむ！　それならすっごく楽しいのがあるわっ」

エルディアと少しでも共通の話題ができないか、という下心がなかったわけではない。

けれど、ユリアが渡してくれたものは自分が知っている本よりもずっと薄くてほっとして、これなら読み切れそうだと思いページをめくった瞬間、世界が変わった。

文字なんて疲れるものとしか考えていなかったのに、そこに描かれていた少女達の切なく温かな交流に胸が突かれ、そっと指先を触れあわせ、密やかに交わす笑顔すら幻視した。

読み終わった夜は眠れず、即座に本を握りしめてユリアの元へと駆けつけたものだ。

「あ、あのさ、ユリア。これ……」

「ふふふ、リヒトも好きになってくれたんだね。それは百合《ゆり》って言うんだよ」

それが、少女同士の濃密な交流を描く「百合」との出会いだった。

ユリアは慈愛の笑みを浮かべながら惜しみなく同じジャンルの本を貸してくれた。胸が甘く締め付けられるような苦しさが「尊い」と呼ばれる感情だとも教えてくれた。

百合との出会いのおかげで苦しい訓練も乗り越えられたといっても過言ではない。

リヒトが至高だとあがめる百合本を書いたのがエルディアかもしれない、と相談された時にはうろたえた。

そして、エルディアの周りに黒い噂《うわさ》がまとわりついた時、ごく自然に理由を考えた。

王都に来て、言動と内心が一致しない人間には数多く出会った。慈善事業をしながらも、その裏で貧しい人を家畜のように扱う者。華美で贅沢《ぜいたく》を尽くしている貴族が、その実雇用を維持するためにあえてそうしているのだと教えてもらった時には目から鱗《うろこ》が落ちたものだ。

エルディアは、「自分の頭で考えて決めなさい」と言った。

今までリヒトが解決してきた陰惨な事件が、ウィリアムの言う通り彼女が、エルディアが引き起こしたものだという状況証拠はある。けれど同時に、リヒトを気遣った彼女の言葉は嘘《うそ》ではなかったと感じた自分を信じることにしたのだ。

「次に会う時は、もっとちゃんと本の感想を言おう」

だってあの本はリヒトの人生を変えてくれたのだ。一言でも伝えたかった。

移動の馬車を待つ間。リヒトは朝焼けを見つめながら、ぐっと拳《こぶし》を握ったのだった。

第二章　バニーには夢が詰まってる

人生最大級の悶着《もんちゃく》がありながらも、私達はすたこらさっさと十年暮らしたユクレール家の屋敷を後に、さらには生まれ住んだ国まで抜け出していた。

そして、あらかじめ隣国イストワにあるリゾート地、リソデアグアに用意していた屋敷に落ち着いている。身分証明書？　きっちり準備していますとも！

今の私は「エルア・ホワード」という名の正体不明（笑）な投資家である！　わーい気楽気楽！

私が直に雇った使用人も本気で全員ついてきてくれていた。

マジか。悪徳姫《あくとくひめ》なんてやっていたけど、私が思っていたより慕ってくれる人は居たんだなあ。

聖女ちゃんも勇者くんもほんとに嬉《うれ》しかったんだよ。だまし討ちでとんずらかましてごめんな。

私は新しい屋敷のサンルームで「〝聖女、勇者、旅立ち！〟」とでかでかと見出しを飾る隅っこに「〝悪徳姫失踪《しっそう》！〟」という文字が小さく載る新聞をぺらぺらめくりながら、アルバートの淹《い》れた紅茶をのんびり飲む。

庶民感覚は十年経《た》っても矯正できなかったが、アルバートの紅茶だけは馴染《なじ》んじゃったのでお供にさせてもらっている。

にしても、二人とも頑張っているなぁ。これもコレクションしとかないと。

私がにまにましていると、アルバートがまるで心を読んだかのように、スクラップ帳と定規と下敷きとナイフとのりをテーブルに置いてくれた。

さらり、と前髪を揺らしながらこちらを覗《のぞ》き込む。

「ご自分でやりたいんでしたよね？」

さすが我が従者殿、わかってらっしゃる。

すすっと切り抜き作業に精を出しながらも、私はそろりと傍らに立つアルバートを見上げた。

こちらを殺しにきているとしか思えない告白をかまされたあげく、私も大暴露をしてしまった一夜からそれなりの時間が経ったのだが、アルバートはあんまり変わらない。

主従だけれど、上司と部下と親しい友達を足したような気安い関係だったからなぁ。

アルバート自身も公私はきっちり分けるタイプだ。だからそんなものかな、と思って私のばっくばくだった心臓はちょっと平穏を取り戻していた。強いていうならほんの少し砕けた物言いが増えたかな、というくらい。

だが、前と同じ日々を過ごせているわけじゃない。

「エルア様」

「ぴっ」

今の私の名前を呼ばれて、勝手に体がびくっとなった。

「エルディア」として活動する時以外は、そちらで呼ばれることの方が多かったから、エルアの方が自分の名前という気がするんだけど。

なんか、甘いのだ。アルバートが私を見る紫の瞳《ひとみ》が前より艶を帯びているし、声にもなんか蜜《みつ》のような甘さがある、気がする。

そのせいで不意に呼ばれると挙動不審に陥るようになってしまっていた。

十年かけてやっと推しに名前を呼ばれるという確定イベに慣れたというのに、とたんに進化してしまって毎度瀕死《ひんし》だよこちとら。しかも、私の動揺なんてわかっているはずなのに、アルバートはそれがどうした？ と言わんばかりに悠然としている。

うぐぐ。余裕たっぷりでちょっと悔しいけど顔が良い。

「どうかしましたか？ これからの方針について話し合いたいと思うのですが」

「そ、そうだね。久々にゆっくり羽を伸ばせたし、次のことも考えなきゃね」

深呼吸して落ち着いた私がそう言うと、アルバートは少し遠い目をしていた。

「……今までの推しコレクションを堪能してましたね」

その通り、あの断罪イベの下準備で忙しかったから、自分へのご褒美が一切できなかったのだ。

推しコレクションは安全確保のため、真っ先に移動させていたから数か月くらい触れられなくて、禁断症状出かけていたからね。だからもう心得た人しか屋敷に居ないのを良いことに、人目をはばからず浸っていた。

自分でもだいぶあかんレベルだったと思う。

だが私はやるべきことは全力投球するが、その原動力である推しを堪能することは絶対に外せないのだ。この数日大変に幸せだったが、推しは今も魔神討伐に向けて頑張っている。そのサポートがファンの役目なのだから、そろそろ再起動するつもりだった。

「リヒトくん達、旅には出てくれたでしょ。今までの傾向からして、メインストーリーは順調に進んでくれると思うんだよ。だから私がやるべきは、その周辺で立ち寄るかもしれない街で起きる限定イベの下地作りだね」

「あなたが方々に投資させていたものですね。利益に関してはこちらに」

「お、ほんと？　助かる助かる！　この季節からだと……一番に引っかかるのは、水着イベかな？」

「みず……？」

アルバートが微妙な顔をしていたが、スクラップ帳に切り抜きをぺたぺた貼り終えた私は、嬉々《きき》として話を続けた。

「そう！　ゲームのイベントは彼らのレベルアップに重要な役割を果たすと同時に、新たな一面を知れる絶好の機会！　そして夏といえば水辺、水辺と言えば水着なんだよ！」

私も彼らの水着姿を拝むため、ゲーム時代は課金して課金して課金しまくったさ！

「なるほど、だからこの街に大量に資金を投入されていたんですね。その収益がこのような感じになっていますよ」

ぱらり、とアルバートに渡された資料には、私が課金した企業や店、土地で運営している事業の収支が書いてあった。

私は以前からイベント関連の場所や、それに関連する商会を思い出せる限りピックアップしてはアルバートや協力者に調べてもらい、ちょっとずつ手を回していた。

そしてここ、リソデアグアは水着イベの舞台になる街なのである。夏の水着イベントは、最初期に配信されたものだ。本編が進んだ今、一番起きる可能性があるイベントである。

だからまずこの街に拠点を置いたってわけ。ふふん。にしても、資料を見るにゲーム実装時にあったものはちゃんと定着しているみたいだね。

「おしゃんてぃな水着を開発して海水浴を流行《はや》らせた上で、一大イベントができるだけの体力がないといけなかったけど。これならばっちりいけるでしょ」

「これからも、聖女と勇者を応援していくのは変わらないんですね」

「もちろんよ！　私のすべては推しのために！」

と、言い切ったところで、はっとしてアルバートを見る。

いや間違っていないのだけれども、あんなことされたあとだとやっぱり意識するぞ。

けれども、アルバートは例のとろけるような笑みを浮かべていた。

「あなたが生き生きと楽しんでいる姿を見るのは好きですよ。だからこれからも、存分にどうぞ。俺が別格だとわかりましたしね」

器用に片眉《まゆ》を上げてどや顔しやがって、そんなところも推せる！

いつもの私ならここで机に突っ伏すんだけども、なんだか胸の奥が詰まって視線をさまよわせた。

私が尊みで奇行に走ると思っていたのだろう。アルバートが意外そうな顔をしている中、なんとか第一波に耐えることに成功した私は声を上げた。

「まったく、なんでそんなことさらっと言えるかな⁉　どこでタラシ属性拾ってきたのよ」

「あなたと違って誰彼かまわずたらし込んだりしませんよ。俺はあなただけ振り向かせられれば良いんですから」

「ふぎゅう」

むりだった。なんだその穏やかな表情。顔面凶器か。

今度こそテーブルに突っ伏した私だったが、それでもいつもなら思い切り理性を溶け崩れさせて身を任せる高揚感を表に出せない。

そう、私はアルバートにどんな風に接して良いかわからなくなっていた。

え、変わらないように見える？　ちがわい！

だってだよ？　アルバートは私の最推しで十年経っても隣に居るのが信じられないくらいあがめている人なんだぞ。一方的に愛《め》でて愛して崇拝して萌《も》え転がっていた人に、急にこちらを振り向かれたんだ。彼の気持ちを疑うことがない分だけ、どういう風に向き合えば良いかわからなくなったってしょうがないだろ！

十年一緒に居たのに今更態度を変えるのもなんかこっぱずかしいし、そもそも前世から恋愛よりも二次元だったものだから、経験値が底辺を這《は》っているのだ。

まあ、今みたいに反射的に萌え転がることもあるけど、最近は本人の目の前ではなんだか気まずくて挙動不審に陥っているというわけである。

アルバートにはなんか気づかれているとは思うけど、自分の中で消化して取り繕えるようになるまで待って欲しかった。

なんとか心の中で般若心経《はんにゃしんぎょう》を唱えて復帰した私は、話を戻した。

「で、たぶんこの様子だと水着イベは大丈夫だから、リヒトくん達の動向は引き続きチェック。水着イベに入ったらすぐに駆けつけられるように調整して。その間は最終確認として視察するわ」

計画の組み立てに集中すると、ちょっと落ち着いてきた。

ずっとこんな感じでリヒトくん達の動向を見守ってきたのだ。慣れたものである。

私がお仕事&悪巧みモードになると、アルバートは少し眉を寄せたものの話を進めてくれた。

「わかりました、他の者にもそう伝えましょう。では、まずどちらに向かわれますか？」

その言葉で、私はにんまりと笑う。

ふふふ、この十年やることが多すぎる上、本編前でまだエモシオンファンタジーの世界を堪能するどころじゃなかった。

だがしかし！　悪徳姫から解放された今は、いくらでも堪能できるのだ！

「カジノ行こうぜ！」

アルバートのチベットスナギツネ顔は最高だった。

◇◇◇

「もちろん、あなたの記憶にある歴史と派生したストーリーの相関は、説明された俺でも細かい流れまでは判断がつきません。あなたの方針を全面的に信じています。ですがそれでも視察ならそうと言ってください。あなたの気が触れたかと思いました」

「え、まってそれどっちの意味」

うきうきとリソデアグアの中心街を闊歩《かっぽ》していた私は、ぎょっとしてアルバートを見る。

今日のアルバートも上品な家令服に黒い手袋を合わせて、私の持ち物が入った鞄《かばん》を持っている。相も変わらず見事な従者っぷりである。

その彼は紫の瞳をうろんにして私を見下ろす。

「それはもちろん、あれだけ聖女と勇者に全身全霊をかけるあなたが賭博《とばく》に興味を示すのは異常事態ですから。最悪何かしらの呪術《じゅじゅつ》にかかっているかとまで考えました」

「私への謎の信頼感ありがとう」

言い出した時にはだいぶ真顔で迫られたからな、本気で可能性を考えたのだろう。少し恨みがこもっているのも甘んじて受けようではないか。

青空広がる中、私はステッキを片手に華やかな街並みの中をうきうきと歩いていた。

ここは元々のんびりとした海辺の街だったのを、周辺国家からの船でのアクセスが良いことに気がついた各地の投資家やら商会がリゾート地としててこ入れしたのだ。ふふふ、それを知ったのは、私がユリアちゃん達のためにリゾート地を仕込んでいた後なんだけどね。

風光明媚《ふうこうめいび》な景色《けしき》と美しい海。そこにカジノにエンターテインメントショーの舞台、充実したホスピタリティのホテルも完備して、別世界の気分を味わえるようになった。

開発はされたけど、街並みはほとんど変わらずどこか懐かしい雰囲気も残り、大商会の頭取はもちろん、遠方の貴族もこぞってやってくる今一番熱い観光地になっていたのだ。

ちなみにこの説明はゲームでのものである。

そう、リソデアグアは水着イベをはじめ、数々のコネクトストーリーと呼ばれるキャラクター強化イベントの舞台となる地でもあるのだ。そんなプレイヤーとして感慨深い街を実際に見て歩けるのがめちゃんこ楽しくて、馬車を使わずわざわざ歩いているくらいである。

あ、うきうきしている理由はもう一つあって、お気に入りの服を着られてるんだよね。

いやあ、悪徳姫モードだと服ががっつり貴族路線の仰々しいものに限定されていたからさ、自由に服が着られるのって幸せだなと浸っていたのだ。

本日は海辺ということで薔薇色のドレススーツは動きやすいし締め付けないし、ショートブーツも歩きやすいの一言で控えめに言って最高だ。

「さてと。じゃあ片っ端からカジノで遊びつつ、ユリアちゃん達が行くかもしれないお店を見つけなきゃ！」

「かしこまりました。……ただ、店名がわかれば良かったのでしょうが」

「ゲーム上では描写されてなかったのよ」

「ええ、なので、あなたの『豪奢《ごうしゃ》で上品な内装』という言葉から、一定水準を満たす上流階級向けのカジノをピックアップしました。本日はひとまずそちらを回りましょう」

さすがアルバート、頼りになるぅ！

私はアルバートに先導されつつ、ステッキをご機嫌に振りながらたどり着いたカジノ施設へ意気揚々と入っていった。

年齢制限？　そんなのは設定されていないし、むしろドレスコードの方が大事だ。

アルバートが選んだのは軒並み上流階級向けの、サロンを兼ねたカジノばかりだった。

軽い食事やお酒を提供していたり、定期的にエンターテインメントショーを催していたりと趣向を凝らしてお客さんを呼び込んでいる。従業員の接客も貴族のお屋敷ばりのこまやかさだ。

女性の出入りは多くはないが少なくもない。受付員も私の見た目が多少若いことにちょっと驚くけれど、私のドレススーツと従者であるアルバートを確認するとすんなり通してくれたものだ。

でもなかなかお目当ての内装をしたカジノは見つからない。

うーんもしかしたらまだ実装……じゃなかった開店していないのかな。

さすがにカジノ経営まではやっていなかったし作るしかないかな？　と考え始めていた頃《ころ》。

かつん、とショートブーツのかかとを鳴らして立ち止まったのは、華やかな魔法灯で極彩色に照らされた建物だ。こう、ど派手なラスベガスの情景をファンタジックに上品にした雰囲気である。

最後に見て十年経《た》っても色褪《いろあ》せない記憶が蘇《よみがえ》った。

「あ、ここだ！」

「えっ」

アルバートの驚いた声がしたけど、私ははやる気持ちのまま突き進む。

だって、これだもん！　絶対ここだよ。外観がまんまゲームの背景だ。

カツコツと舗装されたアプローチを歩いて入り口にゆくと、アルバートがあきらめたように先行してくれる。

ドアマンは年若い私に一瞬だけ驚いた顔をしていたけど、きちんと扉を開けてくれた。

そこには、今までのカジノ同様、別世界が広がっていた。

広々とした店内の天井は高く、シャンデリアがいくつもぶら下がり、生バンドによる演奏が響いている。座り心地の良さそうな高級感のあるソファや一目で高価だとわかる調度品が品良く並べられ、一目で上流階級だとわかる紳士淑女が、様々なゲームに興じていた。

カードゲームのバカラにブラックジャックにポーカー。ルーレットはもちろん、サイコロを使うクラップスまで多種多彩だ。揃《そろ》いの制服を着たディーラー達を相手に、どのテーブルでも白熱したゲームが繰り広げられている。

そこはまさに、私がゲームの背景で見知った場所だった。

ふおおお！　やっぱりゲームの世界が現実にあるのを見るとどきどきする！　何度出会っても嬉《うれ》しい。いやでもここではしゃいだらだめだぞ。ここはある種の社交場だ、あんまり場を乱す行為をするとつまみ出されちゃうからな。

私はできるヲタクなので、外面《そとづら》を取り繕うのは大得意だ。

というわけで内心感動に打ち震えながらもすまし顔でいると、すぐに案内人らしき落ち着いた物腰の男性従業員が近づいてきた。

この制服もゲームで見た！　趣味が良いとほれぼれしたものだ。しゅごい。拝もう。

私が内心手を合わせているとも知らず、従業員が丁寧に頭を下げてきた。

「お客様、当店にお越しいただきまことにありがとうございます」

そこからは店で取り扱っているゲームやハウスルールの説明を受けたあと、従業員が切り出す。

「では、登録を進めさせていただきますが、チップはどれほど交換なさいますか」

「アルバート、とりあえず半分お願いするわ」

「……かしこまりました」

一瞬アルバートがやっぱりかとあきらめの色を浮かべたけれど、黙って鞄からお金を取り出した。

どん、とトレイに載せられた札束に、従業員は素に戻ってぽかんとする。

「え……？」

「どうかいたしまして？」

「い、いいえ、すぐに引き換えて参ります」

従業員が足取り軽く去って行くのを見送ると、アルバートが小さく息をついて話しかけてきた。

「エルア様、一度に換金しすぎです。平均の十倍ですよ」

「だって間接的とはいえ、これは推しのための課金だもの。惜しむ理由なんて一切ないわ」

なにせ私にとってここは聖地みたいなものなんだぞ⁉　しっかりがっつり支援して推しが来るまで存続してもらわねば！

「それに私はカジノに来るには若すぎるんだから、先にまとまった金額を突っ込んだ方がお客さん扱いしてくれるでしょ」

「一理ありますが、ここは……」

アルバートが何か言いかけていたが、その前に従業員が戻ってきた。

「お待たせいたしました。ではお客様、どちらのゲームで遊ばれますか？」

ふむ、とはいうものの、カードもルールを知っているだけでそんなに得意じゃないしなー。

「まずはルーレットがいいわ」

上流階級のご令嬢らしく品良く言ってみせると、恭しく空いている席へと案内された。

移動している間も、周囲からは一喜一憂する声が響いている。案内されたルーレット卓も、上品な紳士から私よりもほんの少し上ぐらいの貴族の子弟っぽい子が、まるで命でもかかっているような真剣さでテーブルを注視していた。やっぱり、ハマる人はハマるんだな。

けれど、そんな彼らも新しい対戦相手は気になるもののようで、私が座ると鋭い視線を向けてくる。一瞬侮るような目になったが、私に運ばれてきたチップの山に、同じテーブルに座るプレイヤーや見学者にざわめきが起きた。

さてどうしたもんかな。カジノルーレットはソシャゲのミニゲームにあったからやり方は知っているけど、こっちに来てからも何度かたしなんだ程度なんだよな。ぶっちゃけカジノにハマるより、推しに直接貢いだ方が建設的だと思っちゃうし。ガチャ文明？　ナンノハナシデスカ。

ルーレット自体は、丸い円盤に赤と黒に塗り分けられたマスと数字が等間隔に配置されたもの。

ディーラーに促された私は、通い詰める気もないから、さくっと交換したチップの四分の一をコラムベッド……1から12のどこかに落ちれば三倍になる所に置いた。二分の一の確率で勝てる奇数偶数や色に賭《か》けるのもつまらないし、一時間ぐらい遊べればいいわけだからそんなもんだろう。

ルーレットが回され、玉が転がされる。

賭けた全員が注視する中、入ったのは3だ。おっと、はじめから勝っちゃったぞ？

チップが増えてもあんまり感慨が湧《わ》かず、私は特に迷うこともなくさくさくと賭けるのを繰り返していると、おやと思う。

私から左に三つ離れた青年客がまったく勝てていない。

彼は熱くなって気づいていないみたいだけど、私が同じ所に賭けた時以外はぼろ負けだ。運が悪いにしても彼が高額のチップを賭けた時は必ず負けている。

これはおかしい、と思った時にルーレットの玉が入った。

「ああ……！」

絶望の声を上げた彼の前からチップがすべて消えていく。

「……お客様」

ぶるぶると震える彼は従業員に声をかけられると、怯《おび》えたように体をびくつかせた。

「ま、まってくれ次は、次は勝つんだ！」

「別室でお話をさせていただきましょうか」

あの反応からするに借金をしていたのか。のめり込むのは良くないとはいえ、ううむ？

青年貴族が従業員に連れられて去って行くのを見送ると、ディーラーから謝罪される。周囲の客の落ち着きぶりから察するにそんなに珍しいことではないみたいだ。

むしろ彼に批難めいた目すら向けている。

そして何事もなかったように再びルーレットが回され始めるが、テーブルから見えないところで、アルバートが指先を動かし合図してきた。内緒話がしたい、ね。おーけー。

私も同じことを考えていたから、適当な場所にチップをベットしつつ、即座に影をつなげた。

そうすることで、念じるだけで会話ができるようになる。

闇魔法、攻撃にはまったく向かないけど、地味に便利なことができるのよね。

『エルア様、ここは知り合いの管轄外の店で、不正賭博の疑惑がかかっています』

『うわあ、やっぱりか。今連れて行かれた人はターゲットにされた？』

『おそらく。このディーラーは盤を操作してますね』

彼が言うなら間違いない。アルバートが入り口で言いよどんでいたのはそれが理由か。まさか私の聖地がぼったくりカジノだったなんて。

若干ショックを受けてると、からん、とルーレットの玉が止まる。適当に賭けていたとはいえ、今回は広範囲だった。にもかかわらず、それは私が賭けなかった場所に入っている。

『私が次のターゲットにされてる？』

『されていますね。そのために先ほどまであなたを勝たせていたのでしょう』

私のチップは優に十倍になっている。使っても使っても使い切れなかったんだよね。

ここまで楽しく勝てていたら、よっぽどのことがない限り立ち上がろうと思わないだろう。

何も知らずにこのことやってきた、しかも大金を持った小娘をカモにしようって魂胆か。

『なめられてるねえ』

『ええなめられていますね』

アルバートの思念は淡々としていたが、彼が私の指示を待っているだけだとわかっている。

だから思念の中で朗らかに応《こた》えた。

『私もさ、せっかくの聖地が穢《けが》された気分なんだよね。いかさま賭博《とばく》なら売られた喧嘩《けんか》をがっつり買っても良いと思うんだ。秩序はどこでも必要だからね』

『そう言われると思っていました。どうぞあなたの気がすむまで』

『賭ける場所の指示だけよろしくね』

『かしこまりました。予定金額は』

有能な従者を持つと話が早くて助かる。私はくすりと笑いつつ答えた。

『このカジノが買い取れるまでよ』

アルバートの笑う気配を感じていると、私がこぼした笑みに気を引かれたディーラーがいぶかしそうにこちらを見た。

「どうかなさいましたか？」

「いいえ？　こんなことはじめてやったけれど、とても楽しいと思って。もっとやりたいわ！」

私が無邪気に、けれど品は損なわれない程度にテーブルへ肘《ひじ》をついて身を乗り出す。

すると、アルバートが咎《とが》めるような色を浮かべて私の肩に手を置いた。

「エルア様、少々のめり込みすぎでは」

「いいじゃない！　ずーっと閉じこもってたんだから久々に羽を伸ばさせてよ！」

ぱっと手を払って不満げにしてみせれば、もう賭けに夢中になったお嬢様にしか見えないだろう。

ディーラーも微笑《ほほえ》ましそうに見ていたけど、完全に術中にはまったと思ったでしょ。ね？　ね？

その間に私はひょいと自分の影を伸ばして、ルーレットの回転軸につないでいた。なにせカジノは雰囲気重視で照明は暗めに設定されている。使った魔力も微量だから絶対に気づかれない。

そしてディーラーが再びルーレットを回し始める。

『急に賭け方を変えるのは怪しまれますから、コラムダズンベットのまま。ただ俺の指示する数字分を賭けてください』

『了解』

先ほどと同じように気軽にチップを置いていく。

くるくるとルーレット盤を回る玉が転がされて、落ちたのは私が賭けた所だった。

ディーラーが不思議そうにしたが、私はかまわず影を通じてアルバートの指示に従う。

『掛け金同じ。賭けなかった方』

『掛け金1増し、賭けた方』

『掛け金3増し』

『サイクル終了、4から始めて』

必死に隠しているけれど、あっという間にディーラーが焦りだした。

そうだろう。私は玉を転がす前に賭けているのだから、玉をコントロールすれば外すことは簡単なのに思う所に入らないのだ。

ま、私がルーレットの回転速度をずらしてなければ、うまくいっただろうけどね。入れる場所までコントロールしないのは、その必要がないのと、ディーラーを疑心暗鬼に陥らせるためだ。

ほうら、こっちをちらちら見始めた。単に調子が悪いのか、私がいかさまに気がついて何かしらの策を講じているのか疑ってる、疑ってる。

大変に愉悦顔をしたいが、私はあくまで無邪気に増えていくチップに喜ぶだけだ。アルバートは思念からして私よりもあくどいこと思っているけど、表面上ははらはらとしながら見守っている。

低い倍率にしか賭けていないはずの私のチップは、当初の五十倍以上になり小山になっていた。

いつしか他の客は賭けるのすらやめて私達に注目している。

『真打ち来ますね。出ます』

『りょーかい』

アルバートの思念を聞いてすぐ、青ざめているのを通り越して真っ白なディーラーの背後から、一段上質な制服を着た男性が現れた。

「失礼、少々調子が悪いようですので、私が代わります」

「あら。じゃあそろそろ疲れてきちゃったし、どこかに全部賭けようかしら？」

周囲からどよめきが起きるのが面白い。まあそうだよね。チップはカジノとは行かないまでもちょっとした屋敷が買えるくらいの金額になってるもの。惜しくないっていったら嘘《うそ》になるけど、元々この店に突っ込む気でいたお金だし、私はまだまだ平静でいられる。

だけど、ディーラーにとってはカジノの沽券《こけん》に関わる一勝負になってしまうのだ。私とは心構えがまったく違う。

カジノ側もベテランを持ってきたのだろうけど、さすがに動揺と緊張が走った。

そこで私はダメ押しのために、くるりとアルバートを振り仰ぐ。

「せっかくだしアルバート、賭けてみる？」

ぎょっとしたディーラーがアルバートを向いた。

アルバートもまた動揺したようにディーラーを見たことで視線が絡む。彼にはそれで充分だ。

一瞬で魅了と催眠がかけられる。ディーラーの目からくらりと光が消えたがすぐ戻った。

誰《だれ》も気づかない。アルバートの得意分野だ。

『掌握しました。どの数字に賭けますか』

『26』

アルバートの年齢だ。こういう時に推しに関わる数字を言っちゃうのはヲタクの習性なんだよ。

傍らに立つアルバートが呆《あき》れる気配がしたけれど、表には出さなかった。ルーレットが回されると、困惑を滲《にじ》ませながらも「では26で」と告げる。

小山のようなチップが従業員によってベットスペースに載る限り積み上げられた。

今度は私も円盤の速度はいじらない。

カランと球が投げこまれ、くるくるとルーレットを回っていく。

固唾《かたず》を呑《の》んで見守る緊張感が場を支配しているけど、私は自然体のまま。

だって、26に入ったことにはまったく驚きはないんだから。

観客からどっと歓声が響く中、催眠が解けて我に返り青ざめるディーラーの前で、私はただ悪徳姫仕込みの微笑を浮かべてやったのだ。

◇◇◇

もう、来店時の十把一絡《じっぱひとから》げの対応なんて吹っ飛んでいた。額が額なので、換金の準備が整うまで待機して欲しいと通された部屋は、明らかに格の違う高級感でＶＩＰ部屋だとすぐわかる。

そのソファで私はげらげら笑っていた。

「いやあ、良くやったものだわ。笑う、めっちゃ楽しかった！　カジノ買い取る金額までは届かなかったけど良い感じに絞れたから満足よ」

「あの額でしたら、充分打撃は与えられたでしょう」

功労者であるアルバートはすまし顔だ。

うちの従者様はこういう賭けごとにはめっぽう強い。情報や弱みを握るのにも賭博場というのは最適だからだ。必勝法にも詳しければ、場の空気を掴《つか》むのもガチのいかさまも大得意である。

だって相手が普通の人間なら、強化されたダンピールの魅了や催眠なんて防ぎようがないもの。

「さて、どう出てくると思う？」

「普通でしたら、併設されているホテルに滞在させてチップの換金を保留にし、カジノに通わせることで損害を減らそうとするでしょう。ただ、このような不正を良しとしている所ですと、とるに足らない身分の者と見なされた場合は、闇《やみ》に葬ろうとするのもあり得ますね」

「わーい。やっぱりなあ」

ここには盗聴設備がないのは確認済みなので、ぶっちゃけ話もなんのその。

そんな考えすぎだよわははは！　と笑えれば良かったんだけど、笑えないんだよなあ。エモシオンファンタジーの世界、ゲーム内ではすこぶる明るくポップに描かれていたけど、世界観的に人権は軽く無視されるからなぁ。

ま、心構えがあればいくらでも対処ができるというものだし、望むところだ。

だって聖地が穢されているんだぞ⁉　こんなところでユリアちゃん達を遊ばせてなるものか！

ということで、私が逃げ出さずに受けて立つつもりでいると扉がノックされる。

入ってきたのは、明らかに格の違う壮年の男性、おそらく経営の中核を担う立ち位置の人だ。

ソファでじたばたしていた私は、彼が入って来る前にすっと背筋を伸ばして優雅さを取り繕っている。十年繰り返していればこれくらいの取り繕いスキルはカンストしているさ。

まったく不審に思っていない様子の男性が、丁寧に頭を下げた。

「このたびは、当カジノをご利用いただきありがとうございました。自分はこのカジノの支配人でございます。しかし大変申し訳ありませんが、なにぶん換金額が膨大ですので、ご用意までもう少々お待ちください」

「時間がかかるのなら、後日わたくしの口座に分割で振り込んでいただいてもかまいませんわ」

「いえ！　この街の繁栄に多くの貢献をされたホワード商会の頭取に、そこまでお手を煩わせるわけにはまいりません」

「あら、わたくしは少し出資しただけなのに」

おや、私のこと調べたんだ。それなら私をここで消そうとする可能性はなくなったかな。

支配人は熱心に語った。

「ご謙遜《けんそん》を。このリソデアグアを一大リゾート地にするには、先代様のご尽力がなければ、ここまで繁栄することはなかったとお聞きしております。私どもは新参でありますが、そのご高名は良く存じております」

まあ、その先代ってただの概念なんだけどね！
十二、三歳くらいの時に隠《かく》れ蓑《みの》として立ち上げたホワード商会なんだけど、さすがにそんな小娘がトップって言われてもぴんとこないだろう。だからどうしても必要な時にはアルバートにおっさんに変装してもらって「新進気鋭の投資家」になってもらったのが真相だ。
で、私が無事に自由になったから、一代目をさっくり殺して、娘の私が急遽《きゅうきょ》二代目を襲名したという筋書きだ。これも、ごく少ない知り合いには実際のところを知られていたりするけど。

さてそういうことなら、高圧的に行ってみるか。

「今日は少し息抜きに来ましたけど、そろそろ次の予定がありますの。帰ってもよろしくて？」

私が頬《ほお》に手を当てて軽くため息をついてみせると、支配人は若干焦りを帯びる。

まあそうだよね。このまま逃がしたら大損失だもの。

「そのことで少々ご提案があるのですが」

「なにかしら？」

「ホワード様は賭《か》けごとがお得意なご様子。より過激で楽しい遊戯に興味はございませんか？」

「ふうん？」

過激で楽しい遊戯、ねえ。どう考えても犯罪臭しかしないんだけど。

それを一応この街の顔役に入る私に話すなんて、ただのカジノとは思えないな。まあ、私は真っ昼間からカジノで遊んでいるんだから、損得勘定も考えられない放蕩《ほうとう》娘くらいに思われているのかもしれないけど。

ちらっとアルバートを見てみると、彼もおかしいと思っているのか小さく頷《うなず》いた。

よし、アルバートの許可も出たことだし深く探ってみよう。根こそぎ根絶するためにもね！

私は支配人に向けて、にっこりと微笑《ほほえ》んでみせた。

「詳しく聞かせてくださる？」


意気揚々とした支配人は話すどころか、嬉々《きき》として施設の奥にある廊下を進み、重厚な扉の向こうへ案内すらしてくれた。

のだが、私はさすがに息を呑む。

その一歩向こうは、広々とした空間が広がっていた。

何度か行った舞踏会の会場並みだ。緩くすり鉢状になっており、周囲に設けられた観客席で、多くの観客がすり鉢の中心を見下ろして怒声にも似た声援を送っている。

中心では、二人の人間が戦っていた。殴打が響き、血しぶきが飛ぶ。

そうここはファイトクラブ、俗にいう喧嘩賭博《けんかとばく》だ。命の取り合いまでしてるんじゃないかこれ。

というかうら若い娘を連れてくる場所じゃねえだろ。……と思ったら意外と女性もいるな。仮面で顔を隠しているけど。もちろん命の奪い合いを賭けの対象にするなんて違法ですがなにか。

「魔法、己の武技何でもありの勝負を鑑賞しながら賭けごとを楽しむ場となっております」

支配人は意気揚々と説明し出す。

「ベット方法は簡単でございます。どちらが勝つかの二分の一。負けた場合、掛け金はその都度没収となります。ただ掛け金とは別に、オプション料を支払うことで賭けた剣闘士に追加の防具や魔力増強の薬を提供できたり、相手の装備を減らしたりできますよ」

「良い趣味ね」

ほんと最低なほど。

あーもー。これ完璧《かんぺき》に真っ黒くろすけじゃないかー！　せっかく課金したお金で整えた街がこんなことになってるなんて腹立つんだけども！

私の表情がなくなったことで怯《ひる》んだとでも思ったのだろう。支配人の声に活力が戻り、言葉選びも慇懃《いんぎん》無礼なものになった。

「ここに入られた方には、最低一度は賭けていただくか、観戦料を支払っていただく規則になっております。違反された場合には、こちらの警備員の指示に従っていただきますが……いかがなさいますか」

「なるほど、ね」

つまり、ここから無事に出たければありったけの金を賭けろと。観戦料なんてぶっちゃけ相手の胸三寸だ、カジノが潰《つぶ》れない程度に膨大な金額をぶんどるつもりだろう。

背後のアルバートから不穏な気配が立ち上る。

顔にはおくびにも出さないけど、知ってるんだ。ゲーム時代から、アルバートはイライラすればするほど顔がものすごくきれいになる。つまり今の見事なすまし顔は激おこ一歩手前なのだ。

こりゃ、支配人を穏便に始末する方法を考え出してるなあ。

うちの従者様めちゃんこ物騒だから。とはいうもののこんな茶番付き合う気まったくないし、何をしているかわかった時点でそろそろとんずらかましたいところなんだけど。

そのとき、わっと会場が沸いた。

見ると、次の試合が始まるようで、対岸に設けられた入り口から堂々とした体躯《たいく》の……まあ有り体にいうならマッチョマンが現れた。

発達した筋肉というのはそれだけで凶器だ。しかもその体格に見合う大剣を携えている。

アレだったら魔法が使えなくても充分に人をぺしゃんこにできるだろう。

彼は観客の中でも人気らしく、会場から見渡せる位置に掲げられた魔法の筆記盤にはマッチョマンのものらしき名前の下に低い倍率が記入されている。

けれど、私が目を奪われたのは、対岸から舞台に入ってきた人だ。

ところでバニースーツというものをご存じだろうか。

体にぴったりと沿ったレオタードやミニスカートにシャツネクタイ、ぴったりとした網タイツなどを合わせた、夜のカジノでは定番の存在だ。

もちろんさっきまで遊んでいたカジノにもバニーガールはいた。ただし、ケモ耳に対する萌《も》えについてまだ布教がされていないため、ケモ耳を付けるという発想がないのが唯一の残念要素である。

だが、その人は確かにバニーだった。

引き締まりながらも出るところは出て引っ込む美しい肢体を、燕尾服《えんびふく》風のしかし露出は高いスーツに包み、すんなりとした足は網タイツを穿《は》いている。そのせいか凛とした面差しの目尻《めじり》には隠しきれない羞恥《しゅうち》が浮かぶ女性だ。

そしてなにより、淡いクリームがかった髪を高い位置で一つ結びにしており、頭頂部には、ぴょん、と髪と同色のうさ耳が主張していた。私は、その耳が本物だと知っている。

まごうことなきバニーだ。

バニーガールなのだ！

彼女の入場に、観客もどっと沸いた。そりゃそうだよね。こんなきれいなねーちゃんがこれからマッチョ相手に戦うってことなんだもん。

彼女もまたここでは有名なのか、遠慮のない卑猥《ひわい》なヤジが飛ぶ。

聞こえた様子の彼女は屈辱を覚えたように顔をゆがめたが、その場から立ち去ろうとはしない。

オッズは圧倒的に彼女の方が高い。だって彼女が持っているのは、ただの木でできた木剣一振りだけなのだ。

足下はかろうじてショートブーツとはいえ、心許《こころもと》なすぎると考えたのは当然だろう。

だが私は知っているのだ。彼女がたかがその程度で終わる人じゃないことを。

だから私は、くい、とアルバートの服の裾《すそ》を握った。

「アルバート、よく見てて」

そうささやくと、彼は軽く目を見開いて私を見たが、すぐリングを注視する。

派手な照明と音の演出と共に、試合開始のゴングが響いた。

マッチョマンが得物《えもの》である大剣を構えて、彼女の細い体を叩《たた》き潰そうと襲いかかる。

瞬間、バニーガールが消えた。

とたん、彼女の倍以上は質量のあるマッチョマンが壁際まで吹っ飛ぶ。

ドォン！　という音を響かせて、その場に倒れ伏したマッチョマンが、完全に気絶しているのを観客達は呆然《ぼうぜん》と見つめる。

刹那《せつな》の沈黙のあと、どっと歓声が観客達から上がった。

その中で、私は湧《わ》き上がるような高揚感とときめきに胸を熱くしていた。

うかつに声は出せない、出したらかぶっている仮面を投げ出して叫び散らかしてしまう。でもこの熱いパトスを抑えきれそうになかった。

「エルア様、もしや」

アルバートが悟りとあきらめに似た生ぬるい目で問いかけてきて、私はもう我慢できなかった。

顔を覆って、でも崩れ落ちるのだけはこらえて声を漏らす。

「推しキャラの一人です……」

兎月《とげつ》千草《ちくさ》。この世界では十和《じゅうわ》国と呼ばれる国出身の侍だ。

獣人と呼ばれる種族の中でも兎《うさぎ》の特徴を持つ人で、武者修行の旅でこの大陸を巡っている途中に勇者と出会う設定だった。

だがえっちょっと待って。私も嬉《うれ》しさで吹っ飛んでいたけど、本来こんな所でバニーしてる人じゃない。というか、武芸をみだりに見せることを嫌うから、こんな賭博《とばく》場で刀を振るうのは忌避していたはずだ。

と、考えたところで、彼女は折れた木剣を無造作に脇《わき》へ捨てる。

あれ、おかしい。だって千草には命よりも大事にしている専用の武器がある。

「あの女性は？」

なんとか取り繕った私が呟《つぶや》くように聞くと、支配人が嬉々として答えてくれた。

「アレは余所《よそ》で不利益を出しましてね、借金を返すためにこちらで働いている獣人なのですよ。多少剣をたしなみますが、プライドが高くて人に見せる興行はしてくれないものでして。お客様に楽しんでいただくためにあのような衣装を用意しているのです」

「ふうん」

「さて、どうなさいます？」

圧倒的優位を覚えてにやにやしている支配人には曖昧《あいまい》な微笑みを返しつつ、私はアルバートに影をつなぐ。

『アル、イケそう？』

『あなたがそうおっしゃるということは、ゲームの俺では可能なのですね』

いつもより好戦的な返事に面食らう。あれ、なんかアルバートがちょっとスイッチ入った感じ？

まあいいや。

『今の彼女は万全じゃないし、今のあなたなら大丈夫』

『……増強すれば、追い込むことは可能と判断します』

ふふ、さすがアルバート。

大方の事情を理解した私はもう逃げる気なんてさらさらなかった。

なにより！　理不尽な状況に置かれている推しを！　そのまんまになんかできるわけがない！

私は支配人の方を向くと出し抜けに言ってみせた。

「ねえ、支配人。わたくしあの兎が欲しいわ」

「は？」

ぽかんとする支配人に向けて、私は邪悪で悪辣《あくらつ》な、とびきりの笑顔を浮かべる。

ふはは！　十年の年季が入った悪徳姫の微笑だぞ！　はらわたが煮えくりかえってることなんてわかるわきゃないわ！

「わたくし、あの兎が欲しくなったわ。でもここは賭けごとの場でしょう？　わたくしも皆さんの楽しみを奪うのは心が痛みますの」

「え、あ」

「だから、わたくしの従者が勝ったら買い取らせてくださらない？　もちろんあの兎に賭けられた分とこの施設に対する迷惑料も支払いますわ」

　本当は推しをもの扱いなんてしたくないよ？　でも穏便に怪しまれずに連れ出すには、この場所の理屈に合わせて理由を作る方がスムーズにことが運ぶのだ。

　心の中では百万遍くらい謝りつつ、私の推しを消費している野郎どもを謝った回数と同じくらいぶちのめす妄想で気をなだめる。

　案の定私の突然の申し出に支配人は動揺していた。そりゃ当然だろう。怯《おび》えると思っていた娘が、ここでやっている犯罪行為以上の悪徳を提案してきたのだから。

　うろりと視線をさまよわせて訊《たず》ねてくる。

「試合に参加するのはその従者ですか？」

「ええ、わたくしのお気に入りなの。こう見えてもとっても強いのよ？」

　私はそう言って、するりとアルバートの腕をなでてやる。脳内でめまぐるしく計算し始める気配を感じた。

　目に見えて動揺していた支配人だったけれど、どちらに転がっても損はないのだ。

　そうだろう？　どちらに転がっても損はないのだ。

　支配人はちらりとアルバートを見上げる。まあ、彼はいかにも上流階級に仕える見目の良い従者だ。マッチョマンというわけでもないし、はっきり言えば見栄えを重視したステータスとして連れ歩くタイプの存在にしか見えない。後で文句を言われてはたまらないのだろう、支配人はくどいくらいに確認してくる。

「……こちらの試合は、挑戦者が死亡しても自己責任ですが」

「うふふ、それはそれで興奮しそうね」

支配人の心理が手に取るようにわかる私は、それすら楽しんでいるように微笑んであげた。

ここで義憤に駆られていると取られちゃいけない。あくまでこの状況が楽しくて花を添えようとしているだけ。ただひたすら新しいおもちゃを欲しがる無邪気で残酷な上流階級の娘を演じ抜く。

支配人はやがて、平静を装いながらも欲に濡《ぬ》れた顔で頷《うなず》いた。

「良いでしょう。ではそちらの従者殿があの兎に勝たれましたら、お譲りいたします」

ノッてきた。

内心拳《こぶし》を握りながら、私は楽しげにアルバートを振り返ってみせた。

「そういうことだからアルバート。勝ってきなさい」

「かしこまりました、我が主《あるじ》に勝利を」

すうとひときわ優雅にひざまずいたアルバートは私の手を取ると、口づける振りをして指先に牙《きば》を突き立てた。ちくりとしびれに似た痛みがわずかに走る。

血をなめられたことは、急いで指示をして舞台を整えようとする支配人は気づかなかったはずだ。

そして私の脳内は大興奮である。滅多にない！　アルバートの騎士っぽい仕草えもい！

カモフラージュだったとしても目に焼き付けるしかないだろう！

『エルア様、うるさいです。落ち着いてください』

あ、やっべ影つなげっぱなしだった。彼が小さくため息をつく気配がしたがすぐに霧散する。

アルバートはとんっと地を蹴《け》ると、豪快に観客席の背を飛び移って試合会場に降り立った。

パフォーマンスとしても効果抜群なそれに観客が騒いだ。

支配人に案内されたＶＩＰ席に座った私には、突然現れた彼に千草がいぶかしそうに眉《まゆ》を顰《ひそ》めるのが見えた。

場内アナウンスによって、特別マッチが行われることが説明されて、観客からどよめきが起こり、刺激を求める彼らのボルテージが上がる。

私はその熱を感じながらも、ひたすら試合リングを食い入るように見つめていた。

推し対推しだぞ。気にならないわけがないだろう⁉

ゲーム内で兎月千草のクラスは剣士。がっちがちの瞬間火力に特化した攻撃型だ。木剣を使っていることからして、ここでも変わっていないだろう。

対してアルバートは特殊遊撃手だ。弱体化や行動不能などの搦《から》め手《て》が得意だが、堂々とした真っ向勝負はどうしても正規の剣士には劣る。

けれどもここはリアル。相性の上でだめでもアルバートは頭で考えて行動できるし、数字ではわからないが、ゲーム時のステータスとも若干違う。

だから、私には不安はない。

自然体で立つアルバートに、投げ入れられた木剣を受け取った千草は警戒する。ああ、そうだ。彼女は故郷では一、二を争う剣豪なのだから、彼が今までの相手と違うのはすぐわかるだろう。

アルバートもまた、申し訳程度に持たされた剣を鞘《さや》から抜いた。

千草は深く腰を落とす。

エモシオンファンタジーでの戦闘はほぼ自動処理だが、任意でスキルの使用ができた。

攻撃、防御、回復、弱体と色々あるが、固有の特技や魔法みたいな認識で、高難易度のクエストになるとこれをどのタイミングで使うかが勝敗を分ける。

それは多少形は違えど、この世界にもあった。

そして、千草の固有スキルは超攻撃特化型だ。しかも速度重視の一撃必殺。

彼女の速さに、勝てる人類はいない。

だけどね、人間から片足はずしちゃってるうちの従者様がいるんだよ！

ゴングが鳴る。

千草が消えた。

観客は皆思っただろう。さっきのマッチョマンと同じようにアルバートが吹っ飛ぶと。

けれど耳障りな音と共に、千草の木剣とアルバートの剣がぶつかり合った。

アルバートの剣はその拍子に吹き飛ばされたが、彼女の神速の剣が止められたのだ。

観客の悲鳴のような歓声が響く。

私のテンションもＭＡＸだ。

千草のぬきうちいいぃぃ！　不完全だけど！　不完全だけども‼

彼女は驚いたように金の目を見開くが、すぐさま二撃目を打ち込もうとする。しかしそれよりもアルバートが腰に隠した短剣を振り抜くのが先だった。

再び重い打撃音が響く。が、今度は嫌な音をさせて千草の木剣が折れた。

うさ耳が動揺に揺れるがそれも一瞬で、千草は折れた木剣の先でアルバートのみぞおちを狙《ねら》う。

目にも留まらない攻防だ、私も切り結んでいることしかわからない。

けど、今回はアルバートの方が一枚上手だ。

一瞬、千草が驚愕《きょうがく》に硬直する。アルバートにはその一瞬があれば充分だった。

容赦のない膝蹴《ひざげ》りがガッと、彼女の腹をえぐる。

軽く吹っ飛んだ千草がなんとか体勢を立て直そうとした。けれどアルバートが短剣の切っ先を首筋に突きつける方が先だった。

瞬《また》きの間の静寂のあと、爆発のような歓声が起こり観客席が沸きに沸いた。

千草は絶望の色を浮かべて何か言おうとしたが、アルバートが手首を返して彼女の首筋を柄《つか》で撃つ方が早かった。

はたから見ていてもすさまじい衝撃が入ったことが察せられて、千草は意識を失う。

その体をアルバートが無造作に担ぐのを見届けた私は、ＶＩＰ席になだれ込んできた屈強な男達には気づかなかったふりをして、隣に立つ支配人に声をかけた。

「では、約束通り兎は戴《いただ》いてまいりますわ」

「ホワード様。手続きが終わるまでこちらでお待ちを……」

「あら、わたくしがカジノで勝った分では足りないというの？」

こてりと首をかしげてみせると、支配人の顔が屈辱と尊大な色に染まる。

「お嬢様はこれだから困る。ここは表の常識なんて通用しないのがまだわからないのかね。ここは遊びの場ではないいんだよ」

「あら、遊びよ。こんなの」

私の答えを鼻で笑った支配人が、武装した彼らに合図をする。

たとえ千草に勝ったアルバートが居たとしても、そばに来る前に私を人質に取ればどうとでもできると思ったのだろう。確かに私、ぜんっぜん戦えないけれども。

その代わり、かつん、と、握りに魔晶石を仕込んだステッキで床の影を叩《たた》く。

とたんこの部屋全体に仕込んでいた魔法が発動し、彼らの影を縛った。

中途半端な恰好《かっこう》で硬直する羽目になった支配人と警備員達をよそに立ち上がった私は、千草を抱えて戻ってくるアルバートを出迎えた。

「ご苦労様、じゃあ帰りましょうか」

「はい」

まあ、一人で居てもアルバートが駆けつける時間くらいは私にだって稼げるんですよ。

私は知っている。こういう弱者に優位に立ったことしかない人種には、より格上の力を見せつけてやるのが効果的だって。

恐怖に表情をゆがめる彼らに、私はとびきりきれいに微笑《ほほえ》んでやった。

「ではごきげんよう。楽しい時間だったわ」

そうして私達は影の中に消えた。

◇◇◇

影を伝って帰ってきたのは自分の屋敷である。

この転移魔法、私の魔法で一番便利な機能だと思うわほんと。

私が転移部屋と呼んでいる部屋に降り立った私は、ようやっと息を吐こうとしたんだけども、その前に千草の体が跳ねた。

完全には意識を失っていなかったのだろう、アルバートが距離を取ると千草は私達と対峙《たいじ》する。

金色の瞳《ひとみ》を細める彼女は警戒心ばりばりだったけれど、その場に膝《ひざ》をついて跪座《きざ》の姿勢を取った。

すっと背筋を伸ばして、まっすぐ私とアルバートを見つめた。

「そちらの従者は貴殿が拙者を救うと申された。実際、あのおぞましい場から拙者を連れ出していただいたことに感謝いたす」

アルバート、あの攻防の中でそんなこと話していたんだ。

ぐっと頭を下げた千草は、けれどすぐうさ耳を揺らして顔を上げた。

「しかし貴殿の振る舞いはこの国においても罪である。かような犯罪を行う者に捧《ささ》げる牙も脚もござらん」

圧倒的に不利な立場にもかかわらず、彼女は堂々と言い切った。

アルバートから殺気が漏れているのも感じているだろうに一切頓着《とんちゃく》せず、ただ私を見つめている。

私もまた彼女のまろい金の瞳を見つめかえした。

彼女はただ食べられるだけの兎なんかじゃない。

たとえバニーガールでも、そのたたずまいは苛烈《かれつ》で誇り高い侍そのものだ。

「貴殿は、拙者をいかがするつもりか。これ以上の辱めを受けるのであれば、拙者は最大限の抵抗をいたす。返答はいかがか」

その姿を私は知っている。何度も何度も戦いを見守り、グラフィックで堪能した兎月千草だ。

胸が昂《たか》ぶる。抑えようとしていたのに想《おも》いがあふれる。大きくあえぎ、でもこらえきれない衝動のまま、私はその場に崩れ落ちた。

「あぁあぁぁぁ尊いぃぃぃぃい！！！！」

「⁉」

思わず腰を上げる千草も、アルバートの冷めた眼差《まなざ》しも意識の外だった。

「かっっっこよすぎない⁉　私どこに出しても間違いない悪女やってたし、犯罪者だったし品性を疑うような振る舞いしてたのに、救い出した意図を汲《く》んでくれた上にお礼まで言ってくれるなんて高潔かよ高潔だったな！　頭の回転の速さと察しの良さは一線を画してるし、堂々と信念を主張して曲げない頑固さと強さはかっこいいの一言なのに、クールビューティ系の美女なんだよ⁉　うさ耳のあざとさすら覆い隠すイケメン美女！　いやむしろうさ耳が最の高なんだよな。侍＋兎という一見ミスマッチな組み合わせが矛盾せずむしろ魅力を増してるなんて神が作りたもうた奇跡の造形か！　はっ貢がなきゃどれくらい貢げばこの尊さに向き合える!?　ねえアルバート‼」

「ひとまず、驚かれてらっしゃる彼女に自己紹介をしたら良いのではないですか」

至極どうでも良さそうにするアルバートのアドバイスに、私は全力で従った。

ぽかんと立て膝をつく千草の目の前にスライディングで座り込む。

ひえ、という声が聞こえた気がしたが私はあふれる高揚のまままくし立てた。

「初めまして私エルア・ホワードといいます！　今はホワード商会って所の頭取やってます！」

「と、兎月千草と、申す」

「うあああああ、会話してもらえた。ひえ、やばい」

「じゅ、従者殿。この者は、あの場ではずいぶんその、自由に振る舞われていたと思うのだが、二重人格かなにかなのか」

「信じられないかもしれませんが、そちらが素です」

おろおろとした千草がアルバートにすがるように聞いている。

なんとか湧《わ》き上がる萌《も》えとときめきを抑え込んだ私は、なけなしの理性と語彙《ごい》力をかき集めて千草に向けて訴えた。

「私はあなたを傷つけるつもりは毛頭ありません。ついでに言うとあの場に居たのも偶然です。ただあなたの誇りと矜持《きょうじ》を守りたくて、あなたがあんな所にいるのが許せなかっただけなんです。なのでかかった金銭をお返しいただく必要もありません。もし宿がないのでしたらこの屋敷に泊まっていただいて結構ですし……ただあのカジノは必ず潰《つぶ》したいので、もしよろしければ事情を聞かせていただけないでしょうか！　そしてとりあえず課金させてください！」

「す、すまない貴殿が何を言いたいのかわからない！」

はっ推しに思いきり引かれているぞ⁉　つい自制を失ってしまった。

珍しく表情を崩した千草の貴重な一面に、私はまたふぐっとなったが必死にこらえる。

これ以上壊れたらまずい。引かれるどころじゃないだろう。それでもさっきまで散々こらえていたからもう一般人の振りをするのはきついんだよ。私頑張ってたのだ。脳内はひどかったけど。

動揺をなんとか押しとどめたらしい千草が先に口を開いた。

「貴殿は拙者に敵意はないようだが、事情については我が身の恥ゆえ、ご容赦を……」

まあ、そうだよね。誇り高い彼女のことだもん、そう言うと思った。

「じゃあ萩月《はぎづき》を取り戻しますんで場所を教えていただけますか」

「っ⁉　なぜそれを知っているっ」

愕然《がくぜん》とする千草に、私はきょとんとする。

「だって、あなたの兎速《うそく》が不完全だったのは、その兎速《うそく》の速度に耐えられる刀、萩月《はぎづき》じゃなかったからでしょう？　しかもあなたは萩月《はぎづき》を己の魂と同等に扱って滅多なことでは手放さない。なのに見世物とはいえ武技を披露する場に携えないのはおかしい。さらにあなたがああいった場に出るよほどの理由とすると、萩月《はぎづき》を不当な理由で取り上げられたと考えられます。たとえば借金の形《かた》にされたとか……ふぐむ⁉」

「エルア様、待てです。図星を指されている彼女の精神力が削れていきます」

アルバートの手で口をふさがれてなんぞと思ったけど、呆《あき》れを含んだ言葉でしまったと思った。

恐る恐る見ると、千草はうさ耳をぺったり伏せてしょんぼりとしていた。ものすごくかわいい。

「……宿を紹介していただいたのだが、恐ろしく高額な金額を請求されてしまってな。こちらで親切にしてくれた者に金子を増やす方法を教えていただいたのだが、いつの間にか拙者名義の借金が作られてしまっていたのだ。拙者に身に覚えのないものとはいえ借金は借金。必ず返すという誓いのために、我が右腕である萩月《はぎづき》を預けた」

「……完全にカモですね」

アルバートが身も蓋《ふた》もないことを言うのに、千草はますますしおれた。

う、うん。彼女は勘は良いし察しも良いんだけど、いかんせんめちゃくちゃ人が好《い》いのだ。ファンの間では「借金の連帯保証人をしてくれそうなキャラナンバーワン」なんて言われてたし、ゲーム中でもよくだまされていたし、二次創作でもよくネタにされていたのだけど。

「彼女はこの一宿一飯の恩義にもきちんと報いる義理堅さと頑固さが魅力なんだよ！　……まあ今回は、元から萩月狙《はぎづきねら》いだったんだろうな、とは思うけど」

「エルア様、彼女の剣はそれほど値打ちのあるものですか」

アルバートの問いかけに私は頷《うなず》く。

「十和国《じゅうわ》の刀はこっちでも最近美術品扱いされていて、値上がりしているでしょ？　さらに彼女の刀は魔晶石で鍛えられた名刀中の名刀。出す所に出せば私がさっきカジノで稼いだ金額を注いでも欲しい人はいるでしょうね」

「なるほど理解しました」

「貴殿らはなぜ拙者のことをそこまで知っている……？　以前出会ったことがあるのか」

千草がすごく驚いた声を上げて、異様なものを見る目でこちらを見ていた。

やばい、そうだった。私は知っているけど、がっつり思い入れあるけれども彼女とは初めましてなのだ。うわああ、最近は上手《うま》い具合に取り繕えるようになっていたのに全部タイミングが悪い！　だって千草が跳ねる姿を見られたんだよ⁉　しかも生で！　無理だ、無理すぎる。雑踏の中でいきなり推しに関連する公式発表を見た時ぐらい抑えられるわけがない。

だがここで不信感を持たれたら、ものすごく支障がある。

だらだら冷や汗をかいていると、かすかに息をついたアルバートが口を開いた。

「いいえ、俺達があなたに会うのはこれが初めてです。ですが我が主、エルア様は予知の中であなたを見通していた故にご存じでした」

「っそれは千里眼持ちということか⁉」

「といっても、見通せるものは大変限定的ですので、過度な期待はなさらないでください」

うわああアルバートナイスアシストぉぉ！　私のゲームの知識については予知で別の世界線の未来を見通しているということにしてある。いや本当は全部隠せれば良いんだけど、私が発作を起こすから、あんまり秘匿するよりも小出しにした方が良いって言われたんだよな。

ほんと、エモシオンに予知の概念があって良かった……。

驚く千草の私を見る目つきが変わった。まあ、あるといっても希少な能力には間違いない。

「だ、だが彼女が私を見る目は、それだけではないような」

「それはあなたの活躍を見て、ファンになったからということらしいです。よくこう陥りますので慣れてください」

ものすごく苦しい言い訳を重ねるアルバートだったが、間違っていないので私は高速で頷く。

だがまたしても勢いが良すぎたのか、千草は思いきり引いていた。うああごめんなさい。もうちょっと、もうちょっとしたら落ち着くので……。

「そ、そこまでばれているのだったら致し方ない。エルア殿、でよろしいか」

「うっうっ、よろしいです……」

名前呼ばれて嬉《うれ》しすぎるけど、これじゃまったく話が進まないから耐える。耐えるよ。アルバートの視線がそろそろ冷たすぎるんだ。頑張る。

千草は若干震える私を少々心配そうにしながらも、うさ耳を悄然《しょうぜん》とへたらせながら語ってくれた。

「その、エルア殿が推察された通り、拙者は萩月《はぎづき》を買い戻すためにあの闘技場に立っていた。あそこで勝ち続ければ返してもらえる約束だったのだが……」

「あなた甘すぎませんか。いくらもらっていたのかは知りませんが、それだけの苦労をして手に入れた名刀を簡単に手放すわけがないでしょう。担がれたんですよ」

「な、なんと。では萩月《はぎづき》はもう……」

「大丈夫です！！！」

愕然とする千草の声を遮って私は叫んだ。

「千草さんの傍らに萩月《はぎづき》がないのは絶対にだめですっ。あなたの魂の片割れは必ず私が取り戻します！　あきらめないでください！」

千草はぽかんとこちらを見つめると、ほのかに頬《ほお》を染める。

「そんな口説き文句をどうして素で口にできるんですかね……」

ぼそっとアルバートが呟《つぶや》いていたのも耳から滑り落ちる。

若干顔に生気を取り戻してくれた千草は、視線をさまよわせながら言った。

「あの、その、だな。その申し出はとてもありがたい。拙者にはまったく見当がつかないのだ。しかし、貴殿を信用することもできない。拙者にはあの闘技場で見た貴殿の振る舞いが目に焼き付いている」

「ですよね。私悪者ですし」

我ながら板に付いているし、ぶっちゃけ弁明できないほど犯罪者だし。

千草は私が肯定するとは思わなかったのかぎょっとしたけど、それでも顔を引き締めた。

「だが、貴殿が拙者を害するつもりがないというのであれば、拙者のために使用した金銭分を働いて返させていただきたい。多少腕に覚えはあるつもりだ。ここに誓うべき刃《やいば》はないが、世話になる間は拙者の武技を貴殿のために振るうことを誓おう」

背筋を伸ばして言い切る千草のまっすぐな金の眼差《まなざ》しに、私は息が止まった。

彼女は、刃に誓ったことを絶対に違《たが》えない。それが彼女の信念であり、たとえどんな理由があろうと受けた恩には報いようとする気概が美しいのだ。

もちろんです。ありがとうございます。

「…………とうとい」

「エルア様、本音と建て前が逆になっています」

アルバートの冷静な突っ込みの中、千草は顔を引きつらせていたけど、私はあふれそうになる感情を殺すことに必死になっていたのだった。

もう時間も遅かったから、千草には休んでもらうことにした。

「はいはーい。お客さんですね。かしこまりましたー。うっわ。すっごい恰好《かっこう》ですね」

案内に、と呼んだのはメイドの空良《そら》だ。ロシアンブルーのような青みがかった髪の女の子なのだが、フェデリーからついてきてくれた古参の使用人の一人だ。

いつものの んびりマイペースな彼女は、千草を見るなり素直な感想を漏らした。

空良を見てぽかんとしていた千草だったが、自分がバニーガールのままだと思い出したみたいで顔を真《ま》っ赤《か》にして身を縮こまらせた。

「士族の方がそれじゃーたいへんでしょう。あとでてきとーな服もってきますね」

「かたじけない……。だが十和《じゅうわ》の者が居るとは思わなかった。猫族《ねこぞく》の者か?」

千草がそう聞いた空良には、髪と同色の猫耳としっぽがある。うむ、彼女も十和《じゅうわ》の人なんだよな。あそこはまだまだ国交が薄いからこっちに居るのは珍しい。

ふよ、とその細いしっぽを揺らめかせた空良は、あっけらかんと言った。

「あーはい。あたしエルア様に買われたのでー」

「なっ⁉」

「ほらあたしの目、まっさおで珍しいからって売られたんですよー。獣人を観賞用だったり愛玩《あいがん》用だったりにするお貴族様は多いもんで。はじめに買われたゴシュジンサマはド畜生だったんですけど、今はエルア様のおかげでのーんびりしてます」

「空良、無駄話はそれくらいにして、仕事をしなさい」

「はーいアルバートさん。んじゃあてきとーについてきてください」

驚きさめやらない様子で、千草は私と空良を見比べていたが、空良はすたすたと先に行ってしまうので、結局彼女を追い掛けていく。

彼女を見送り、自分の部屋に戻った私は、全力でソファに潰れた。

「……過剰摂取だった。不意打ちは卑怯《ひきょう》」

胸が痛い、萌え転がりすぎてつらい。

ようやくこらえなくてすむので存分にぽすぽすクッションに顔を埋《うず》めていると、アルバートに声をかけられた。

「エルア様、萌えをぶつけられるのは化粧を落としてからにしてください」

「うええん……だってぇ、だってぇ……へぶ」

推しが尊すぎて余裕がない。

うじうじしつつも顔を上げると、アルバートが容赦なく蒸しタオルを当ててきた。ぬくい。

その後、オイルが塗りつけられ、少し硬い指先がいつもの通り肌をなぞっていく。

日頃《ひごろ》の習慣で反射的に目をつぶった。「エルディア」になった時にまず初めに覚えたのは大人しく人に世話をされることだ。

指が優しくなぞるように肌をまんべんなく滑っていったあと離れる。

「はい、流してください」

「別にもうここまでやんなくてもいいのに」

「あなたはいつも雑にすませるでしょう。まだ肌が若いからと言って手抜きは許しません」

ごもっともです。

仕方なくアルバートに言われるがまま、いつの間にか用意されていた洗面器のぬるま湯でぱしゃぱしゃやって、洗顔剤を付けてもう一回ぱしゃぱしゃ。タオルで水滴をぬぐっていると、アルバートがさっと化粧水を含ませたコットンを当ててきた。

ついと、左手で顎《あご》を持ち上げられて、長い前髪から見える紫の瞳《ひとみ》がひたりと私を覗《のぞ》き込む。

「まって、顔が良い」

アルバートがコットンで私に触れる前に顔を手で覆って天を仰ぎかける。だが、それは当の本人に阻止された。

「動かないでください。仕事ができません」

「むりです。ささやかないでください、もう私の情緒は限界です」

「……正常そうですね」

「……ん？　どういうこと？」

私がそろーりとアルバートを見ると、彼はすました表情の中に安堵《あんど》を滲《にじ》ませている気がした。けど、彼はそこには触れず話柄を変えた。

「兎月千草はあなたにとってどのような枠の方ですか。それによっては対応を考えなければなりませんので」

「えーと、うーんとね。彼女は私が初めて仲間にしたキャラクターの一人なんだよ」

ゲーム時代の思い入れを話すのは、アルバート相手でもちょっと緊張する。

だけど、彼女についての情報共有も大事だったので十年前の記憶を掘り起こしつつ続けた。

「はじめはどんな子かわからなかったんだけど。初心者でも使いやすいスキルと運用法だったから、アルバートと同じくらい連れ回していた子でね。どんどん好きになっていったんだよなあ」

私のプレイスタイルは、効率寄りの短期決戦派だから、素直に強い千草は常にパーティメンバーだった。コネクトストーリーも積極的に攻略して、特に彼女のスキル「兎速《うそく》」は鋭くスタイリッシュな演出で飽きずに見ていたものだ。戦闘スタイルの相性も良かったから、アルバートともよく組ませていた。

だからこそ、千草については隅から隅まで知っている。

「だけど本来ここに居る人じゃないんだよね。彼女の初出はもっと後で、何より萩月《はぎづき》を携えているはずなの」

「ストーリーの展開に関わるということでしたか」

「うん。いないはずの彼女がいることで、ストーリーに不具合が出るかもしれない。とはいえ修正力が働いて、私が介入しなくてもなんとかなったかもしれないけど」

十年間この世界と付き合って徐々にわかってきたのだが、なにがなんでも必ず起こるストーリーと、こちらで整えないと起きないストーリーがあるのだ。その見極めは毎回難しい。

「あの方の性質を考えると限りなく不可能に近いのでは」

うはは、アルバートってば辛辣《しんらつ》だけど、ぶっちゃけその通りではあるんだよね。

「と、いうわけで。今回の目標は彼女の刀を取り戻すこと。カジノについても詳しく調べておきたいから、オルディファミリーにアポを取っといてくれる？」

「わかりました。それほどの値打ちものの刀でしたら闇《やみ》ルートでも慎重に動かすでしょう。流通網についてはこちらでも調べてみます」

「よろしく」

と、今後の方針についてまとめたのだが、アルバートが離れない。

あれ、スキンケアは終わったよね？　じーっと見つめられて戸惑うけれど。

「毎度のことですが、熱意がすさまじいですね」

「そりゃあ推しの幸せのためだもの！　なにより思い入れのある人だし！」

「あなたがあそこまで反応を示すのは久しぶりでした。勇者と聖女に出会った時以来ですか」

「うんん？」

なんかアルバートの様子が変だな。へんだ。

不機嫌そうというか、寂しそうというか。ふてくされているような？

「アルバート、疲れた？　結構大暴れしたし」

「……エルア様、俺に触れられます？」

へ？　触れられるか？

この、芸術品のような美しい男に？　自分から？

「イエス推し！　ノータッチ‼」

反射的に叫んで腕でバッテンを作ると、アルバートはびくっと離れた。

面食らった様子の彼に、私は真顔で諭す。

「推しは愛《め》でてあがめて萌《も》えるもので、実際にお触りしてはいけないものです」

「そういえば、言動の押しと勢いはすさまじいですが、俺を含めまったく触れようとはしませんね」

まあ画面から出てこないっていう身も蓋《ふた》もない理由はあるけれども！　二・五次元という世界もあるとはいえ、そこには必ず中の人という概念がある。

彼ら、彼女らは絶対に自分だけのものにならない。自分と同じかそれ以上の熱意で推している人が必ず居る。応援するのはかまわないが、自分達の振る舞いが大好きなキャラクターの対外的な印象になってしまう恐れがあった。大げさなようだが、自分の行動一つで推しの不利益になるかもしれない。

空想、想像、妄想の上では推しに何をしようが自由だ。時と場所を選びさえすれば、誰かに迷惑をかけるわけではない。

だが、それは絶対外には出さない。それが私の昔から変わらない信念だった。

「要するに推しには触れるべからず！　これが絶対法則です！」

「あなたの推しである俺が良いと言っているのに？」

熱弁を振るった私はきしりと固まる。なにを言われたかわからなかった。

視線の先では、アルバートが読めない表情で私を覗き込んでいる。

その拍子に彼の前髪がさらりと流れた。

「あなたの持論は『推しが皆のもの』が前提です。今の俺にはあなたしかいません。推しであっても、あなたの望むまま、いくらでも触れて良いんですよ」

「うえ、あ。そのええと」

「しかも俺はあなたの従者なんですから、元々好きなように命令できる権利があるんです」

ささやくように注ぎ込まれた低い声が、麻薬のように頭に染みる。

私はソファに座ったまま、アルバートが覆い被《かぶ》さってくるのをただ見ていることしかできない。

私はアルバートの想《おも》いを知った。だけど、長年いっそ信仰の領域で推してきた人物である。

はっきり言うと、今でもどう受け止めて良いかわかってないくらいだ。

なのに彼はその暴力的な美貌《びぼう》を近づけて、私に迫ってくるのだ。

「ねえ、俺に惚《ほ》れているでしょう？」

「ひえ……」

こんな台詞《せりふ》が許される神が与えたもうた奇跡の造形で。完璧《かんぺき》な仕草とシチュを整えてのたまってくれやがったアルバートに、私は一瞬意識が飛んだ気すらした。ぐらぐらとした熱と昂揚《こうよう》で理性が溶け崩れていく。

けれども、頭の隅にかすかな違和が引っかかった。

アルバートは普段はこんなことをしない。割とドライだから、私を調子づかせて誘導したい時以外は切れ味抜群な言葉で切り捨てる感じだ。今回は特に要求らしいものはなかったし、何より威圧的にというか念押しするような物言いだった。

今までだったら、アルバートの突然のファンサにうろたえるばかりだっただろう。

けれども、彼の中にあるどろりとした想いを思い知らされた身としては、今の状況を素直に受け止められないわけで。

心当たり、と、いえば。

「ある、あるばーと。そのもしかして、ほんとうにもしかしてなんだけど。いや私の自意識過剰かもしれないんだけど」

「なんですか」

うろうろと視線をさまよわせながらも、何度か言葉をかき集めてうわずった声で聞く。

「妬《や》いてますか。千草に、はしゃぐ私に」

その恐ろしくおこがましい質問をした私は、いやに鳴る心臓を感じながら、じっとアルバートを見上げる。彼の紫の瞳が瞬いたことで隠れた。

「……意外と鈍くはなかったのですね」

「あれだけ赤裸々な告白をしてきた人に対して何も思わないほど枯れてはおりませぬが」

なんか妙な口調になったが仕方ないだろう。今理性と萌えがせめぎ合ってるんだ。

アルバートは私に覆い被さった姿勢のまま、気まずそうに目をそらす。

その耳は、ほんのりと赤く染まっていた。

「あなたの性質を理解はしていても、感情で納得できるかは別なもので」

照れている。

恥ずかしがっている。

あの、いつもすまし顔で、悠然としているアルバートが。

「で、あなたの返事は」

「ふぎゃう」

頭が沸騰した私が、萌えの過剰摂取で鼻血を吹き出すのはしごく当然の成り行きだった。

◇◇◇

思い切り吹き出した鼻血に私がマジうろたえする中、アルバートはてきぱきと立ち回って処理してくれた。しかも、有無を言わせず寝かし付けられてしまう。

気づいた時には、朝日が差し込んでいて、やってしまったと頭を抱えた。

身支度を整えたあと、アルバートに謝り倒したのは当然である。

翌日の彼は、もういつもの従者様に戻っていた。ほっとしたような申し訳ないような気分になりながら、私は昨日《きのう》は言えなかった言い訳を神妙に述べてみる。

「その、私が推しを推してゆくのは、生きる糧というか生きがいなので。どうしようもないと言いますか……」

「あなたが推しを追う姿を悪くないと感じているのは本当ですよ。ただあなたに想いを明かしたことで、自分でも驚くほど自制が利かなくなっていたと気づきましたが」

ねえ待って、さらっとすごいこと言わなかった？

「まあ、今回であなたが思ったよりも俺を意識していることがわかりましたから。ひとまずは気がすみました」

「そ、そう？」

さっぱりと言ったアルバートに、釈然としないものを覚えつつひとまずほっとした私は、脳内でまた増えためちゃんこかわいいアルバートの萌えフォルダを思い出して堪能した。


午前中は仕事を片付けてお昼ご飯を千草と共にした。

今日のメニューは料理人が気を利かせてくれたらしく和食である。私も嬉《うれ》しい。

「まさか拙者の荷物まで取り戻してくださるとは恩にきもうした」

「どういたしまして！」

そう言う千草は私にとってはとても見慣れた、着物とたっつけ袴《はかま》に似た衣装を身につけていた。

禁欲的でありながら、どこか色気のある衣装は獣人の特徴だ。

千草が着てくることは予測していたから、入る前に心の準備をしていた。だから感動で崩れ落ちることだけは避けた。えへん、対処法くらいは身につけている。

ちなみに彼女の荷物は、処分される前にうちの子に忍び込んでもらって勝手に引き取ってきたんだけども。言わなければわからないよね。

にこーっと笑ってごまかしていると、給仕をしてくれていた空良がのんびりと言った。

「たっつけ袴の仕立てなんてわからねーですから、てきとーに縫いましたよー。ひとまず千草様の体型に合う着替えは今日中に用意するつもりです」

「わーありがとう、空良！　なでなでしちゃう」

「はいはい。エルア様の愛は重いですねー」

のんびりとした報告を聞きつつぐりぐりと頭をなでると、空良は口ではそう言いつつもしっぽが嬉しそうに揺らめいていた。

私達のふれあいに驚いたように目を丸くする千草だったけど、少々うろたえながらも頭を下げる。

「何から何までかたじけない」

「だ、大丈夫です！　推しに課金は当然の義務なので」

「は、はあ……」

あ、やばい。家だとちょっと気が抜ける。わ、私は人様に迷惑をかけない、できるヲタクなのだ。

すーはーすーはーと息を整えて、切り出した。

「ですが千草さん。午後から出かけるので、さっそくお供をお願いしてもいいですか」

「ふむ、あいわかった。だがすまないが、護衛役であれば剣を一振りお借りできぬだろうか」

「もちろんですとも！　アルバート、倉庫から刀を出しておいて」

「かしこまりました。別室に用意しておきます」

「うん？」

不思議そうにしていた千草だったけど、用意ができたと別室に移動したとたんぽかんとした。

布を敷いたテーブルにずらりと並べられているのは、十数振りの打ち刀と太刀《たち》だ。

「萩月《はぎづき》には劣ると思いますが、お好きに試して使いやすいのを選んでくださいね」

「い、いやいやまってくれ！　こ、これは一財産ではないか⁉」

千草は茫然自失《ぼうぜんじしつ》から我に返ると、刀を指し示しつつ私に聞いてきた。

「この淀《よど》みのない直刃《すぐは》は蜜隼《みつはや》か、こちらの皆焼《ひたつら》の刃文はもしや花雲《はなぐも》ではないか⁉　どれも名匠の鍛えた名刀だろう！」

「あ、茎《なかご》を見ますか。どれも本物ですよ」

「本物にしか見えないから困っている！」

すごい剣幕で千草に詰め寄られた私はひえっとなった。顔が良い。

「こ、このような業物《わざもの》をどうされたのだ。もしや盗品では……」

「失礼ですね。食客の分際で」

「あう、すまぬ」

アルバートが不快そうに言うのに、千草はしまったという表情を浮かべるが、彼女の言葉も否定できないんだよな。

「これは盗品だったものを私が買い上げたものですよ。ですが時期が来たら、しかるべき武人の方が手に入れられるように市場に流すつもりでした」

「なぜ⁉」

千草が心底訳がわからないという顔をした。

ここにある刀は全部ゲームで手に入れられる武器だ。けれど闇《やみ》ルートで行方不明になりかけていたから私が勝手に確保しているのである。もしリヒトくんが刀を使いたいって思ったらいつでも放流できるようにね！

もちろん、ゲーム時代の武器が実際に見られると思って買いあさった自覚はある。だけどこんな事情を説明することはできないからなあ。

支障のない範囲で説明すると、

「趣味です。武器はそれにふさわしい技を持った方に使って欲しいので。それに千草さんには萩月《はぎづき》が一番でしょう？　だから気にせず存分に振るってあげてください。手入れはきちんとしているので使えると思います」

千草はまだ少し驚いた顔をしていたが、気まずそうに表情を緩める。

「正直申すと、腰に重みがないのは落ち着かなかったのだ。これほどの名刀を佩《は》けるのは気分が浮き立つ」

そのちょっぴり照れくさそうな、でも隠しきれない嬉しげな様子に私は心臓を打ち抜かれた。

「うっ。全部持って行ってください」

「さすがにそれはだめですよエルア様」

「拙者も一振りで充分だ」

「課金させて、課金させて……この尊みのお礼をさせて……」

アルバートと千草によってたかって止められた。悲しい。昔は課金は生活に無理のない範囲しかできなかったけど、今は稼いでいるからいっぱいできるんだよぉぉ。

いいか、課金は家賃と食費に響かないまで。引き際が肝心！　お姉さんとの約束だ。


刀を抜いて試し振りをするのにまた撃破されつつ、千草が一振りを選んだところで出発した。

「ところでどちらへ向かうか、聞いてもよろしいか」

「もちろんですよ。知り合いのマフィアです」

ぽかんとする千草を引き連れて、たどり着いたのは街の中心にある高級サロンだ。

会員制で、お酒や料理、賭博《とばく》を伴わないゲームを遊べる上流階級の遊技場だ。たとえ貴族でも、会員か紹介がなければ門前払いを喰《く》わされる場所である。だから安心して利用できるんだけど。

私達が現れると、門番役の屈強そうな黒服は迷わず通して、一番奥の個室へと案内してくれた。

暖色の落ち着いた照明の下で妖《あや》しくも豪奢《ごうしゃ》な内装は、そこにふさわしい調度品で飾られている。

そして重厚なローテーブルの向こうにある革張りのソファに優雅に座っているのは、エルフの美女だった。

艶《つや》を帯びた淡い金髪に、冬の空のような淡い水色の瞳《ひとみ》は浮き世離れしていて、今にもその場から消えてしまいそうな儚《はかな》さを帯びている。長い耳には繊細な鎖に彩られた耳飾りが揺れ、その華奢《きゃしゃ》な肢体はぎょっとするほど大胆なドレスに包まれていて、アンバランスな美しさを生み出していた。

だがしかし、夢のように美しい彼女は入ってきた私達に気づくと、にい、と快活に笑った。

すると今までの儚げで浮き世離れした空気が霧散し、一癖も二癖もありそうな生々しく人間味のある気配に様変わりする。

「やあエルア。ずいぶんご活躍だったみたいじゃないか」

「久しぶりコルトヴィア。運営はどう？」

「まあまあってところかな、さあ座りなよ。友をもてなそうじゃないか」

気さくに軽妙な口調で言い放つ彼女は、コルトヴィア・オルディ。この街に根を下ろすマフィア、オルディファミリーの長だった。

一見エルフらしい容貌《ようぼう》でありながら、ひとたび口を開けば軽妙洒脱《しゃだつ》、人間くさく何より人をからかうのが大好きという食えない性格をしている。その上裏社会を牛耳るマフィアという、プレイヤーの間では「エルフ詐欺」と呼ばれた人気キャラだ。

この世界でも、コルトヴィアはマフィアとして裏社会を仕切っていた。

初めて出会った頃《ころ》から気の抜けない相手だから、萌《も》え転がっても緊張の方が強い。

室内には黒いスーツを着た構成員達がたむろして、私とアルバート。何より千草に対して威圧的な警戒の視線を向けている。

コルトヴィアは私が対面にあるソファに座るなり、千草に視線をやりつつ話しかけてきた。

「新しいお客人を連れてくるなんて珍しいじゃないか」

「うん、今日からしばらくうちに住むことになった兎月千草さんよ。大事な人だから覚えていてくれると嬉しいわ」

「なるほど。ではファミリーに伝えておこう」

即座に察したコルトヴィアは、部屋にたむろしていた部下達を手振りで追いやる。

ものすごく不満そうな顔をしながらも全員退出したところで、コルトヴィアは好奇心を隠しもせずに、私の傍らにある一人用ソファに軽やかに移動してきた。

「また新しいお気に入りを見つけたのかい？　寂しいのなら、うちにいつでも来てくれて良いのに」

さらに肘掛《ひじか》けに肘をつき、こてりと首をかしげてみせる。ふぐっ。この自分の美しさをしっかりわかっている仕草！　わかっていてもかっこいい！

「お、お気に入りとは拙者のことだろうか」

「聞いたよ、なかなか派手な買い取り方をしたそうじゃないか」

千草の戸惑いがちな問いかけにコルトヴィアはにいと笑うと、私の顎《あご》に手をかける。

「なあ、つれないじゃないか。私はいつでも待っているのに」

「そこまでです、コルトヴィア様。エルア様を追い詰めないでください」

息が触れそうなほど至近距離で覗《のぞ》き込まれる寸前、アルバートが引きはがしてくれた。

「あっぶない、うっかり涅槃《ねはん》を見た」

「もう少し警戒心を持ってください。あなた思い切りもてあそばれているんですから」

「わはは、相変わらず君の反応は面白い！」

からからと笑うコルトヴィアは、それはそれは生き生きとしていた。

彼女もまた私の事情を知る一人だ。私の目的のためにはどうしても彼女とはつなぎを作らなきゃいけなくて、協力体制を取るには必要だったから打ち明けた。というか、私が耐えきれずに萌えの海に沈んだのを目撃されて、洗いざらい話すしかなかったともいえる。

以来、彼女に会うたびに確信犯的なファンサを食らうのだ。

むり、自覚のある美女怖い。

軽く息を忘れていた私がアルバートに肩を引かれつつもなんとか我を取り戻していると、妖艶《ようえん》な雰囲気を霧散させたコルトヴィアが肩をすくめる。

「にしても無粋だねえ、番犬くんは。どうせ飼い主に手も出せないくせに」

「あ」

実は思い切り手を出す発言をされているんだけどそれは。

私が小さく上げた声を耳ざとく聞きつけたコルトヴィアは、私とアルバートを探るように見比べる。その水色の目はこぼれんばかりに見開かれた。

「……まさか、このヘタレが言ったのか⁉　そして君が理解したのか⁉」

「ひ、ひどいなコルト！　私だってそういうのを知らないわけじゃないのよ」

「だって君、イイ男やイイ女を問答無用でたらし込むのが趣味だろう！　しかも全員それぞれに愛し抜く究極の博愛主義じゃないか。一人に決められるのか！」

「えっ私がいつ口説いた⁉」

「君の無自覚さは罪に近いぞ……」

呆《あき》れた顔をするコルトヴィアに私は眉《まゆ》を寄せる。

私は自分の好きなキャラに対しての想《おも》いが時々あふれるだけなんだぞ。そんなどこかの聖人君子みたいな高尚なもんでもないし、ただの欲望に忠実なヲタクですし。

なのにコルトヴィアは哀れむように千草を見た。

「君も大変だなあ。捕まったからには逃れられないぞ」

「せ、拙者がエルア殿の愛人になると⁉」

千草が顔を真《ま》っ赤《か》にしながら心外そうに叫んだ。

「多情なことに対し偏見はないつもりであるし、合意であればとやかく言わん！　しかし拙者はコルト殿やアルバート殿のように器用ではないゆえご容赦願いたい！」

えっいきなり何言い出すの⁉　大いにうろたえた千草に懇願された私は目を白黒させる。

けれどコルトにはわかったらしい、呆れ混じりに頬杖《ほおづえ》をついた。

「はっ、君の耳は飾りか？　エルアのそれは役者に熱を上げる娘っ子のそれと一緒さ。まあ、少しばかり愛が深いし行きすぎた部分もあるが、一方的に好意を向けているだけでこっちになんにも求めない害のないものさ」

「そ、そう、なのか？」

我に返った千草に問いかけられて、私は高速で頷《うなず》く。だってイエス推しノータッチがモットーなもので！　ガチ恋に近いけれど、世界もそこに生きる全部ひっくるめて愛しているんです！

「まあ、ただ愛してるってだけで種族を一つ救うし、それだけの深い愛を複数に注げるある種の化け物だ。君もエルアの愛に溺《おぼ》れないようにな」

「えっまって。コルトそれどういう意味」

私はただのヲタクですけど⁉　ねえ、なんでアルバートも頷いてるの⁉

「しっかり口説くのはこれからですが。よくもまあ俺も彼女の特別を引き出せたと思いますよ」

「おや、そうなのか。これはエルアがいつ堕《お》ちるのか楽しみになったなぁ。それはともかくとしてアルバートの勇気と努力に敬意を払おう」

「私が堕ちる前提なの⁉」

あんまりじゃないかな！　と抗議してもコルトはどこ吹く風だ。

「君はどうしてかは知らんが、好意を向けた相手に好意を返されることに慣れてないだろう？　本気で惚《ほ》れ込んでいる相手に理性なんてものは幻想さ」

だって相手が画面から出てこない人でしたからね！　さすがにこれは語れないわけで、私が不本意ながら黙り込んでいる中で、千草は硬い表情で拳《こぶし》を握っていた。

「……その、拙者はまだ見極めている最中だ。参考にさせていただく」

「話が聞きたければおいで。エルアに気に入られた君なら歓迎しよう」

コルトヴィアの方は大変楽しそうだ。

私は釈然としない気持ちを軽く息をついて押し流すと、にやにやとする彼女に向き直った。

「で、ごまかされるわけにはいかないのよ。コルトヴィア」

私が声を低くして呼びかけると、コルトヴィアはばつの悪そうな顔になる。

「いや、ごまかすつもりはなかったんだが……」

「私はここにあなたを紹介する時、契約したわ。あなたがあなたの家族を守るために、ここで利益を生むことを許す。だけど必要以上の悪意を持ち込まれた場合は、悪の秩序を守り抜くって」

「ああ、その通りだ。その代わり君は我らと親密に付き合い便宜を図り、繁栄の協力を惜しまないと約束した」

「ではあのカジノはなに？」

彼女は出会い頭に私が大暴れした、と語ったのだから、昨日《きのう》の顛末《てんまつ》については知っているはずだ。

あのカジノの所行は契約違反以外の何ものでもない。

「オルディファミリーがあんな不作法者を許している理由を教えて」

私がじっと見つめると、さすがにコルトヴィアも表情を消した。

「君が本来の仕込みに忙しくて、密に連絡を取らず、こちらの不手際であのような存在をのさばらせたことを謝罪しよう。だが我がファミリーも手をこまねいてたわけではないと主張する」

「聞きましょう」

私が姿勢を戻すと、コルトヴィアは静かに語り出した。

「あのカジノはつい最近リソデアグアに入ってきた新興勢力だ。はじめこそ大人しかったが、いかさまカジノと喧嘩賭博《けんかとばく》をはじめた。裏ではどこから流しているのか、盗品の取引もしているらしい」

盗品という単語に、千草がうさ耳を動かすのが目の端に見えた。

「また、いかさまカジノで破産した上流階級が行方不明になっている。さらにアレはどうやっているのか、こちらの優秀な人材を強引に引き抜いてゆくようになった。最近は私達の経営するカジノの評判にも関わってきている」

コルトヴィアの説明を聞きながらも、私の疑問は尽きない。

エルフの強みはその魔力の高さだ。体力や肉体強度は人間並みかそれ以下なんだけど、魔法を自在に扱うことで、圧倒的な強さを誇る。ぶっちゃけ魔法に長《た》けたエルフが二、三人で乗り込むだけで、たかだか組織の一つくらいは掃討できると思うんだが。

「なぜそこまでやられっぱなしになっているんです。あなたらしくもない、とっとと皆殺しにでもすれば良いでしょう」

アルバートが冷淡に糾弾すると、コルトヴィアはその華奢な指をぴ、と三本立てた。

「三度だ。私は三度送った。一度目は警告。二度目は恫喝《どうかつ》。三度目は粛清するつもりでだ。しかし送った同胞は私の元に帰ってきていない。死体も売り払われている様子もなかった。こちらに対するけん制に死体を送りつけることもしない。文字通り消えているんだ。はっきり言うと気味が悪い」

　吐き捨てるようなコルトヴィアの言葉が、室内に浸透していく。

「だから、その内部に入り込んだそこの兎は貴重な情報源だ」

「拙者か」

　戸惑った顔をする千草は、少し悩む様子を見せた後、私とコルトヴィアを見た。

「拙者には、貴殿らとあの賭博場の連中がどう違うのかわからぬ。貴殿らは己がしていることが世の道理に反する自覚があるように思える。にもかかわらずあの賭博場を『気味が悪い』と称するのはなぜだろうか」

　コルトヴィアの気配が冷えるのを感じた。

　あーうん。まあ彼女にとっては侮辱に等しい言い方をされたからねえ。でも千草の問いかけには一切侮蔑《ぶべつ》の意図はない。純粋に不思議に思っているだけだ。だから私が説明することにした。

「全然違います。コルトの率いるオルディファミリーは特に、悪なりの秩序があるの。彼女達は表の世界があるからこそ、裏の世界が成り立つと骨身にしみて知っている。だから絶対に表の社会を壊すようなことはしないの」

「そう、なのか」

「だがあいつらは違うんだよ。平然と私達が侵さない領域を蹂躙《じゅうりん》している。まるでこの街も自分達も共倒れになってもかまわないような所行だ。私には家族を守る義務がある。たとえ泥の中だとしても、安心して眠れる場所をなくすわけにはいかない」

私の言葉を引き取って、心底忌々しげに吐き捨てたコルトヴィアに、千草は戸惑うように瞬いて何かを言おうとしたけど、結局なにも言えずに私を振り返った。

話しても良いか、と問いかけるものだったから頷いてみせると、千草は言いにくそうに語った。

「だが、話せることは多くはないぞ。拙者はあの賭博《とばく》場に連れてこられてからは試合をこなしていただけゆえ。ただ、勝ち続けると別の場所に連れて行かれるらしい。それが『温情』なのだと他の闘士が話しているのを聞いた」

「温情、ねえ」

コルトヴィアが心底疑わしげな声を出す。ふと、千草は思い出したように言った。

「ただ、観客は贅沢《ぜいたく》な身なりをした者が多かったように思えるが、一度だけ異様な気配を感じた」

「異様な気配？」

私が聞くと、こくりと頷いた千草はコルトヴィアとアルバートを見回した。

「恐ろしくて強い、武人のような気配だ。コルトヴィア殿やアルバート殿に似ていた気がする。拙者が語れるのはそれくらいだ」

しょんぼりと、うさ耳をへたらせる千草だったが、私としては充分すぎる。

コルトヴィアとアルバートに似ているということは、あの場にゲームに登場したキャラクターが訪れた可能性が高い。事前に警戒できる良い情報だ。

問題は一体誰が訪れていたか、なんだけど。あり得そうなキャラクターが多すぎて困るなあ。

私がうんうん悩んでいると、コルトヴィアが私の方を向く。

「私もやられっぱなしではない。あのカジノを含む新興勢力の中心には、イストワ国の貴族、テベリス伯爵が関わっているところまでは突き止めた。さらに近々カジノを通じて街の外から多くの上流階級を呼んで大きな催しをするようだ」

ほう？　なら簡単だ。

「私が潜入すればいいわね」

そう言うと、千草は金色の目玉がこぼれそうな勢いで驚いていた。

対照的にアルバートがやっぱ言いやがったこいつという表情をしているし、コルトヴィアは慣れたものでにんまりとする。

「話が早いじゃないか。なにせ君はリソデアグアでも有数の顔役だからな。私とつながりがあろうと、いやだからこそ陣営に取り込もうとするさ。君を一人味方に引き込むだけで、この街の覇権を握れるんだからな」

「評価してくれるのは嬉《うれ》しいけど、私ただの小娘よ？」

「ただの小娘と思われないように、あれだけ派手にカジノを蹂躙したんじゃないのかい？　金があり、悪徳を知り、恵まれた立場の人間という地位も示した。最上級の客として扱ってくれるだろうさ。内部を知れる絶好の機会なんだよ」

すまねえ、私は推しの不遇にかっとなってやっただけでただの偶然です。

くすくす笑って愉快そうなコルトは、不意に私の背後に視線を流した。

「……だからアルバート、今にも私を殺しそうな顔をしないでくれないか？」

えっと思って私も振り向くと、たしかに眉間《みけん》に皺《しわ》を寄せていたアルバートが苦々しそうに言った。

「あなたが担ぎ出したいのは俺でしょう。そのためにエルア様をだしにするのはやめてください」

「番犬は怖いねえ。だがな、エルアの手を借りたいのも本当なんだよ。表からも裏からも探れるに越したことはないし、君の諜報員《ちょうほう》としての腕はすこぶる良い。二人一緒にうちに欲しいくらいだ」

「俺はエルア様の従者ですので、お断りいたします」

殺伐とした空気で、バチバチ睨《にら》み合うコルトヴィアとアルバートはいつものことだ。

千草がこの殺気に当てられない胆力がある人で良かった。

「よしてアルバート。この街には来たる時まで安全に楽しめる街で居てもらわなきゃ困るの。……だからコルト、協力するわ」

「まったく、仕方ありませんね」

私が言うと、彼に盛大なため息をつかれたが、それ以上の文句はないようだ。

「カジノの方は、私にご機嫌伺いへ来るんじゃないかしら？　私にあの裏賭博場まで見せておいて放置はないでしょう。催し物についても、直接聞けばなんとかなりそう」

「俺から接触するならカジノオーナーかテベリス伯爵でしょう。テベリスの屋敷へ潜入したいところですが、それもある程度見当をつけてからにしたいものです。エルア様が出られるまでもなく、俺が片を付けます」

決意の滲《にじ》むアルバートに私は、えっと思った。

「私が言い出したんだから、私の顔が必要な時はちゃんと言ってよ？」

「あなた表の仕事を忘れていませんか？　俺が抜けた場合、あなたがすべて片付けることになるんですよ」

アルバートに呆《あき》れられて、私はちょっと肩をすくめた。

た、確かに。でもこういう風に仕事をするのはいつものことだし。なんとかなるかなって。

私が斜め上を見つつ口笛を吹いているのをガン無視して、アルバートはコルトヴィアと相談をはじめた。

「カジノに潜入するルートはありますか」

「喜べ、あのカジノは従業員の入れ替わりが激しい。募集は常にされている上、腕が良いディーラーはカジノオーナーであるテベリス伯爵の屋敷に呼ばれているようだ」

「ならば、正規の募集を通じてカジノに潜入しましょう。そちら経由の方が怪しまれないはずですし、帳簿と出入りの人間を漁《あさ》れば充分な手がかりになります。ついでにその催し物とやらの情報も得られる上に安全も確認できますね」

コルトヴィアとのやりとりで、アルバートの中で見事に計画が練られたみたいだ。

顎《あご》に手を当てて、俯《うつむ》きがちに思考する横顔は見蕩《みと》れるほど美しい。いやいつも見蕩れてるけど。

「顔が良い……」

「っふく。君はいつもそれだな」

コルトヴィアに吹き出されたけども、彼女は私の本性知っているからいいんだもん。

こう、出しても大丈夫な範囲しか見せてないし！

楽しげにするコルトヴィアだったが、ふと表情を曇らせた。

「まあ、テベリス伯爵とやらも黒幕とはとうてい思えないんだがな」

「コルトの勘は当たるからなぁ」

「君の予知にはかなわないさ」

「今回についてはないわよ」

これはメインストーリー外のことだ。ぶっちゃけ千草がここに居ることにも動揺していたくらいだもの。

私が追及される前にけん制すると、ますますコルトヴィアは嬉しそうに笑った。

「だからさ。予知がなければ、君は思う存分暴れ回ってくれるからな」

冗談含みの中にも期待が入り交じった表情は、たいそう魅力的だ。

私はとことん推しキャラに弱い。知ってる。こんな風に悠然と食えないことを言うのが彼女らしい振る舞いだ。

だからこそ、私は深ーく息をついて答えた。

「今回はコルトを傷つけたやつらだもの。容赦しないわ」

きょとんとしたコルトヴィアを私は覗《のぞ》き込む。今回の詰問だってやりたくなかったけど、ああいう言い方しないとコルトヴィアは私に絶対弱み見せないもの。

私は知っているのだ。彼女がどれだけ情深いか。そしてオルディファファミリーの構成員……「家族」をどれだけ大事にしているか。構成員が三度送り出して、三度とも帰らないのだ。そのふがいなさに自分を責めていないわけがない。

はじめはゲームの知識だったけれど、短くない付き合いで実感していた。

「家族を失って、悲しいのは当然だから」

そう言うと、コルトヴィアは淡い水色の瞳《ひとみ》を感情で揺らがせた。一瞬垣間見《かいまみ》えたそれは、彼女の確かな素の表情だ。それはすぐに消えたけれども、ぎこちなく苦笑する。

「……君は甘いなあ」

「私が甘いのは、私の推しに対してだけよ。私とアルバートを良いように使うんだから報酬はしっかりもらうし」

「さすがは悪徳姫ってところかい？」

コルトヴィアがそれでもからかうように言うのに、私はすまし顔をしてみせた。

「自分の欲望には忠実なものでして」

「まったくなあ。そういうところだぞ」

ここに来るのだって、推しを愛《め》でるためが八割だからね。

コルトヴィアが呆れ顔をした時、出入り口の扉が叩《たた》かれた。

コルトヴィアの視線を受けたアルバートが扉を開いた。

扉の向こうに立っていたのは、私の外見年齢と同じくらいの男の子だ。

少年と青年の間くらい特有の線の細さや顔立ちに甘さが残っているが、髪をオールバックになでつけている上、黒いスーツは様になっている。彼の手には紅茶セットを載せた盆があった。

「コルトさん、お客様にお茶を持ってきました」

「サウルか、ありがとう」

コルトが彼に微笑《ほほえ》みかける姿に、私は思いきり緩みかける表情筋にマッハで活を入れた。

彼はサウル・エレン。オルディファミリーの幹部の一人だ。

サウルは私を見ると思いっきり顔をしかめながらも、盆に持ってきたお茶と茶菓子をテーブルに並べ出す。

「頼まれてたやつです。――ここで茶と茶菓子をたしなむなんて、あんたらぐらいなものっすよ」

「良いのさ、彼女は私の特別な友人だからね。それに君の淹《い》れる茶はうまい」

さらりと言うコルトヴィアに、サウルは一瞬喜びに表情を輝かせながらも、すぐに抑え込む。それから、明らかに不本意ですって顔をしながら私の前に置いたカップに紅茶を注いでくれた。

うふふふふ……と気持ち悪い笑い声を上げないのに苦労したけど、表情は思い切り緩んでいたんだろう。サウルが気味の悪いものを見るような視線を向けた。

「あんだよ、相変わらず変なやつだな」

「うふふふ、何でもないの。ただ生きる気力が湧《わ》いてくるなあと思って」

サウルくんがコルトヴィアに片思いしてるのが本当にかわいくて、かわいすぎてによによしたくなるだけなんだよ。コルトヴィアが護衛を引き連れた私といるのが不安だったし、なのに彼女に特別扱いされているのが悔しいんだよね。知ってる知ってる。

にこにこしながらティーカップを傾けると、アルバートとは少し違う優しい味わいがした。

「サウルの淹れるお茶は相変わらずおいしいわね」

「そりゃ、あんたの従者にさんっざん仕込まれたからな」

「……教えて欲しいと泣きついてきたのはどなたでしたか」

低い声と共にアルバートにちろりと視線を流されたサウルはびくっと震えた。ああ、ぞんざいな物言いが気に食わなかったんだな。アルバートそこら辺厳しいから。

そんなサウルとアルバートに、お茶を楽しんでいたコルトヴィアが割り込んだ。

「おいおい、うちの子をそんなにいじめないでくれないか」

「べ、別に大丈夫っすよこれくらい！　俺だってやればできる男だって証明したんですから」

サウルが顔を真《ま》っ赤《か》にして言い返すのに対し、コルトヴィアは柔らかい眼差《まなざ》しを向ける。

それはかわいくて仕方ないといわんばかりの優しい目だ。

ああああそうなんですこれなんですよ！　コルトヴィアとサウルはこの関係が最高に滾《たぎ》るんだ！

その昔、コルトヴィアは気まぐれに孤児だったサウルを拾って育てるんだけど、共に過ごす内に情が愛に変わっていくんだ。だけどもエルフとただの人間じゃあ寿命の差がありすぎる。

彼女は彼を縛るつもりはないと打ち明ける気はないけれど、彼を手放すこともできないのだ。

サウルもコルトヴィアのそばに居るために、マフィアの中で生き抜くためにめきめきと頭角を現して、彼女の役に立とうとしてるんだよな。

だって今や幹部として十代でシマの管理を任されてるんだぜ。優秀さがわかるってもんでしょ。

マフィアの純愛なんておいしすぎる要素しかない。彼女達を眺めるだけで寿命が延びるぅ！

内心にやにやしながら眺めていると、視線に気づいたコルトヴィアが気まずそうにしている。

私がうすうす彼女の感情に気づいていることも知っているからな。

あー茶がうめえ！

閑話二　悪童王サウルの誓い

エルア一行を見送ったサウル・エレンは、ＶＩＰルームに戻ると茶器を片付けはじめた。

本来なら下位構成員の役割なのだが、今回使った茶器は万が一にでも破損したら取り返しの付かない高価な物のため、取り扱いがわかっているサウル自らがやることになっている。

何より、己《おの》が長のわずかな憩いの時間を取り上げるわけにはいかない。

コルトヴィアは先ほどまでの威厳ある姿など霧散させて、ぐったりとソファに寝転んでいた。

淡い金の髪が薄衣のように広がり、床に滑り落ちていく。怠惰であるにもかかわらず匂《にお》い立つ美しさににサウルは若干息を呑《の》んだが、すぐに我に返り苦言を呈した。

「コルトさん、髪が落ちてます。だらしないですし汚れるっすよ」

「いいじゃないか、君しかいないんだ。にしてもあ〜〜〜疲れた」

腹の底から声を出して一向に起き上がろうとしないコルトヴィアに、サウルはあきらめた。

彼女の安堵《あんど》もわかるため、もうしばらくはそのまま見ない振りをしておくことにする。

ただ、肘掛《ひじか》けへ無造作に足を乗せるのはやめて欲しい。こちとら思春期の男なのだ。ただでさえ露出の高い衣装を好む中で、普段見えない足が見えるというのはかなりクるものがある。

不意に、コルトヴィアがくつくつと笑い出す。

まさか自分が見ているのがばれたのか、とサウルはぎくりとしたのだが、こちらを流し見るコルトヴィアはなんともいえない愉快さに顔をほころばせていた。

「なあ、サウル、あの子はほんっとうに怖いなぁ」

「……エルアさんのことっすか」

怖い、と表す表情ではなくサウルは少々面食らったが頷《うなず》けるところはある。

「あのフェデリー国を相手どって遊び尽くしたあげく逃げおおせた悪徳姫《あくとくひめ》ですもんね。まあ普段が珍妙な言動が多くて面食らいますけど」

「まあ、それもあるがな。一番怖いのは、それが全部趣味だと言い切ることなんだよ」

サウルは、楽しげにしているコルトヴィアの目が笑っていないことに気がついた。

「あの子は本来、悪徳を好む気質じゃない。にもかかわらず、『必要だったから』の一言でフェデリーを混乱の渦に突き落としてみせた。すべてが愛すべき聖女と勇者を死なせないよう鍛えるためだと言ってね。自分が悪になることになんてまったく頓着《とんちゃく》していない。そんな広くて深すぎる愛を振りまいておいて平然としてるのさ」

「あなただって、このオルディファミリー全員を愛してくれるじゃないですか」

オルディファミリーは魔物から進化したのではないかという偏見で迫害を受けたエルフ達が、己が身を守るために結成した自警団を起源としている。構成員はエルフを中心に、同じく迫害を受けたりはみ出し者となったりした人々だ。

サウルもその一人だった。下町で同年代の子供達をまとめ上げギャングのリーダーとして君臨し、大人達に目を付けられてボコボコにされていた悪童のサウルを、コルトヴィアが面白がった結果迎え入れられた。

よそ者には冷淡だが、一度構成員になれば、コルトヴィアは分け隔てなく惜しみなく愛を注ぐ。それがどれほど誇らしく、だが恨めしく思ったことか。

サウルはコルトヴィアの美しさに魅《み》せられただけでなく、何者にも阻まれない強さと快活さに惚《ほ》れ込んだ。どうしようもない屑《くず》にしかなれないはずだったサウルに「何かのために尽くす」という喜びと生きがいを与えてくれた彼女に報いたくて、がむしゃらにやってきたつもりだ。

故に、たとえ本人だろうと、卑下されるのは酷《ひど》く嫌だった。

顔をしかめているサウルに対し、コルトがおかしそうな顔をしたが、撤回はしなかった。

「もちろんそうさ。だが私は私の家族以外はどうでも良い。けれどエルアは己が愛した存在はその周辺も守ろうとするんだよ。私にはとうてい考えられん。さっきだって自分の身内でもない私の家族に対して心を寄せて、見返りも求めずただ私を労《いたわ》ったんだよ?」

くす、くす、くす、とコルトは笑う。それを聞いて、サウルは改めて自分と同じ年齢のはずの娘に対し薄気味悪さを覚えた。

裏社会の人間は利己的だ。己が身内ならばともかく、それ以外に慈悲を与えることなどあり得ない。あるとすれば、そうすることで利益が見込める時だけだ。

エルアという娘が様々な分野に手を出し、人と縁を繋《つな》ぎ勢力を伸ばしていることは知っている。

だがしかし、彼女は一切己の立場など頓着せず、蓄えた力はただ、気に入った相手を守るために振るわれる。訳がわからない。

「こちらが利用してやろうとしても、それすらあの子は許容してしまうんだよ。私みたいな闇《やみ》に生きる人種が最も忌まわしく思い、それでも求めてやまない無償の献身だ。彼女にそれを向けられれば、まるで自分が物語の主人公のような特別な人間になったようにすら思える。私も、気を引き締めておかないとなりふり構わずあの子のために働こうとしてしまうかもしれないな」

「コルトさんにそれだけはないと断言できます。それに俺にとってあなたは、万金よりも価値がある特別な人です」

その言葉だけは承服できずに言い返すと、コルトはにい、と繊細な美貌《びぼう》からは想像できないほど大胆に笑う。

「当然さ。私には守るべき者達がいる。今回の件もそのためにやっているんだ。君達を裏切る時は私の死だよ」

サウルが伝えたいのはそういうことじゃないのだが。少し不満に思ったが、コルトヴィアが普段通りに戻ったためにほっと息を吐いた。

「それはともかくとして、あの子はいつも私を飽きさせないからね。最高の舞台を作って、元凶どもを血祭りに上げられることだろう。今回も思う存分楽しむとするさ！　サウル、今回のあの子達の連絡役は君に一任する。全面的に共闘態勢をとってくれ」

「わかりましたよ」

そうだ、これでこそ自分が惚れ込んだ緑 春妃《りょくしゅんひ》。オルディファミリーの長である。

自分の師である黒髪の執事のまねをして慇懃《いんぎん》に頭を下げてみせたサウルだったが、顔を上げると、コルトの目がきらり、といたずらっぽく輝いていた。嫌な予感を覚えて後ずさる。

「ところでサウ坊。養い親は大層疲れているのだが。癒やす気はないかね」

大きく手を広げて待ち構える彼女の意図がわかったサウルは顔を引きつらせた。

「コルトさん！　俺もう十七の男っすよ⁉」

「私からしてみればいつまでもかわいい坊やさ。久々に君をなでくりまわしたい気分なんだ。たまにはいいだろう？」

「そう言って昨日《きのう》もなでくりまわされたんすけど！」

「大丈夫大丈夫。他の幹部達の前ではやらんさ。ほら、ばばあを労ってくれ」

サウルはこんな若いばばあがいてたまるか！　という絶叫だけは飲み込んだ。

エルフは人間の三倍の寿命を持つため、若く見えてもコルトはサウルよりもずっと年上だ。やってもいい時と悪い時の線引きもとてつもなく上手《うま》い。さらにこのような言い方をすれば、サウルが受け入れるとわかってやっているのだから質《たち》が悪い。

さあ、と言わんばかりに手を広げて期待の目を向けてくる彼女が、サウルにとっては酷く魅力的に映っていることを知らないのだろうか。

コルトヴィアはずっと拾った子供に対する愛情しか向けてこないが、サウルのそれは出会った時からずっと、一人の女性としての恋慕だというのに。だがサウルには物語の主人公のように清純な考えはできない。こうして彼女に触れられる機会を逃す気もなかった。

それでも決まりの悪さと男として見られていない複雑さはあるため、これ見よがしに大きなため息をついてやる。

「しかたないっすね。ちょっとだけですよ」

「もちろんさ。うちの子は優しいねえ」

頭を差し出すために歩き出したのだが、コルトヴィアはすい、と魔晶石の使われた指輪をはめた指を振るった。

とたん取り巻く風がサウルの足下を掬《すく》い、ソファに座り直したコルトヴィアの足の間に座り込まされた。

あっけにとられている間に、頭と背中を柔らかいものに包み込まれる。

「ちょっコルトさんっ」

「あー小さな頃《ころ》はぎゅっと包み込めたんだがなあ。大きくなってしまったから腕を回すだけで精一杯じゃないか。でもなで心地は変わらんな」

しみじみとそんなことを呟《つぶや》きコルトヴィアの手は無遠慮にサウルの髪を乱していく。

嬉《うれ》しくないわけではないのだ。男として扱われていないのが非常に複雑だが。

柔らかい感触と、彼女から漂う甘い香りと、何より手のぬくもりの心地よさにサウルは堪え忍びつつ、必ずこの養い親を振り向かせることを改めて誓ったのだった。

第三章　悪いことにはワケがある

コルトヴィア達と今後の方針を詰めて辞去したあと、自分の屋敷でこれからの打ち合わせをする。

方針を話すと、うちの子達は一様に「やっぱりか」って顔をした。

「まーた自分からトラブルに突っ込んだんですかー。仕方ないですねぇ」

「でもここに平和に住むためには必要だし。みんなには仕事を増やすことになるけどお願いね」

「いつものことですから気にしないでください。特別手当でますしー」

空良《そら》が呆《あき》れた顔をするのに、他の子達もうんうん頷いている。

全員で一致団結されると立つ瀬がない。

同席している千草《ちくさ》が面食らって硬直しているけれど、まあしょうがないわな。

「じゃあ、そのカジノと背後に居る黒幕を見つけて、千草様の刀を取り戻す。ついでに黒幕をてきとーにぶっ潰《つぶ》す、のが今回の任務でいいですかー」

「その通りだよ、空良。あくまで千草さんの刀が優先ね。黒幕に関してはそこそこ手強《てごわ》いみたいだから、矢面に立つのはアルバートと私」

けれどもアルバートに咎《とが》めるように睨《にら》まれた。

「エルア様は大人しく主《あるじ》として指揮を執ってください」

「そうですよー。諜報《ちようほう》はこっちでやりますんで、アルバートさんのメンタルケアを優先してください。んじゃあ割り振りしますよー。今回はちょっとやっかいそうですからねー。潜入はアルバートさんのみに絞って、あたし達はその補助と別方面から情報収集しますかねー」

メンタルケアとは？　と素で思ったけれど、なんだか言い出しちゃいけない気がした。

空良の物言いに、アルバートがめちゃくちゃ顔をしかめたけど、言い返すつもりはないらしい。

「まずテベリス伯爵の出入り業者に探りを。上客のリストを入手次第、そちらの情報収集も頼む」

「かしこまりましたー。昨日の夕ご飯から、愛人との睦言《むつごと》までできとーに暴きますよー」

のんびりとした空良が適当な敬礼をする。うんうん、うちの使用人兼諜報員はとっても頼もしい。

というか、親しい部下相手には敬語が崩れるアルバートがぐっとくる。

彼らに次々仕事が割り振られて行くのを私がにこにこしながら見守っていると、うろたえた千草が聞いてきた。

「も、もしやこの屋敷に居る使用人は皆、何かしらの特殊な訓練を受けているのだろうか」

「そうですよー。みんな得意分野は違いますけどね。アルバートさんとエルア様仕込みの手に職を付けてます。ちなみにあたしが得意なのは、裁縫と侵入と盗み聞きですねー」

「それは手に職なのか⁉」

ぐっとサムズアップする空良に千草は全力で突っ込んだけれども、たぶん突っ込みどころがずれていると思うよ。

からからと笑う空良は、はっきりと言った。

「だってここにいるためには、強くなきゃいけないんですよー。アルバートさんすぐ死にそうなやつは容赦なく追い出しますもん。エルア様、あたし達が死んだらぼろぼろに泣きますからねー」

「当たり前でしょう⁉　私にはあなた達を幸せにする権利があるんだからね！　そのために簿記とか家政全般を教えたっていうのに、アルバートから諜報技術を仕込まれてー！」

「彼女達が自ら学びたいと言ったんですよ。味方と手は多いに越したことはないんですからあきらめてください」

わ、わかっているわい。私がこうやって穏便に悪役ができるのは、彼ら彼女らのおかげなのだ。それでも、ガチャキャラではない彼女達は普通に生きられる可能性があったにもかかわらず、私の下に残ることを選んでくれた。嬉しいのと申し訳なさでいっぱいになる。

私がよほど物言いたげな顔をしてたんだろう。空良はちょっとおかしそうに笑いつつ千草に言う。

「この屋敷の住人はみんなエルア様に人買いや奴隷《どれい》から救ってもらった上に、普通じゃ望めないほどの教育をもらいました。行き場がないあたし達に生きがいをくださったんです。てきとーなあたしは、故郷に帰ったところでどこかの遊郭でお茶を挽《ひ》いてましたよ」

うう……そんな風にあっけらかんと言われてしまえば黙り込むしかないのだ。

彼女は適当に、と口癖のように言うけど、私の帰る場所を絶対に守って居心地《いごこち》良く整えてくれる大事な家族である。私が必要だと言い訳しながら犯した犯罪の被害者なんだと告げたのに、こういう風に言ってくれる。

だから彼女達を大事にしようと余計思うのだ。

「ま、エルア様。萌《も》えてても そうじゃなくてもしょっちゅう死にかけますからねえ。しかも自分から死にかけに行きますし。お人好《ひとよ》しで死にかけるってすごくないっすかー」

「ど、どういうことだ」

千草が恐る恐る聞くと、空良がにんまりと笑った。

「エルア様、どこかで手に負えない凶悪犯罪があると、採算度外視で解決しに行くんですよ。今回のカジノも利益で言えばまったくないはずですしー」

「聞き捨てならないわ空良！　私にとってはお金に換えがたい利益があるんだから！」

だって、その先には推しの笑顔がある！

断固として訂正したのに、空良だけじゃなく他の使用人まで生ぬるい顔をしているし、千草まで納得顔をしているだと⁉

「そういえば、拙者の刀を取り戻すのは貴殿の益にはならぬ、な」

「わーもう！　なんとなくごまかされてくれてた千草さんが考えはじめちゃってるじゃない！」

「はいはいてきとーにそういうことにしましょー。それをわかって付き合ってるあたし達もだいぶお人好しですしねー」

本当に雑に流しはじめた空良に私はぐぬぬ、となる。

けれど千草は我に返ったようにはちりと瞬くと、空良達を前に神妙な顔で言った。

「貴殿達にとっては、とても得がたく大事な主君なのだな」

「あはは、千草様は硬いなー。てきとーにいきましょ」

にまにま笑った空良と私の家族は良い笑顔だった。

うちの子尊い……そんな感じで不意打ちを食らっていると、空良が聞いてくる。

「ところでエルア様、アルバートさんが居ない間の護衛はどうします？」

「千草さんに頼むつもり。アルバートがいない理由も、千草が次のお気に入りになったからで通せるから」

「……せめてもう一人くらいは連れて行ってくださいませんか」

アルバートが渋い顔をしながら言ってきたけど、私は譲らなかった。

「だって万全を期すためには、うちの子達総動員で精査が必要でしょ？　千草さんだったら大丈夫。この人は刃《やいば》に誓ったことだったら、絶対に破らないわ」

だからこそ気軽に誓わない。私が確信を込めて言うと、千草は驚きと戸惑いの混じった顔になる。

その顔はどうしてと言いたげだったが、私はうまく説明できる気がしないので曖昧《あいまい》に笑うだけだ。

千草は少し迷ったようだったが、こくんと頷《うなず》いた。

「拙者は貴殿に対して、この刃をいかようにも振るうと約束した。一度した約定は必ず守ろう」

「エルア様が見いだして、アルバートさんが認めた方なら、あたし達が言うことはないですよー」

あっさりと言った空良は、打って変わってきらきらと表情を輝かせた。

「ということはまたチキチキ！　アルバートさんの変装を見破れるか選手権ができるんですね！」

空良が青い目を好奇心いっぱいに輝かせるとあれだけ真面目《まじめ》にしていた使用人達も意気揚々と身を乗り出してくる。

「俺エルア様が気づくに一票！」

「ばっか、それじゃ意味ないだろう！　次は気づくまでの秒数で賭《か》けるって話してたじゃないか」

「はいはーい。後できちんとまとめますんで、賭ける秒数をてきとーに決めといてくださいねー」

「……お前達、俺の特別訓練がそんなに受けたいようだな。わかった、次に進めるぞ」

アルバートのきれいな微笑は怒りの合図と知っている使用人達は、あっという間にわきあいあいとした空気に包まれる。

うちの子達はいつも状況を楽しむ元気さが自慢です！


会議もあらかた終わった後、準備がある彼らと別れて自室に戻ろうとしていた。

ふっふっふ、コルトヴィアとサウルの新たな萌えを熱いうちに書き留めとかなきゃ。

るんるんとスキップ気分で私室に戻ろうとすると、千草に呼び止められた。

「エルア殿」

「貴殿は一体なんなのだろうか」

そう、切り出した彼女の表情は困惑に満ちあふれていた。

「昼間の会談も屋敷での会議も昨日《きのう》入ったばかりの拙者を同席させる場ではなかろう。確かに拙者は貴殿の護衛を受けると言いはしたが、あそこまで赤裸々に内情を知らせたのはなぜだ。貴殿は悪を為《な》している自覚がある。拙者を真に味方に付けようとするなら、隠してもおかしくなかったはず」

あーうん。そうだよね。私もけっこうぶっちゃけている自覚はある。でも私にとってはちゃんと理由があるんだ。

「あなたが、見極めたいって言ってくれたから」

千草はお月様のような金色の瞳《ひとみ》を瞬いた。ああきれいだなあ。大好きだなあ。

「私は、ずっと『悪徳姫《あくとくひめ》』と呼ばれるほどのことをしてきました。必要だと思っていたし、そうしなきゃいけなかったから反省はしません。本当にあなたのためなら、お節介おばさんよろしく、飴《あめ》ちゃんを上げるくらいが良かったんだろうなあと思いますけど」

「貴殿は、おばさんという年齢ではないだろう」

ふふふ、実は中身はだいぶ行ってるんだけどな。

私が曖昧に笑うと、千草はまさかという顔になる。いや話したいのはこんなことじゃないんだ。

「えっとですね。それでも、あなたに隠したくないなあって思ったんです」

大好きな、限りなくまっすぐで高潔な侍である彼女に。

私は天才なんかじゃなかった。物語に出てくるような、何でも見通して解決していける主人公でもない。ただ確実にみんなが生き残るストーリーを知っていただけだ。

だからこの世界を存続させるために、エルディア・ユクレールを演じ抜くと決めた。だって一歩でも外れたら予測が付かない。凡人の私はもっと良い方向に行くかもしれない可能性を捨てて、確実に悪くない未来に導くことにした。

ユリアちゃんとリヒトくんをはじめとした推し達のために、悪いこともすると決めたのに後悔はない。それでも、悪いことをしている私が、こうやって推しを愛《め》でることをし続けて良いのか。ちょっとわからなくなってしまうことがある。

隠して、隠し続けたからこそ、今の彼女に私がどう映るのか聞いてみたいのだ。

「それで、拙者が悪だと言ったら？」

「どうでしょうね……ほっとしちゃうかも。だって私が間違っていないって証明になりますから」

リヒトくんとユリアちゃんが世界を救える力をつけるため、エルディア・ユクレールという悪が必要だったんだもの。私がうまく動けている証《あか》しになる。

「だから、うまく説明できないこと以外は、あなたに隠しません。私を観察して判断して、もし許しがたいと思ったら、ばっさりしてもオッケーです！　あ、それでも萩月《はぎづき》を取り戻すまで、もうしばらく一緒にいてくださいね」

私がサムズアップしてみせると、千草はぎょっとした。

「な、拙者はそこまで恩知らずではないぞ⁉」

「でも私極悪かもしれないじゃないですか！　兎速《うそく》で斬られるなら超本望！　というか、私、本気100パーセントのあなたの技が見てみたいんです！」

好奇心と悩みは別物なのだ！

言い切ってみせると、千草はなんだか心底疲れたような顔をした。

「拙者が貴殿を斬ろうとしたところで、アルバート殿と使用人達が拙者を斬るだろうに」

「あ、まあそうかもしれないですけど。千草さんだって一度斬ると決めたらやるでしょ？」

自分の命など度外視で、己の信念を貫き通す。どう考えても不合理で、けれども確固たる信念の下で生きているのが彼女なのだ。

するとは千草はなんだか複雑そうな苦笑になる。

「一体貴殿は、その予知でどのような拙者を見たのだろうな」

ん？　そんなのはもちろん。

「どんな困難でも、アルバートとあなたが居れば大丈夫ってところかしら？」

ゲーム時代はほんとお世話になった。正確にはもう一人が居れば最強最高のスタメンパーティだ。

うさ耳をぴんと立てて息を呑《の》んだ彼女は、じんわりと頬《ほお》を赤らめる。

ひょえ、そんな照れてますなんて顔されたら圧倒的かわいさでときめくしかないじゃないか！

えってもどこに照れる要素があった？

首をひねるが、頭が大惨事なので顔面が崩壊する前になんとか離脱したい。さすがにストッパー役のアルバートがいない中で萌え転がるわけにはいかない！

「あ、そうだ、体がなまってたら西の端にある鍛練場使って良いですからね！　たぶんどの子も喜んで相手になってくれるはずですから」

では、と全力で大人の矜持《きょうじ》をかき集めて丁寧に頭を下げた私は、彼女と別れたのだった。

◇◇◇

アルバートのカジノ潜入はあっさりと成功した。連絡役の使用人経由で、どんどこ出世している

らしいと報告がある。うん、全然心配してなかった。

盤の目を自在にいじれるようないかさまができれば、重宝されるわな。

そして例のカジノの支配人からも案の定、謝罪と、千草の買取額と迷惑料を差し引いた分のチップは残しているから私に遊びに来て欲しいという文面の手紙が届いたものだ。

と、いうわけで。もう一回やって参りましたぼったくりカジノ！

相変わらずのきらびやかさと盛況ぶりの中、ＶＩＰルームに案内された私は支配人に話をつける。

支配人はアルバートの姿がないことにほっとしながらも、きれいな身なりをした千草を見てぎょっとし、私の顔を見るなり顔を紙のように白くした。

「ねえ、わたくしこの兎に泣き付かれてしまったの。大事にしていた刀が今どこにあるかご存じない？」

「いえ、私はとんと……」

「あらこの子、あなたのところで取り上げられたと言っていたけど？」

隣に座った千草の頬をなでつつそちらを流し見してみると、支配人はぴゃっと飛び上がった。

ちなみに千草には先に何をしても驚かないようにと言ってあるので、ぴんっと耳を立てたけれども大人しくされるがままになってくれている。頬を染めた姿がかわいい。ちょうかわいい。

そして支配人はしどろもどろになりながらも、今ここにはないことを白状した。

「あら、どこかに売られてしまった？」

「も、申し訳ありません規定でして！」

「あらそうなの。なら売られた先はご存じよね？」

にっこりと微笑《ほほえ》んで威圧してみせると、支配人はガクブルしながら、とあるパーティのオークションに出されることを教えてくれた。

え、オークション？　いや予想はしていたけど、あれ。これどっかで聞いたことあるぞ……？

「表向きはテベリス伯爵様主催の仮面舞踏会となっておりますが、密《ひそ》かにお客様を招いて開催させていただく予定です」

「仮面、舞踏会、ですって？」

思わず声が固くなった私に、支配人がひいと息を呑むが、そんなこと構ってらんなかった。

だって仮面舞踏会と裏オークションの組み合わせで、なおかつコルトヴィアが関わっている？

ぞくぞくと背筋を這《は》い上がってくるのは喜びだ。

唇の端をつり上げると、支配人はビビり散らかしていたけどちょうどいい。

「その催し物、招待してくださいますよね？」

「も、もちろんですとも！　私どもも歓迎させていただきます。このカジノは招待客を選別するための場でもございますので。もとよりホワード様はご招待させていただくつもりでございました」

「ありがとう、楽しみにしているわ」

ふうん、なるほどね。

少々青ざめながらも、私に招待状を送る旨を約束した支配人は、ついで営業スマイルを浮かべた。

彼がちりん、とベルを鳴らすと、扉が開かれてディーラー達が入ってくる。

千差万別な美形が揃《そろ》えられているところに、私へのあからさまな接待を感じるな。

「では、お好きなディーラーと遊戯をお楽しみください。この部屋は充分な防音を施しておりますのでご安心ください」

にっこりと勧めてくる支配人ってばしっかり小悪党だなー。こうして私に遠慮なくグレーなことを勧めてくるのには笑えてくる。

まあもちろん受けない理由はないので、私はくるりとディーラー達を見回してみた。

「じゃあそちらの子をお願いするわ」

カードを用意していた十代にも見える若い青年が、びくっと肩を震わせる。

顔立ちは整っているものの、髪の遊ばせ方やそばかすが散った頬にどこか若さと幼さが残っていた。まだ慣れていないように、戸惑いもあらわに私と支配人を見比べている。

「おや、新人ですがよろしいのですか？」

「かまわないわ。初々しさがとっても好みなの。この子一人で良いわ」

なるほどと納得してくれた支配人が他のディーラーと共に退出する。

私は影を使って外で誰《だれ》も張っていないことを確認した上で、所在なげに佇《たたず》む彼と向き直った。

甘さの残る顔立ちに、体に沿うように仕立てられたシャツにスラックス、というのはさすが高級カジノを謳《うた》うだけあるか。お仕着せでも手を抜かない姿勢は評価できるぞうむうむ。

彼はこんな場所にいるのが不思議なほど純朴そうだけど、仕事を果たそうと私に向けて微笑んだ。

「ではお客様、なにで遊ばれますか？　それともお飲み物をお作りしますか」

「じゃあ飲み物を」

そのぱりっとノリの効いたシャツの上に着ているのは、このカジノの制服であるベストだ。深いボルドーに落ち着いたチェックを合わせたそれは、艶《つや》やかな質感を持っていて上質なのが一目でわかる。しかも、彼がバーカウンターへ向かうために背を向けると、真っ白なシャツに覆われた背中があらわになっているのが見えた。

そう、本来あるはずのベストの背の布地がないのだ。

うっすらと透ける背中の線に、首筋と腰だけに赤いベストの布地が巻かれている。腰あたりにある背ベルトがきゅ、とスタイルを引き締めていた。

それは、

「カマーベストおぉぉぉぉ！！！！」

私が床に崩れ落ちると、驚いた千草がびくっと肩を震わせた。

だが私は、目の前に現れた神装備に感涙していた。

ずっとうずうずしてたんだよ。そう、このカジノ、いかさましてるけど数少ない素晴らしい点は制服の趣味の良さなんだよ！

「もうなんだよ、リアルの再現度半端ないじゃないか、スタイル良い人は何を着ても似合うけれどカマーベストはその体の線をすっきりとより強調するのよね。ホルターネック万歳！　もちろん上着の下でだぼつかないための工夫っていうのは百くらい承知しているけれど、その細部にまで行き渡った配慮が禁欲的にもかかわらず脇《わき》の無防備なラインに色気を宿らせているんだよけしからんもっとやれ！」

「エ、エルアどの、気を確かに持ってくれ。目の前にいるのはお身内ではない上怪しい者だぞ」

千草が慌てながら私をなだめようとしてくれる。ごめん、ごめんな。でもこらえられなくて。

「あの、お客様大丈夫ですか」

彼が近づいてこようとすると、千草は私をかばうように立ちはだかり刀の柄《つか》に手をかけた。

その横顔はひどく険しい。

「それ以上は近づかないでいただこう。貴殿の重心がおかしいのはわかっておる。暗器のたぐいを仕込んでおるな」

びくんと身を震わせて立ち止まる彼に、千草はさらに言いつのる。

「武器を帯びている者はおれど、カジノでそのような装備をしている者はおらぬ。貴殿は彼女に何をするつもりか」

「え、あの、その……」

「動くな。あと半歩、踏み出せば斬る」

ちき、と鯉口を切る音が響いて、彼の顔が強《こわ》ばり足を止める。

とっさに引いた足は、たぶんなにか仕込んでいるんだろう。

うあああ千草の最大級の警戒もかっこいい！　守られるのが私ってところが申し訳ないんだけど、きっちり職務を果たそうとしてくれるのがありがたすぎるし、何よりすごいのは彼だ。

「ちょろっとまくっている腕から覗《のぞ》く筋なんて色気の暴力では。しかも初々しくも真面目《まじめ》で世間に染まってないディーラーで攻めてくるなんて最高か。私の性癖を的確にぶっさすなんてさすがよアルバート！」

「……ん⁉」

千草がぎょっとした声を上げるけれど、こっちを振り返らないのはさすがだ。

深紅のカマーベストに感極まっていた私が魂からの叫びを上げたとたん、顔を強ばらせていた青年の表情ががらっと変わった。

実直そうで、初々しさすらあった甘めの顔立ちはそのままに、怜悧《れいり》さと悔しさが備わる。

「多少はもつと思いましたが、今回もだめですか」

そう呟《つぶや》いた声が、先ほどまでとはまったく違うことに気づいた千草が金の瞳《ひとみ》を見開く。

「ア、アルバート殿⁉」

するり、と彼が自分の顔をなでた瞬間、淡い髪と甘い顔立ちは溶け崩れ、黒い髪に理知的な紫の瞳が印象的なアルバートの顔に戻る。

息が止まりかけた私は再び床に崩れ落ちた。

「ここにはかをたてよう」

「建てないでください、ほら起きて」

アルバートが傍らに膝《ひざ》を突いて支えてくれるけど、その拍子に脇のベストのラインが目に入り追い打ちをかけられた。知ってるんだ、アルバートは腰の細さの割に胸板厚めだからこういう薄着でも映えるって！

「アルバートがスタイルの良さを強調すると死人がでるってゆった。推しにカマーベストとか好きの暴力かよぉ……」

「はいはい、わかりましたから。なにをしたら復活しますか」

「……カマーベストの後ろベルトにお金はさみたい」

「あなたの発想力が時々怖いですが、いいですよ。俺の実績になりますのでどうぞ常識の範囲内で」

「えっ、マジでやって良いの！」

一気に復活した私は嬉々《きき》として立ち上がったのだが、刀の柄に手をかけたままぽかーんとしている千草を見つける。

「声に、違和はあったが。顔立ちも、気配も足運びすら違ったぞ……？」

「暗殺者には必須《ひっす》技術ですので。むしろ声を聞き分けられるとは思いませんでしたが」

「あ、暗殺者⁉　いや確かに正規の兵士の戦い方ではないとは感じていたが！」

もはや驚きっぱなしといった具合の千草の気持ちはめっちゃくちゃわかる。

「だよねー。全然別人だもんねー」

「当然ですよ、そういう風に変装していますからね。武人である千草さんに見破れないのなら、俺の変装術は完璧《かんぺき》なはずなんですが。あなたはなんで毎度見破るんですか」

眉《まゆ》を寄せているアルバートは若干悔しそうだった。

アルバートの吸血鬼特有の催眠術と幻術を組み合わせた変装は、声色や重心の違いまで操って、某泥棒や怪盗以上の精度で成り代わることができる。

気合いを入れれば女性にも化けられるし、皮膚に直接触れても違和すら感じさせない。

さすが、ゲーム時代にたった一人で潜入して国王や要人を暗殺するだけのことはあるよな。

まあ、デメリットもあって、術を維持するために血をより頻繁に摂取しなきゃいけないんだけど、それでもコルトヴィア曰《いわ》く「超絶技巧」なんだそうだ。

ただ、アルバートは私が毎度変装する自分に気づくのが不満らしい。

アルバートの少し悔しそうな言葉を聞いた千草は、あ、と思い出したらしい。

「もしや使用人殿らが言っていた『チキチキ！　見破れるか選手権！』が関係しているのだろうか」

「……ええ。面白がった使用人達が、俺のわかるはずがない変装をエルア様が何秒で見破るか賭《か》けをしているんです。彼女もまずい時は絶対に悪徳姫の仮面をかぶってくださいますし、もう、新手の訓練だとあきらめていますよ」

「私がアルバートって呼ぶか萌《も》えを叫ぶまでなんだよね。今回まさか、純朴真面目系で来ると思わなかったから不覚だった。またアルバートの新たな一面に崩れ落ちるしかなかった」

でもあれ？

「そういえば、今はナイフを仕込んでいるの？　いつも役になりきることを優先するから身につけないのに」

「……今回は千草さんを試すためにあえて仕込んでおりました。気づいていただけて良かった。でなければ護衛役を変えるように進言するつもりでしたから」

「戦う者がいないはずの場に、おかしな者がいれば武人として警戒するのは当然だ。いやしかしアルバート殿とはわからなんだ」

「わあさすが千草さん。私は逆にそっちがわからなかった」

私がのほほんと言うと、アルバートはむっすりと不機嫌そうだ。

「ですから、それでなぜわかるんですか。声も顔も仕草も変えてるんですよ。毎回目が合うとばれるのが訳がわからないんですが」

眉を寄せて若干悔しげな顔をしているアルバートに困ってしまう。

いや、そんなことを言われても。

「だってどんな恰好《かっこう》してても、一番萌えるのがアルバートだもん」

声優ヲタクの仲間が言った。脇役の一声に惚《ほ》れたら、推し声優の声だったということはしょっちゅうだと。

十年単位でありとあらゆる媒体で推しているイラストレーターがいる友が言った。かの神絵師であれば、どんなに他ジャンルだろうとふくらはぎの描き方でわかると。

とある物書きが好きすぎて、神作家のために表紙を描く友が言った。彼女が好きそうな性癖の文章が、手に取るようにわかるようになったと。

自分でもよくわかっていないが、私にとってはアルバートがたぶんそうなのだ。

私のパッションがアルバートの時と同じように反応すれば、それはアルバートなのである。

そこを力説するとアルバートがもはや諦観《ていかん》の顔になったが、千草がなぜか顔を真っ赤《まっか》にする。

「その。よくわかっていなかったのだが、貴殿らは、こ、こ恋仲なのであろうか」

「今は俺の想《おも》いを預けているというところですよ。彼女はあなたの件も含め普段からこのような感じで奔走されているので、ひとまず保留にされていますがね。エルア様」

「そ、それは……」

私はぎくりとする。さんざっぱら目をそらし続けていたが、きちんと言葉で返事はしていない。だって、ゲーム時代から通算十数年経《た》っても熱が冷めない最推し様だぞ。あの一夜で想いを告げてしまったも同然とはいえ、どうこうなろうなんて気は一切持てないわけでして。というか、私も何をどうしたいのかわかっていないのだ。

私がうろうろと視線をさまよわせたが、耐えきれなくなったのは聞いた本人である千草だった。

「す、すまない、話の腰を折ってしまった！」

「いやいや大丈夫！　で、アルバート！　時間も限られてるし情報共有しよう！」

色事にめちゃくちゃ耐性ないところもかわいいけどな！　自分のことは棚に上げます。せわしなくうさ耳を動かす千草に救われた私が宣言してソファに落ち着くと、アルバートは小さく息をついたが流してくれるようだった。

「少々真面目に勤めましたので、数日後にはテベリスの屋敷に行くことになりました。例の催し物……オークションのスタッフとして呼ばれるようです」

「さすがアルバート。私もたった今、招待状ゲットしたところ」

まあカツアゲに等しいけど、正規の招待状をもらえるんだから問題なしだよな！

「他の子達も周辺に配置できる手はずだし、何よりオルディファミリーは日取りがわかり次第、惜しみなく力を注いでくれると約束してくれたよ」

「ふむ、戦力は充分に確保できそうですね。では俺は内からのサポートに徹しますが、今回の最終目標は変わりませんか」

「うん、ただ弱い。一回しか通用しない潜入方法だから確実に敵を仕留めるために万全を期したい。……だからリヒトくん達を呼び込むよ」

支配人との会話で気づいた時から考えていたことを告げると、アルバートは紫の目を大きく見開いた。当然、わからない千草は疑問符の浮かんだ顔をしている。

「もう、それほど近くにまで来ていましたか」

「うん。勇者と聖女が揃《そろ》えば、明るみに出ない悪はないからね。何よりこれはコネクトストーリーの一つだったわ。だからむしろ彼女達を巻き込まないと最悪の結果になる」

アルバートが少し考えるように目を伏せた後、思い至ったような顔になった。

「コルトヴィアのストーリーですか」

「ご明察。気づいたのはさっきだから怒らないでよ。……仮面舞踏会の裏で開催される闇《やみ》オークション。別勢力のそれを潰《つぶ》そうとするコルトと共闘する勇者は、彼女と共犯者としての絆《きずな》を結ぶの」

エモシオンファンタジーのコンセプトは「想いの絆は世界を救う」だ。だからか主人公はキャラクター達から乙女ゲームか！　っていうくらい色んなクソデカ感情を向けられるんだよね。

そんな風に想いを結ぶため、キャラごとに用意されている物語が「コネクトストーリー」なのだ。

いやあコルトのは、どうやってイベントを起こそうかと悩んでいたから渡りに船だよ！

だって仮面舞踏会と闇オークションって、ともすれば私が一から犯罪組織立ち上げてコルトと敵対しなきゃいけなくなるわけだし……。

「にしても俄然《がぜん》やる気になってきたわ。あの仮面舞踏会めちゃめちゃ目に楽しいだろうなって思ってたの！」

「エルア殿。これくとすとーりー？　とやらは、もしや予知の風景を見られたという解釈でよろしいだろうか」

「あ、ごめんなさい。千草さん。その通りですよ」

「なるほど。だ、だが勇者と聖女というのは、もしや今新聞などで書き立てられている、魔界との門を断ち切るために旅をしているという、勇者リヒトと聖女ユリアのことか」

にわかには信じられない様子の千草に、私は頷《うなず》いて応《こた》えた。

「そうですよ。世界の歴史の中心に居る彼らが知れば、悪事は白日の下にさらされます。彼らが闇オークションを知れば勝ったも同然。私達は安全に、彼らが解決するのを待てば良いだけなの」

悪徳姫時代に何度もやった手だ。悪いイベントだけでなく、本筋やイベントストーリー的なものも必ず何らかの形で起きて、彼らがストーリー通り動けば必ず解決される。まるでそれが最適解のようにきれいさっぱり最良のハッピーエンドだ。私も何度か試させてもらった。

危ない目には遭わせてしまうけど、運良くだったり奇跡的だったりで生き残るし、それの障害になる犯罪などは軒並み解決に導かれる。

もちろん、彼らが危ない目に遭うのは本意じゃない。ほのぼのとおいしいものを食べて楽しく過ごして欲しい。けれど、魔神を倒すためには多くの仲間が必要で、コネクトストーリーは本来接点がないはずのキャラクター達と最良の形で知り合える唯一の手段なのだ。

アルバートのコネクトストーリーは、もう起こしようがないしなあ。

しみじみ考えていると、アルバートが渋い顔をする。

「聖女達と別れ際にあのようなことがあって、まだ接触しようと思えるあなたには感心しますよ」

「いや、あからさまには顔を合わせないわよ？　私は敵対者なわけですし。とはいえ、ぶっちゃけそろそろ推しを肉眼で味わいたいです」

真顔で言うと、アルバートは大きくため息をついた。

「あなたの精神衛生上必要なのはわかりますし、一番確実なのは彼らを闇オークションに呼ぶことなのはわかっています。けれどあの二人は、ことあなたに関しては異様な嗅覚《きゅうかく》を持っていますから気をつけてください」

「安心して。私の鍛えられた隠蔽《いんぺい》能力の見せどきよ！」

推しの活躍を見逃さず！　さりとて一切邪魔をせず！　それが一ファンとしての不文律です！

しかしちょっと千草が険しい顔をしているな。

「今、聖女と勇者は魔界に対して対処してくださっているのだろう。拙者は他国者だが、そのような尊き方に心労をかけるのか」

「でもなあ、リヒトくんもユリアちゃんも知ったら絶対に放っておかない子だから。というかちょっとでもかぎつけたら絶対に自分から突っ込んで行くから放っておく方が危ないんですよ」

そう、私だってリヒトくん達に鍛練やストーリーに集中してもらおうと、余分な火の粉が降りかからないように工作した時期があったのだ。

けれど、彼と彼女のトラブル体質……いや主人公体質は並じゃなかった。ありとあらゆる犯罪に望まざるとも遭遇してしまうのである。

そして、彼らは一度知ったからには、絶対に見捨てない。私の知らないところで連続殺人鬼と遭遇して大立ち回りをやっていた時は生きた心地《ここち》がしなかったね！

今回はコネクトストーリーだから遠慮なく関わって欲しいくらいだ。

私がそう説明すると、千草は硬い表情ながらもどこか納得した顔になった。

「フェデリーで悪徳姫と呼ばれた貴族の娘が犯した数々の罪が、聖女と勇者の活躍で明るみに出たと聞いた。そのような経緯があったからなのだろうか」

あ、まって、まって。今めっちゃ心臓痛い。

「わ、私のこと。調べてくださったのですか」

恥ずかしい、いやちょっとはそうなるだろうなーとは思っていた。だけど実際に推しに自分のことが知られているとめちゃくちゃ照れるというか、心がふわふわして困ってしまう。

「屋敷の者が教えてくれたし、自分でも少々調べ申した。コルト殿にも聞いたぞ。皆いろいろな貴殿を聞かせてくれた」

「ひえ、それはとてもお恥ずかしい……」

うわああそうだよね。見極めるからには情報が必要だよね。ということは悪徳姫時代のめためた猫かぶりならぬ悪者ムーブも聞かされるよね。

「以前はとても高貴な女人らしい立ち振る舞いをされていたと聞いたが」

「やめてくださいしんでしまいます」

うあ、無理。コスプレをしているところを親に見られた時くらいいたたまれない。

「ま、まあそういうわけで、いくらテベリス伯爵の裏に大きな影がいようと、リヒトくん達が知りさえすればこっちのものです。予知だとコルトの知り合いだった人が、大切な物を奪われて調査しているところに勇者が関わってくるの。そしてコルトと共に潜入する」

「なるほど、表向きはというパターンだったのですね。コルトヴィアもどうせなら己で解決したいと思う質《たち》ですし、仮面舞踏会の招待状は楽に入手できるはずですから実行可能かと。あとは彼女を乗せるだけですが」

「そっちは任せて。コルトにもうまく話を通しておく。オークションの出品リストが手に入ったら報告して。不当に取り上げられた誰かを、コルトを通じて彼らに接触させるわ」

できれば、身内の形見のようなものがあれば良い。おそらく「外には出ない特別な品」と言っていたからオーナーは絶対誰かをだまくらかして取り上げているはずだ。それを知れば、リヒトくん達は必ず動くし、コルトが合わさることでコネクトストーリーが成立するように進むはず。

了承の意味を込めて頷いたアルバートが続けた。

「今回のオークションは規模の大きなものらしいので、テベリス伯爵の『盟主』といわれる方がいらっしゃるようです。おそらくそれがすべての黒幕でしょう」

ほうほう盟主ね……いかにもって感じじゃないか。と思ったがふと不安になる。

「アルバートがんがん情報抜き取りすぎじゃない？　大丈夫？　怪しまれてない？」

今回の容赦なさに私が若干心配になっていると、アルバートはこともなげに言った。

「強引な手は使っていませんよ。いつも通り軽い暗示をかけて情報を引き出しただけですから」

「まあ、アルバートが大丈夫だと思うんならいいけど……」

「ただ、このカジノの従業員は暗示が効きやすい者が多いようです。そこまで多用はしていません」

ん、暗示が効きやすいということは、よく暗示をかけられている可能性があるか。

何かをごまかすために従業員へ定期的に術をかけているのか。けど暗示をかけられすぎると、下《へ》手《た》な術者だと記憶の混濁が起きてまともな日常生活を送れなくなる。

だけどこのカジノの従業員は普通の生活をしているように見えた。そんなに大規模に暗示をかけるほどなにをしているのかという点と共に、気をつけるべき情報だ。

でもなー。そんなに腕の良い術者なら、ゲームキャラの可能性が高いんだけど、誰かいただろうか。状態異常系が得意なキャラというと、アルバートの印象が強すぎて良くないな……。

私がむむと唇に指を当てて考えていると、アルバートに聞かれた。

「エルア様、飲み物の気分は」

「甘いのーアルコールなしー」

反射的に返したのだが、アルバートがミニバーカウンターでシェイカーを握った姿に全意識が持っていかれた。

カマーベストとシャツの境の美しいラインに加え、かすかに浮き出る腕の線。そしてシェイカーを振る筋張った手に見蕩《みと》れている間にできあがったらしい。見事な手際で、華奢《きゃしゃ》なグラスに注がれた桃色を基調とした美しい色合いのカクテルを差し出される。

「どうぞ。……千草さんも同じものでいいですね」

「あ、ああ」

もう一度同じ手順でシェイカーを振るアルバートだったけど、シャツとベストの線はきれいなままだ。とんでもない結論に行き着いた私は、よろよろとバーカウンターに近づいた。

「あ、アルバート。もしやシャツガーターを使ってる？」

「？　もちろんですが」

アルバートに不思議そうに肯定されて愕然《がくぜん》とした。

シャツガーター。それは服装の乱れを気にする紳士が、シャツのずり上がりを防止するために使用する専用の留め具だ。ズボンの中、両太ももに直接巻いて取り付けるそれは、見た目が大変けしからんアイテムなのである。

アルバートのズボンの太ももを見てしまった私は悪くない。その下に、あのシャツガーターが仕込まれているのか。それを、そなたは、当たり前だと言ったか⁉

私の衝撃を知っているはずなのにアルバートはこともなげに言うのだ。

「シャツガーターはともかくソックスガーターは普段でも使いますよ。刃物を仕込むのに便利ですから」

「ほらあぁぁぁぁ！　軽率に殺しにくる━━っ！」

シャツガーターは女性のガーターベルトと同様、見えない所にまで細やかに配られた身だしなみの美しさと同時に、それを乱すことを想像させる危険な魅力を持っているんだよ！

なんだよもう！　そんなもの使ってるなんて聞いてない！　聞いてないよ‼

「うわああ、似合うことをするな死ぬ」

私はけしからん萌《も》えをこらえきれず頭を抱えてじたばたするしかないのに、当のアルバートは平静そのものだ。

「死なないでカクテル飲んで、その後はちゃんと遊んでいってください」

「まって、カードの取り回しをするアルバートまで拝めるのやばくない？　私勝てなくない？」

「エルア殿、カクテル、うまいぞ……？」

カクテルを飲んだ千草が、精一杯私を励まそうと話しかけてくれるけどそれは逆効果だ。その優しさいっぱい好きにしかならないから。

ちまちまカクテルを飲んでようやく息をついた私は、そっとアルバートを見上げた。

「ところで物資の確保できてる？」

さすがにこればかりは千草相手に明かせないので、遠回しに聞く。

アルバートは日光も平気だし、吸血鬼特有の幻術や精神操作も使えるけれど、唯一の難点が燃費の悪さなのだ。普段は月一で大丈夫な吸血が、こうして幻術を常に使い続けていると週一、下手すると毎日必要になる。

血が足りないんじゃないかと言外に問いかけると、アルバートはなんてことなく答えた。

「大丈夫です、その都度補給していますから」

つまり、暗示をかけた相手から、血をもらっているってことか。まあ今はだいぶ流す感情のコントロールができるから、あんまり抵抗はないんだろうけど。

「むしろ俺はあなたの方が心配ですが」

「私？」

「あなたは自分に関してはとてもぞんざいになりますから。部下に定期的に報告させるのも難しいですし。根を詰めすぎないでくださいよ」

「だいじょうぶ、カマーベストとシャツガーターでひと月は生きられる」

「無理です。食事は必ず取って、だらしない恰好《かっこう》もほどほどにしてください」

「カマーベストの間にお金ねじこませてもらえばもっといけるから」

私がきりっとすると、アルバートはしょうがないなと、いつもの雰囲気で表情を緩める。

千草が恐ろしく引いているのはわかったけど、止められない。止めてはいけないんだ！

だってアルバートは、私がここで遠慮しようものならぜったい作戦変更するもん勝手に！

堅実な作戦を選んだとはいえ、今回はアルバートが引き抜く情報が鍵《かぎ》になっている。専念してもらわなきゃいけないいんだもん。

だから、なんだ大丈夫なのか。と思った時に、ちょっとがっかりしたのは気のせいだ。

◇◇◇

しっかり打ち合わせをして、たっぷりアルバートのディーラー姿を堪能して帰った私は、秘密裏に準備を進めていった。

計画の流れとしては簡単だ。私とアルバートが仮面舞踏会で勇者を誘導し、さらに、アルバートはオルディファミリーも手引きする。そして、リヒトくん達とコルトヴィアがオークションをひっかき回しテベリス伯爵をつるし上げるコネクトストーリーを進めている間、私達が「盟主」とやらを引っ張りだしお話し合いをするという流れだ。

そして、コルトが柔軟な考えを持つリヒトくんとユリアちゃんを気に入ってくれたら、コネクトストーリーもクリアできる。一石二鳥じゃありませんかね！

コルトヴィアのコネクトストーリーを基にしているから、がばがばに見えてもうまくいく確率の方が高い。あとはコネクトストーリーのことを伏せつつ、コルトヴィアと計画のすりあわせをするだけなのだが。

「くくっやはり、やはり君のやることなすことぶっとんでいるなぁ！」

コルトヴィアに話を通しに行くと、盛大に笑われた。

ちなみに現在私はコルトをはじめとしたオルディファミリーと不仲を装っているため、印を置かせてもらい、闇魔法でダイレクト訪問をさせてもらっている。

若干シノギがしづらいだろうにそんなことまったく気にした風もなく、コルトヴィアは飄々《ひょうひょう》としていた。

「勇者殿は無事、目標の撒き餌《まえ》に食らいついたぞ。このままいけば仮面舞踏会にも来るだろう」

「ありがとうコルトー！　現地に来てくれれば、あの子達なら絶対うまくやってくれるわ」

「ふふふ、君から話は聞いていたが、思ったよりも頭が柔らかい。正攻法でだめなら落札した本人に掛け合ってお話し合い（物理交渉）をします。だなんてまさか聖女に言われると思わなかったよ」

コルトヴィアも無事説得に成功して、彼女もまたこの作戦の中心で動いてもらうことになった。

つい先日勇者に接触してもらったところだ。思った以上に上機嫌なコルトに私も自然と頬《ほお》がゆるむ。サウルの恨めしい顔はそっとスルーしましたが何か。

「でしょう？　でしょう？　あの子達、大事なもののためには一生懸命頭使うし柔軟にできる。でもあなたが裏の人というのもわきまえているでしょ」

「そうなのさ。なのに態度が変わらない。あれは面白い。しかも自ら潜入する気満々だしなぁ」

なにせ、鉄壁の防御と結界を張っていたはずの私の部屋に乗り込んできちゃうくらいだからね。

あの子達、なんだかんだ潜入能力高いんだよ。コルトの印象も良いみたいだし、この計画もうまくいくだろう。

彼女にリヒトくん達を紹介できて私も嬉《うれ》しい。うまく絆《きずな》がつながるといいなあ。

私がにこにこしていると、上機嫌なコルトが問いかけてきた。

「ところで、当然君も現地に行くのだろう？　対策はしているのかい？」

「元々仮面舞踏会だから顔は見えないし、ドレスの趣味さえ変えれば大丈夫かなって。もうアルバートが発注をかけてくれたし」

空良に相談しようとしたら「アルバートさんから指示をもらってますー」って言われたんだよな。

まあ、だいたい外向きの服はアルバートが用意してくれるとはいえ、用意周到だよなー。さすがうちのアルバート。

あ、当日ついてきてくれる千草のは私が責任を持って用意した！　推しの衣装だ、妥協なんてせずに最高のものを用意したとも！

コルトヴィアはにやにやと心底愉快そうな顔を浮かべた。

「ほう、相変わらず独占欲全開だなあ」

アルバートのことだろうか。自分の職務に忠実なだけだと思うんだけど。

「それよりも私はコルトのドレスの方が気になります！」

「欲望に忠実なのは君の美徳だな。まかせたまえ、とびっきりのを着ていこう」

「やったー！　コルト大好き――っ」

まあそんな感じで、準備をすませた私は、いよいよ仮面舞踏会の夜を迎えたのだ。

第四章　愛《め》で方にも種類がある

会場はリソデアグア郊外にある屋敷の一つだった。

テベリス伯爵の別荘であるそこの大広間では、いくつものシャンデリアに煌々《こうこう》と照らされる中、それぞれに趣向を凝らした衣装をまとった人々が楽しげに談笑している。

彼らは必ず全員顔の上半分を隠す仮面をつけていた。

この仮面は今宵《こよい》は無礼講、という意味もあるが、なによりオークション参加者を識別するためのアイテムだ。仮面はオークション参加者にあらかじめ配られていた一品で、これをつけていれば本物の会場に案内される手はずになっている。

じっくり見てみると、仮面にはかすかに魔法がかけられているみたいだから専用の道具で見極めるんだろう。土台さえそのままならいくらでも装飾して良いって言われていたから、暇とお金をもてあました人種らしく大いにデコったとも！

そんな仮面を身につけた私は、紫を基調としたドレスに身を包んでいた。柔らかな色彩の薄紫が裾《すそ》に行くにつれて濃くなっていくものだ。幾重にも重なる薄いスカートは私が歩くたびにふわふわと揺らめいて、なんだか楽しい。

夜の舞踏会にしては露出は少なめだが、フェミニンな印象で可憐《かれん》さが際立つドレスは悪徳姫《あくとくひめ》時代には一度も着たことがない。さっすが趣味良いよなーアルバート。

ちなみに千草《ちくさ》は女性用に仕立てた燕尾服《えんびふく》だ。彼女が動きづらくないように、生地と型紙からこだわったものである。コンセプトは私の執事ね！

だって護衛である彼女にたっぷりとしたドレスを着せるわけにはいかないし、男装の麗人を私が見たかったんだ！　なにより、彼女の特徴的なうさ耳を帽子で穏便に隠せるんだよね。

「耳、きつくないですか？」

「多少こもるが問題ないぞ。腰に刀がない方が落ち着かないな」

少し照れたように、左腰を探る千草は大変にかわいらしい。尊みプライスレス。

「あと少しの辛抱だから。さて、と」

千草に声をかけつつ会場に入ると、一瞬注目を集める。

男性の正装をしている千草に驚く人もいたが、今回は奇抜な服装をしている人達が多いためすぐに馴染《なじ》んでいく。そんな視線をまるっとスルーした私は、いそいそと会場すべてを見渡せそうな壁際に陣取った。

「え……こほん、ご主人殿。何をしているのだ」

「しっ、黙って！　できればなるべく目立たないようにして」

千草が困惑しているがそれどころじゃない。

ぐるりと会場内を見回した私はその集団を見つけて、一気にテンションが上がった。

「リヒ……リカルド、待ってくださいっ」

「落ち着いてユーリ。怪しまれるから」

「そうだよ。こういった場所ではむしろ堂々としていた方が良いのだから」

たった今入ってきた男性二人、女性二人の四人組だ。

片方の女性は婀娜《あだ》っぽい……ぶっちゃけ言うんなら退廃的な貴族の装いに、男性はそれぞれ軍人と道化師という感じだ。もう片方の女性は清楚《せいそ》な白のドレスに身を包んでいた。

いつもの彼らとはまったく立場も雰囲気も違うけれど、間違えるはずもない。

私の推しであるユリアちゃんとリヒトくんとウィリアム、そしてコルトヴィアだ！

だまされて家宝を盗まれてしまった女性の友人という設定で接触しているコルトヴィアは、楚々《そそ》とした美女だ。普段の彼女からは想像できないほどエルフらしい儚《はかな》げな雰囲気をまとい、長い耳をヴェールで隠している。彼女のコンセプトは女神イーディスの扮装《ふんそう》かな？　聖女候補達が使う浄化の魔法を授けているのが女神イーディスと言われていて、彼女が描かれるときのテンプレが、緑の瞳《ひとみ》と白いドレスなのだ。容姿にぴったりで目が潰《つぶ》れそうである。

何より私は数か月ぶりの生推しの姿にふらっとよろめいた。千草が支えてくれなかったら倒れていたかもしれない。

「ど、どうなさった」

「推しが尊い……」

なんとか我を失うことだけは避けたけれども、素晴らしい供給に私はもはや半泣きだ。

「ひええ、ユリアちゃんあんなセクシーなのも似合うのか。隠れ巨乳が強調されるしあのドレス用意した人とは超良い酒が飲めそうだよ。時々素に戻ってはぢらいが混じるのぐっじょぶ。リヒトくん軍服系で攻めたかー！　くうっ公式にもなかったお着替えが味わえるのがリアルの良いところだが私の全神経が焼き切れる。というかウィリアムずるいだろ、あんなにイケメンな道化師がいるか！」

ウィリアムは仮面で隠れていてもわかるほどの顔の良さだもんね。イケメンには何を着せても似合う典型じゃないか。

潜入がアンソンじゃなくてウィリアムなのは、こういう場に一番慣れているからだろう。アンソンはたぶん退路を確保するために別行動だ。

あっ仮面舞踏会だから踊るみたいだ。ふええ、リヒトくんとユリアちゃんが手を取って踊りの輪の中に入っていったぞ！　くるりと回るたびにユリアちゃんのスカートがひらひら舞って……。

「ひええ、かわいい。めためたかわいい……生きてて良かった」

何より元気そうで良かった。

いいや泣くな、感涙にむせびたいけど我慢だ超我慢！　定期的に報告はもらっていたけど、やっぱ推しが元気に生きているのを確認できるのは格別だ。

「あれが、エル……ご主人殿の推しか」

千草があらかじめ決めておいた隠語をちゃんと使って聞いてくれたことにほっとしている間に、私は顔面を取り繕う。念のため広げた扇子の陰で千草と内緒話だ。

影を結んでの会話は練習しないと感情がダダ漏れになるから千草とは使わないよ。

「ええそうですよ。あれが今、魔界につながる門を断ち切る聖剣の主と、暴走した魔物を浄化できる聖女です。そして私が全力で推したい二人ですねっ」

「……き、貴殿はすごいな。それだけ声が興奮していてもまったく表情に出ないのか」

「基本スキルですよ。でなきゃ一般人に擬態できませんので」

今回は仮面があるからかなり楽な部類である。

仮面の奥でもきりっとしてみせると、頬のあたりを引きつらせている千草だったけど、怪しまれない程度に今も私の視線の先でくるくると踊るユリアちゃんとリヒトくんを見つめていた。

かくいう私も、心のシャッターを切るのに忙しいです。初々しくも互いを想《おも》い合っているのが明らかにわかる仕草うあああ最高！　ストーリーにない姿を味わえるのがほんと幸せでしかないんです拝まなきゃ。

「そしてよろしくね。サポートだけは全力でやるから」

君達は絶対死なないけれど、心の負担はあるのはわかっている。私が祈るように呟《つぶや》くと、千草の視線を感じた。

「貴殿は、勇者と聖女殿を全力で愛しておられるのだな」

「もちろんです。あの子達のためなら何でもできる」

だから悪役だってやり抜いたし、今のこれだってひいては彼らのためになることなのだ。

あ、やべ喰《く》いぎみだったから引かれちゃうかな？　と思ったけど、意外や意外、千草の金の瞳に射貫かれた。

「貴殿の日にはいつだって慈しみがある。あのカジノでの振る舞いも、あの任侠《にんきょう》の長との対話も見事ではあったが、屋敷での振る舞いの方が本来の貴殿なのはわかった。故に貴殿は心からの悪ではなく、推しと呼ぶ彼らのための悪なのではないか。ならば、彼らと共に日向《ひなた》を歩むこともできたのではないか。なぜ今のように陰で自ら泥をかぶるようなまねをしておられるのだろうか」

彼女の言葉には確信がこもっていた。

そっか、うん。そっか。ああ嬉しいなぁ。嫌悪でもなく頭ごなしでもなく、純粋に疑問として聞いてくれるのか。

熱いものが胸から湧《わ》き上がってくる。嬉しくて、ほんのちょっぴし切ない気持ちになる。目の端に滲《にじ》みかけるけど、我慢だ。せっかくしてくれた空良《そら》のお化粧が崩れちゃう。けど、表情を崩すくらいなら良いかなぁと、にへら、と素で笑ってみた。

「んーとですね。話すととっても複雑なのですが。簡単に言うと、私は舞台の観客なのですよ」

「観客……？　それは予知に関係するのでござろうか」

察しが良いのは大変助かる。

ぱちぱちと千草が瞬くのに頷《うなず》いて続けた。

「そうじゃなかったら、裏方です。舞台に上がれる役者でも、ストーリーを制御できる監督でもないんです。だからサポーターとして役者が困っていたら必要な物を用意してあげて、精一杯応援して、見守るのが私がしたいことでできること。役者が余計なことに気を使わないで良いように、整えるのが私の役割です」

「貴殿の存在を、彼らは知らないのだろう。貴殿がこれほどのことをしているのを」

「全部は知りませんね」

なんとなくばれている節、はあるけれど。

「いや、知っていようと知らなかろうと、なぜそこまでできるのだ」

「世界を救うため、とか言ったらかっこいいです?」

「……」

金の目を開いて絶句する千草にくすりとしてしまう。

「冗談ですよ。好きな人のためなら、なんだって頑張れちゃうだけなんです」

確かにリヒトくん達が魔神に勝てる力をつけるために、私は動いているけど。

実際はそんなたいそうなことではないのだよ。だって推しが生きるためには私がやるべきことだったんだから。でもこう話すと異様な顔をされるんだよなあ。

だってストーリーから外れてしまう未来が怖くて、自分に割り当てられた安心できる悪役をしているんだもん。私がちゃんとストーリー通りに動いていれば、きっと勇者と聖女は負けないって信じるしかなかった。

彼女の怖いほどの真剣な瞳に向けて、私的にお茶目に笑ってみせると、なんだか物言いたげな表情をされた。

「そう、なのか」

「そうなんです。その中にはあなたも入ってるんですよ」

「アルバート殿もか」

見えている頬《ほお》が赤らむのが尊い！　拒絶されないなんて幸せか！　とじーんと来ていた私は、千草のその言葉にちょっと固まった。

いつもなら即答するのに間が開いたことに気づいたんだろう。いぶかしそうにされた。

「貴殿が一番愛情を注いでいるのはあの男だろうと思うのだが」

「それは、そう。なんですが」

愛情、とはちょっと違うんだけども、最推しであるアルバートには変わらないんだけども。

なんて言えば良いんだろう。何と形容するのがいいんだろう。

アルバートは紛れもない大事な人だ。だけど、彼からも特別な感情を向けられているとわかった今、未《いま》だにどういう態度で居れば良いか迷っている。

もう数か月経《た》っているのにだよ。我ながら申し訳ないと思うけど。本当にこれがアルバートが向けてくれている想《おも》いと同じなのか、判断がつかないのだ。

むむむ、と考え込んでいるうちに、リヒトくんとユリアちゃんの踊りが終わっている。

うあああ、なんてこったい激しく残念！　自分の不覚っぷりに頭を抱えたくなるのをこらえてぷるぷるしていると、ぽつり、ぽつりと会場から人が減っていることに気づく。

ははん、これは始まったな。

じゃあ作戦開始だ。と思った私は、千草に視線をやって移動の合図をする。

カツコツと歩き始めて、少し目立ちやすくわかりやすい場所に移動していると、私達に近づいてくる人間がいる。

私は一瞬息が止まった。彼もまた一見参加者との区別が付かない軍服風の仮装をして、シンプルな仮面をつけている。さらに頭頂部には獣人特有のケモ耳を装備していたのだ！

たぶんこの色と耳のとがり具合からすると狼《おおかみ》かな。顔の横にも耳があるから人間がケモ耳を付けて獣人の軍人仮装という設定なのだろうけど、どこか不慣れな感じがたまらない。

ディーラーの青年に扮《ふん》したアルバートだ。

彼がきょろきょろ周囲を探りながら歩いていると、たまたま道化師に扮したウィリアムにぶつかってしまう。すみませんと謝るのが見える。ウィリアムも気にするな、という感じの手振りをした。

だがアルバートはウィリアムの仮面を見て、何かを言いかけたところで慌てて口をつぐんだ。不思議そうにするウィリアムは、足早に去るアルバートに釘付《くぎづ》けである。

その視線を知らない振りして、アルバートは今度は私を見つけると、歩みよってきた。

「お客様、ご歓談中のところ失礼いたします。〝今宵《こよい》のサーカスの観覧をお望みでしょうか〟」

あらかじめ聞いていた合い言葉の文言だ。私は密《ひそ》かににんまりした。

さてうっかりの時間だぞ。私はせいぜい不満を隠しもせずに彼を咎《とが》めるように答えた。

「遅いわ。どれだけわたくしを待たせたと思っているの。この特別な仮面をしていたらすぐ見つけてくれる手はずなのに」

「お、お客様、どうぞお声を鎮めてください。この場には一般のお客様もいらっしゃいますので」

迫真の慌てる芝居に私はイライラアピールをしながらも、声を潜める。

「だって、オークションをずっと楽しみにしていたのよ。参加できなかったら泣くに泣けないわ」

「ご安心ください。仮面をお持ちの方が揃《そろ》うまでは開始されませんから。ほら、まだ私と同じ獣の姿をした者が歩いていますでしょう？　その数だけ仮面の持ち主がいらっしゃいますから。……ではお返事をお願いいたします」

「〝見るのなら、暗くて明るい特別席で〟」

「かしこまりました、こちらへ」

アルバートに促されて私と千草はひっそりと、だがしかしリヒトくん達の強い視線を感じながら会場を移動していく。

私は彼らの近くにあったテーブルの影に自分の影を繋《つな》いでおいた。

アルバートが案内してくれている間、影を通じて彼らの会話が聞こえる。

『あの会話……もしかして仮面がオークションへの参加証になっているのではないか。専用のスタッフが声をかけて回っているんだ』

ふむふむやっぱりはじめに気づいたのはウィリアムか。

『もしかしたら、私が入手した仮面が似ていたのかもしれません』

『コルトさん、たぶんそうだ。でもそれならなんで間違いだって気づいたんだろ』

うわあコルトの儚げな言葉使いに隙がない。芝居ッ気がありすぎるぜ。

『リヒト、たぶん、参加証の仮面には魔法がかけられているんだと思うの。それをスタッフの人がつけている仮面を通して識別してるのよ』

『ユリアの言う通りかもしれない、ユリア、区別できるか？』

『さっきのお客さんのやつで、なんとなくわかりましたから、できます』

『スタッフの衣装も一式奪おう。客とスタッフの両面から居た方が自由に動けるはずだ』

『わかった……ユリア、見渡してどうかしたか』

『なんかお姉様のけはいが』

『ほんとか⁉』

私は即座に影との接続を切った。

どっと背筋を冷や汗が流れる。いや落ち着けまだばれたって決まったわけじゃない。

だけども私いつも通り隠蔽《いんぺい》してたよね。ユリアちゃん今まで気づかなかったのに。なんでなんだ成長したってことなんだろうけどちょっとどころじゃなく困るかな⁉

私がだだ焦りしているのがわかったんだろう、アルバートが廊下の隅に等間隔でもうけられている休憩所の一角に導いてくれたから、早口で言った。

「やばい、ユリアちゃんに悟られたかもしれない」

「とうとうあなたの技を察知するようになりましたかあの娘」

「確信得られる前に切ったから大丈夫だと思うけど。あ、ちなみに無事侵入方法に気づいてくれた。お客さんとスタッフの両側から行くくっぽい」

「……相変わらず思い切りが良いことだ。この場においては的確なのが腹立つ」

勇者と聖女関係だと言葉が崩れるアルバートにギャップ萌《も》えするけど、私もそれどころじゃない。

ひとまず落ち着け、まだ完全にばれたわけじゃないんだからいつも通り仮面を……いやまて悪徳姫の仮面はかぶっちゃだめだ一応行方不明になってるわけだしさらなる改変につながるんじゃ……というか今更だけど。

「どうしようアルバート。私あの子達に前の調子で迫られたら正気を保っていられる自信がないんだけど」

あの勇者聖女カリスマを前面に押し出した説得、前はアルバートが居てくれたからかろうじて理性的に振る舞ったけど、次はどうなるかわからない。

だからできる限り悪徳姫としては会いたくない。

アルバートは呆《あき》れ顔《がお》になったけれども、いつも通り淡々と答えた。

「今のあなたは悪徳姫じゃなくて大投資家エルア・ホワードでしょう。その通りに振る舞えば遠目でしたらばれません。そもそもあなたに用意されているのはＶＩＰ席です。めったなことでは顔を合わせませんよ」

「そ、そう？　良かったぁ」

とりあえず安堵《あんど》の息をついたけど、今度はアルバートが眉《まゆ》を寄せている。

「……ただ勇者達の他にも、被害者が潜入してきているようです。こうして関門を用意していますが、どれも頭を使えば突破できるものばかりなので当たり前なんですが」

「なんとしてでも取り戻したいって人は多いだろうし、そうだろうなとは思うけど。アルバートはそれに違和感を持ってるのね」

「ええ、主催側も少し考えればわかりそうなものなのに、まるで建て前として作ったような。あるいはあえて誘い込んでいるような気持ちの悪い采配《さいはい》ですね」

アルバートの言葉に私はふむと考え込む。

なんだかちぐはぐだ。大事な物を盗まれた人の中には、裕福な人も交じっていた。盗まれた者でもオークションに参加できるのなら、大枚をはたいてでも競り落としたいという人もいるだろう。

現にリヒトくん達の戦略がそれだもの。いやもちろんというかコネクトストーリー的にはうまくいかないいんだが。つまり被害者は何をするかわからない敵であり障害なんだから、オークションを円滑に進行するには紛れ込まないようにした方がいいはずなのだ。

コルトの言葉を借りるなら「気味が悪い」。なにか別の意図が紛れているような気がした。

私は思考に沈みかけたけれども、千草が困惑の色を浮かべているのに気づいた。

「その、あの場に居た娘は聖女様なのだろう。なぜそこまで警戒するのか。貴殿との間に何があったのだろうか」

彼女の疑問に答えたのはアルバートだ。

「エルア様が口説かれたら即堕《お》ちしてしまうからですね。あの聖女と勇者はエルア様を勧誘したがっていますから、エルア様が悪徳姫であるとばれると話がややこしいことになるんですよ」

「そ、そくおち」

「さすがに即堕ち二コマはないからね!?」

私が涙目になって言うけど、アルバートは華麗に無視して千草に言った。

「これ以上は怪しまれますので行きますが、千草さん、彼女が勇者達に遭遇した場合は一刻も早く連れ出して離脱することを考えてください」

「あいわかった肝に銘じよう」

信用ない。

がっくり肩を落としながらも、またスタッフの仮面をかぶったアルバートと共にオークション会場に入ったのだった。


地下に作られたそこは、オペラ劇場のような作りになっていた。

舞台を半円に囲むように階段状に観客席が設けられているほかに、壁際には舞台が見えるように出窓状の個室がいくつか用意されている。

本物のオペラ劇場よりは規模は小さいけれども、個室はカーテンで足下に広がる席から姿が見えないようになっていた。なんとなく魔法の気配を感じるから、目くらましでもかけられているんだろう。

もちろん私に用意されたのは、舞台脇にある暗幕で遮られた出窓席だった。こういう舞台の席は脇の方が高いんだよね。

私が手すりからちょっと身を乗り出すと、暗くて見えづらいが、観客席の一番後ろにも似たような席がある。はいどう考えてもあそこが超ＶＩＰ席ですね。

思った通り、同じ方向を見ていたアルバートが肯定する。

「あの席に、テベリス伯爵と『盟主』が現れるそうです」

「侵入ルートは」

「特定しています。タイミングは千草さんの刀を取り戻した後でよろしいでしょうか」

「ええ、腹の探り合いなんてまどろっこしいことはしないわ。テベリスから引きはがすのもかねてカチコミかけましょう」

「かしこまりました、ちなみに俺があなたの専属スタッフになっていますので安心してください。この部屋は安全です」

私が席に座ると、アルバートがてきぱきと世話をしてくれる。

この実家に戻ってきた感が久々で、知らない場所なのにすごく落ち着くわぁ。

「お飲み物と軽食はこちらから。あと一応こちらがオークションカタログです」

「やった、私の好きなお茶がある。じゃあそれと……千草さんは何にします」

「なにも口に入れる気にならぬので、そのままで」

千草は本当に自分の刀が戻るのか不安なんだろう。そわそわとしていた。そりゃ無理ないよね。

「大丈夫です、必ず競り落としますから！」

「……かたじけない」

ほっとした顔をする千草にでれでれしつつ、私はテーブルに置かれたオークションカタログに目をやった。んー一応出品リストは横流ししてくれたものを見たからわかっているし、千草の萩月《はぎづき》が序盤に出るのは確認済みだ。

ぶっちゃけ後は萩月《はぎづき》を手に入れて、リヒトとユリアとコルトが絆《きずな》を結ぶ過程を砂かぶり席で眺めるだけなんだよな。「盟主」とかいう人とお話し合いをする予定はあるけど、基本いざというときのサポート役だし。あとは、とんずらかますタイミングを逃さないってところだろうか。

「俺は入り込んできたネズミがうかつに捕まらないように監視してきますが、よろしいでしょうか」

ネズミってウィリアムのことか。確かにリヒトくん達に巻き込まれていることが多いから、ある程度潜入先での立ち振る舞いもこなせるけど王子様だもんな。

「わかった、じゃあはい、これ持ってって」

私がふんわりドレスの中に手を突っ込んで取り出したのは、いつもアルバートが使う短剣と小道具、それから私の闇魔法を刻んだ耳飾りだ。この耳飾りの役割は三つ、私が彼の元に行ける印と、影のある場所で私と通信ができること。そして影がある所なら私の元に離脱できる緊急避難装置だ。万が一に備えてぎりぎりまで持たないって言っていたから、私が持ち込んだのだ。特に耳飾りは数時間使うごとに術の調整が必要な繊細なものだから渡すのは直前がよかった。

ちなみに私の両耳に揺れている耳飾りと対だ。同じものをコルトヴィアにも渡してある。だけどひょいと出てきたそれに千草がぎょっとした顔をしていた。

「え、エルア殿どこから取り出したのだ⁉」

「女の子には秘密のポケットが百個くらいあるので」

「真《まこと》か⁉」

顔を赤らめた千草がめちゃくちゃ信じ込んじゃっているけど、百個はないしただスカートの隠しにちょっと手を突っ込んだだけなんだ。うんまあいいや面白いから！

私は千草に意味深に微笑《ほほえ》みつつ、身につけるアルバートに念を押す。

「いい？　まずいと思ったら絶対使うんだよ」

「俺がそのような窮地に陥るほど愚鈍と考えているのですか」

アルバートの紫の瞳《ひとみ》に睨《にら》まれたけども、私にゃ自信と自負に満ちあふれたすまし顔はご褒美だしこっちにだって言い分があるんだ。

「もちろん超一流だと思っているからこそ、任務失敗の可能性がある時は最善の方法をとれるって知っているわ」

「その通りです」

アルバートがわずかに唇の端を持ち上げて笑む。

くうううこの満足そうな表情、最っ高！　これなら下手《へた》な意地を張らないでいてくれるだろう。

私はほっとしつつ、アルバートが淹《い》れてくれた紅茶をたしなみながら開始を待つ。

「貴殿らは、ほんとうに……」

その横で千草がそう呟《つぶや》いたっきり口を閉ざす。気にはなったけど、なんとなく声をかけない方が良い気がした。

というわけで、開始早々、目的の萩月《はぎづき》を競り落としたぞ！

いやあ、少しずつ上がっていく刀の値段にはらはらしていた千草だったけど、私が誰《だれ》がどんな金額を載っけてこようと、絶対にそのちょっと上で落札価格を入れたからね。一人勝ちってもんよ。

「お支払いを確認いたしました。ではこちらをどうぞ」

オークションを途中退席し、別室に移動して持ち込んだ現金で一括払いをすると、若干引きつった顔をされた。けれども相手もさすがに慣れたものだ、すぐに恭しく舞台にあげられていた抜き身の刀と鞘《さや》が運ばれてくる。

鞘自体は質素だ。黒塗りのそれは、所々邪魔にならないように装飾はあるものの全体的に実用性だけを追求したようなものだ。けれど、その傍らにある刀身は一線を画していた。月の光のような黄金色をした刀身は、落ち着いた照明の中でも美しく光を反射している。

千草の強《こわ》ばった表情から、隠しきれない喜色が覗《のぞ》いた。

シルクハットの中も、もぞもぞっとしている。

「お間違いございませんか」

「ええ……千草」

スタッフに促されたので、私が声をかけてあげる。

千草は刀に近づくと、愛《いと》おしい者に再会できたかのように涙ぐんだ。けれど、涙をこぼすことはなく、ただ震える指でそっと刀の柄《つか》をなでる。

「萩月《はぎづき》、すまない。待たせたな」

万感のこもったその言葉と共に、彼女は鞘を持ち上げると、流麗な仕草で萩月《はぎづき》を納刀する。

刀身が黒々とした鞘に収められ、千草の手にある姿は一番しっくりときていた。

その一幅の絵画のような姿に私まで涙ぐみかける。

スタッフを追い出して千草と二人きりになったところで、私は涙腺《るいせん》を決壊させた。

「うっうっ、よかったですね……」

「なぜ貴殿が泣いておられるのか」

萩月《はぎづき》を両手で大事に握った千草がすこし照れくさそうにするけど、当たり前じゃないか。

「だって、だってえ……萩月《はぎづき》はあなたにとっては村を思い出す、唯一の、よすがなんでしょう……」

だってもう、千草の故郷はないのだから。

すると千草は決まり悪そうに眉尻《まゆじり》を下げた。

「そうか、そこまで千里眼で見られていたか」

「すびません。……ぐすっ。そうだ、その洋装だと刀が差せないでしょうから、こんなベルト用意しました……今だけでも、使って、くださいぃ……」

「き、貴殿のスカートはどうなっているのだ……？」

ずびずび泣きながら、スカートの隠しから取り出したベルトを差し出すと、千草は乾いた笑いを漏らした。けど受け取ってくれて、ぎこちないながらも巻き、刀を収めていく。

太ももと腰で固定するタイプのベルトは、ゲーム中で使われていたデザインのものである。勇者くんがジョブ「剣客」になると使っていたやつだ。うふふ私が全力でわがままを言ってがっつり監修しましたとも！

「おお、着物に刀を差すのとはまた違った感触だが、これは良いな。なにからなにまで世話になり申した」

「うわやっぱり洋装に刀ベルト似合いすぎかよやべえな」

「……え、えるあ殿」

全力で引いている千草にはっと私は我に返った。

「す、すみませんけして趣味でこれを勧めたわけじゃないんです。でもよかった！　では後はこの事態が収束するまでお付き合いをお願いします」

コルトヴィアのコネクトストーリーは、オークション中盤あたりで、コルトがリヒトくん達に本性を現して大暴れ。その後、テベリス伯爵に話をつけに行く展開だったはず。

そこで悪あがきをする敵に対して、のさばる悪が居るうちは抑止力として自分のような者が必要なんだ、と言うコルトヴィア。鋼の意思を見せる彼女にリヒトくん達が「いつか、あなたが悪じゃなくなる未来を作りたい」って答えて、コルトと彼の仲が深まるんだ。

私がやることは彼女達がテベリス伯爵に突撃する前に「盟主」とやらを引きはがすことだから、そろそろアルバートと合流するかな。

と考えているとと、千草が耳が出ていたらへにょんとしてそうな感じで眉尻を下げていた。

「貴殿に支払って戴《いただ》いた拙者と萩月《はぎづき》に対する金子は、拙者が生涯をかけて支払っていこう」

「あ、それはお気になさらず。今払った分はこれから取り返しますから。そのために手を貸して戴けましたら充分です」

「は？」

そう答えながらも目をつぶる。そうすれば潜り込ませた影と視界がつながり、支払い手続きを取ってくれたスタッフがまぶたの裏に映った。

ほんほん、割と複雑なルートをたどっているけど、覚えましたよっと。

見られているとも知らずに隠し金庫にたどり着いたスタッフが金庫のダイヤルを回す手順と、鍵《かぎ》の持ち主まで見覚えた私はにんまりする。闇魔法、盗み見盗み聴きに超便利なんだよね。むふふ。

「だって元々支払う必要のないお金でしょ？　それなら元金を取り戻すのが道理ってものですよ。というか千草さんが持つべきお金を横取りなんてだめでしょ？」

目をつぶりながらもそう答えると、ふっと笑う気配がした。

「貴殿は食えないお人でござるな」

「私そんな変なこと言ってます？」

「いいや、拙者の固い頭では思いつかんことばかりだ。めちゃくちゃにもかかわらず、筋が一本通っておられる」

んむ、なんか千草の声色がとっても優しい。今すごい顔を見たいけど、スタッフの位置がここから遠いから、現実の目を開けちゃうと魔法を制御できなくなりそうなんだよね。

うう、悔しいけど仕方ない。

と、思っているとスタッフの彼が別の男性に話しかけられた。

仮面はかぶっているものの、上等な仕立ての従僕の衣装をまとっている。特徴的といえばやけに首が詰まった意匠のシャツを着ているなというくらい。

表のケモ耳スタッフとはまたカテゴリが違うみたいだな、とのんびり思っていたのだけど。

私はその従僕が身につけていた袖《そで》のカフスに釘付《くぎづ》けになった。

そのカフスは、衣装には少し不釣り合いに思える古風で重厚なものだ。

赤みがかった黒い石に、茨《いばら》に似た金色の文様が彫り込まれている。

私は血の気が引くのを感じた。

三日月に茨が絡み、赤い薔薇《ばら》の花が咲き誇る厨二病《ちゅうにびょう》的意匠のそれを、私は知っていた。

この一連の騒動で感じていた疑問がすべてつながっていくと同時に、こみ上げてくるのは炙《あぶ》られるような焦燥だ。

ああそうだよ、なんでわざわざ被害者を招き入れたり、裏社会らしくない行動をしていたりするか。わかるよ、わかる。あの方が関わっているんだったら、こういうことする！

その紋章は、とある魔族の配下であり餌の証《あか》しだ。裏社会でもごく一部しか知らない、けれど古くから厳然とそこに息づく闇《やみ》の存在。数百年前に魔界から人間界に渡りながらも、討伐されることなく人の中に紛れ、暗い闇の底で人間を食らい、あざ笑い、もてあそんでいる。

人間を蹂躙《じゅうりん》する側にもかかわらず、その絶大な力と恩恵によって崇拝の対象にすらされている。

でもおかしい。このキャラはコルトのコネクトストーリーには出てこない。

出てくるのは、アルバートのストーリーのはずで……。

気がついて血の気が引いた。

「コネクトストーリーが、混ざってる？」

あるいは二つ同時に起きつつあるのだ。コルトヴィアとアルバートのストーリーが。

だとすれば今はまずい。今のアルバートはリヒトくんともユリアちゃんとも接点がない。

なにせアルバートは私が歩むべきストーリーを変えてしまったんだから。

しかも今はコルトのコネクトストーリーが進行している。今この状況でアルバートが彼のコネクトストーリー通りに合わせてしまったら何が起きるかわからない。どころか、あのストーリー上、勇者がいない状況で遭遇したら死亡バッドエンドだよ⁉

私は即座にスタッフにつなげていた魔法をぶっちぎる。

一刻も早くアルバートをこの場から離脱させなければと耳飾りを使おうとした矢先、それが震えた。右耳はアルバートだ。

『エルア様、不測の事態が起きました』

「何があったの⁉　無事⁉」

『……？　俺は問題ありません。が、王子が捕まりました。できる限りのカバーはしましたが、お早くオークション会場へ』

なんだって⁉

私は耳飾りの魔法を維持したまま、即座に千草を振り返る。

「千草さん、戻ります！」

「あいわかった」

千草は私の態度ですべてを察してくれたのだろう。

ぎりぎり品が損なわれない程度の早足で、会場へと戻る。

けれどＶＩＰ席はここからだとかなり遠い、あ、でも一般席ならすぐ近くだ！

そうして一般席に通じる扉を開けたとたん、異様ともいえる熱気と歓声に包まれた。

『さあ、突然ですが特別商品の入荷がございました！　お客様にご愛顧戴いております当オークションを暴こうと侵入された犬でございます！　身元は不明ですが、毛づやは大変よろしい若い男でございますよ！』

そんな説明がされている舞台には、手足に革製の枷《かせ》がはめられた軍服風の衣装のスタッフが転がされ、押さえつけられていた。

美しい金髪は乱れ、仮面が外されて露《あら》わになった顔を屈辱と動揺にゆがめているのは、ウィリアム・フェデリーだ。

『お目当てを逃してしまった方も、しつけの良い人形には手が出なかった方も、一度ご検討戴けましたら幸いです！　負けず劣らずの美しい獣をどうぞご覧ください！』

「……なんと、醜悪な催しか」

千草が顔をしかめて吐き捨てるのには完全同意だ。

「時間とお金に余裕があって自分が特別な存在と思っている人間が、次に考えることなんですよ。自分の好き勝手にできるお人形が欲しいって」

そうこのオークションでは、どこからか捕まえてこられた希少な種族や、見目麗しい美女や美青年、少年少女がまるで動物のように出品されているのだ。

一応言っとくと、奴隷《どれい》制度はもうずいぶん前にフェデリーでも近隣諸国でも廃止されている。

ウィリアムだって二十代前半だ。美男子だし、まだばれていないけれど由緒正しい王子様だ。毛づやがよろしいのはもちろん、長年の帝王学で身につけた教養と所作はそんじょそこらの貴族とは比べようがない品がある。

あまり興味なさそうに思えた上流階級の客達が、こぞって前のめりになるのが感じられた。

そりゃそうだろう、飛び入りとは思えないこんな極上の商品を前にして、しかも着飾りがいもあり、プライド高そうな勝ち気な顔立ちでなぶりがいもありそうで、何より美しい。

ここにいるのは、この世にある贅沢《ぜいたく》を味わい尽くしながら暇をもてあましている権力者。いわゆる人でなしだ。

壇上《だんじょう》に上げられたウィリアムも、参加者達の新しいおもちゃを見つけた子供のような無邪気さと、それに不釣り合いなどろどろとしたむき出しの欲望をぶつけられてさすがに怯《ひる》んでいる。

そんな顔したら逆効果だよ。いじめがいがあって、プライドのへし折りがいがあるって言ってるようなものだから！

けれども私も言いしれぬ昂《たか》ぶりを感じているのだから大概だ。

ほんっとまったく、こんな時でもアルバートは私の趣味のツボを的確にえぐってくれる。

萌《も》えたおかげでちょっと冷静になれたじゃないか。

私がたどり着いたのをどこからか見つけたんだろう。アルバートの声が響く。

『処分される前に、心が折れる残虐な方法を採れば良いと提案してことなきを得ました』

「ほんと良い仕事をしてくれたわ、アルバート」

私が即座に返すと、耳飾りの向こうでアルバートが苦笑するのを感じた。

『あなたならそう言うと思いました』

「エルア殿……？」

千草が驚いて青ざめて見ていたけれど、私は目の前の光景に釘付けだった。

だって、そこには二次創作でいっぱい見た闇オークションに出品される推しシチュエーションがあるんだぞ⁉

私だってな、私だってな！　ヲタクやっていれば薄暗い欲望の一つや二つ三つや四つくらい抱くんだ。というか煩悩に満ちあふれた欲望ばかりなんだよ！

そのひとつである、「推しをオークションで競り落とす」が目の前に！　そして大義名分付きでできる状況なわけだ！　これでテンション上がらないわけないだろうこんちくしょう！

『さあ五百万セイルから！　どうぞ！』

司会の言葉と共に、こぞって入札が入っていく。

私は否応《いやおう》なく高揚するのを感じながらも抑え込んで、小さい声でアルバートとの会話を続けた。

「アルバート、こっちは任せて。それから予定変更。あなたは今すぐこの場から離脱して」

『エルア様？　ですが』

「なにがなんでも。良いわね」

私が語気を強めに言うと、耳飾りの向こうでアルバートが息を呑《の》むのを感じた。

『あなたの推しがいるんですね』

「……ほんと有能なんだから。お願いよ。落ち合う手はずはいつも通りに」

私が耳飾りの通信を切ると今度は左の耳飾りに手をやって魔法をつなげた。

「コルト、聞こえる？」

『……っ君か』

隣にリヒトとユリアがいるんだろう、焦った声が小さく聞こえたから、一方的に用件だけ伝える。

「ウィリアムは今から私が確保する。突入の準備をお願い」

『なんだって、まっ……』

コルトとの通信を切った私は、千草を振り向いた。

「じゃあついてきてね、千草さん」

にっと笑ってみせると、千草は戸惑いながらも頷《うなず》いてくれたので充分だ。

私は紫のドレスを翻し、悪徳姫……いや、悪役としての仮面をかぶる。

さあ！　悪役として、推しの晴れ舞台を演出しに行こうじゃないか！

『一億になりました！　他に入札者はいませんか！』

一億というと、良いところに屋敷が買えてしまう金額だ。顔の良い奴隷の相場が平民の月収の十倍くらい。飛び入りで、こういう所での相場としては高い方である。

けれども、ウィリアムにつける値段としては……。

『いなければこちらで入札確定と』

「十億」

安すぎるのよね。

見えやすい観客席の通路にいる私が、オークションで決められた指サインを上げると、しん、と会場が静まりかえった。

まあ、そうよね。私が上げた金額、さっきの十倍だし、なにより今日の最高額だろうから。

『じゅ、十億で、お、お間違いないでしょうか』

動揺した司会がこういう所では異例だが話しかけてくる。けれど私は千草を引き連れて、舞台へ向かいながら答えた。かつんかつんと、私のハイヒールの音だけが会場内に響く。

「あら、足りなくて？　それともわたくしが払えないと思っていらっしゃる？」

『い、いえそれは』

ああ、冗談って思われている？　まあそうだよな。なら証明しとかないと。

というかせっかくだから！　こういうところでのお約束は全部やっとこうか！

仮面の下だけど微笑《ほほえ》みながら、舞台に乗った私はちょいちょいと千草を呼び寄せて、鞄《かばん》を受け取るなり、どっと札束を撒《ま》いてみせた。

ばらばらとお札が舞っていく中で、ウィリアムが呆然《ぼうぜん》としている。

これも一度はやってみたかった！　札束乱舞！

まあ萩月《はぎづき》が思ったよりも安く手に入ったから余った分なんだけど。

「ひとまず手付けで一億、残りは小切手でよろしくて？」

『か、かしこまりました！　では十億！　十億で入札が入りました！　これ以上の入札がなければ確定となります！　……いませんか、いませんね、では確定となります！』

かんかん！　興奮した司会によってハンマーが鳴らされたとたん、会場からは爆発のようなどよめきがわき起こる。おや、もっと出しても良かったんだけど。

あ、でもだめだわ、総資産をどれだけ削るつもりかってアルバートに怒られちゃう。

まあいいや、ともあれ落札できたんだから、と私は手足を鎖でつながれたウィリアムに近づく。

うわあお、首輪まで付けられてるじゃないか。趣味悪くて最高だな！

ウィリアムは、自分が商品として扱われたことと、何より落札されて見ず知らずの人間のものになった衝撃で未だに呆然としていた。

けれど落札した側である私が近付いて来ると睨《にら》み上げてくる。

ああもうそんな顔したらドS系のひとを刺激するでしょ！　私はまったくそんなことないけど！

ただ推しが手枷をはめられているのも背徳的だなって思うだけだけど！

……いや自分でもどん引くなこの思考。

「貴様……私は屈しないぞ」

未だに反抗的な眼差《まなざ》しだ。うふふ、本気で屈しないつもり満々だし、他の誰《だれ》よりも耐え抜くだろう。精神力お化けだからな、彼。

ただこのままだと困るので、私はウィリアムの首輪につながれた鎖を無造作にひっぱって、こういう所のお約束その二を実行した。

「その矜持《きょうじ》、どこまで持つか楽しみだわ」

体勢を崩したウィリアムの顔を覗《のぞ》き込むと、彼は痛みと屈辱に顔をしかめた。

うわあああごめんねえええ！　でもめっちゃ必要だから！　ここで周囲に悟られるのまずいから優しく扱うわけにはいかないんだ！

嗜虐《しぎゃく》的に笑ってみせながら、ウィリアムの首輪を観察する。ふんふん、やっぱこの首輪にかけられた魔法で、魔法が使えないようにされているな。だからウィリアムは抜け出せなかったのか。よくあるよくある。

とはいえウィリアム、剣士としても凄腕《すごうで》だからな、このまま暴れられるのも困る。

だから、私は今にも噛《か》みつかんばかりの彼を煽《あお》るように顔を近づけつつ、小声で話した。

「お友達が助けてくれるまで、そのままで」

「……っ⁉」

ウィリアムの美しい青の目が見開かれる。

そのとき、左耳からコルトの通信が入った。

『行くぞ、友よ』

ばんっと、一斉に会場の出入り口が開かれるなり、黒服に身を包んだオルディファミリーの構成員達がなだれ込んできた。

たちまち会場内がパニックになる中、だん、と座席の上に立ったコルトが、構成員の一人、サウルから杖《つえ》を受け取り掲げる。

先ほどまでの儚《はかな》さなど微塵《みじん》もない。表情には覇気に満ち、好戦的に唇をつり上げる姿はいっそ扇情的で、阻む者すべてを殺し尽くすような苛烈《かれつ》さがあった。

「よくぞ我らの領域でこれだけの狼藉《ろうぜき》をしてくれた、だけでなく私の家族を害した罪は重いぞ」

言うなり、コルトは観客席背後にあるマジックミラー的な壁へ魔法をぶっ放した。

エルフである彼女の渾身《こんしん》の一撃は防護魔法を使っていただろう壁を見事に破壊し、ばらばらと砕け散らせる。その向こうにいた、贅沢な貴族服を身にまとった狡猾《こうかつ》そうなおっさんに向けて、コルトはにいっと加虐に満ちた笑みを浮かべた。

「さあ、血のあがないをしてもらおう」

うあああああコルトヴィアの決めゼリフううううふっふっううううう！！！

向けられていない私でもちびるレベルの殺意１２０パーセントおおおお！　これが滾《たぎ》らずにいられようか！　これが見たかった。ありがとう、協力したかいがあった。

許されるのであればこの場で膝《ひざ》をついて拝みたいのだけど、そうはいかない。

なだれ込んできたオルディファミリーの構成員達がお客さんを拘束し、オークションスタッフと交戦しているのだ。

混乱状態に陥る会場内で、私はすかさず千草を振り向いた。

「彼の手枷を斬って。首輪は特に入念に」

「なっ⁉」

「あいわかった、そのまま鎖を持っておられよ」

鯉口が切られる音しか聞こえなかった。

だけどちん、と再び刀が収められる音を耳が拾ってすぐ、ウィリアムを縛《いまし》めていた首輪と手枷《かせ》足枷がきれいに外れていた。

急に自由になってぽかんとするウィリアムを横目に、私はあらかじめお金にひっつけていた影をたぐり寄せて、ばらまいていたお金を鞄にしまう。

みみっちい？　支払わないお金なんだから回収するのは当然でしょ？　よしよしほぼ回収できた。

「さあ、早く彼らの元に行って」

「なぜ私を助ける」

呆然としているウィリアムに言うと、なぜか問いかけられた。

唸《うな》るような声で、理解しがたいと言わんばかりの表情だ。

むむ？　頭が良いウィリアムなら、「お友達」とリヒトくんやコルトのことを示唆すればおおかた察してくれるはずなんだけど。まあいいや懇切丁寧に喋《しゃべ》っている暇はないけど、ずっとずうっとウィリアムの前では悪徳姫だったから、一度くらい素の私で声をかけたって良いだろう。

だから、仮面の下でにっこり笑って言った。

「私があなた達を愛しているからよ」

そりゃもう、推して推して推しまくるほどにね！

ひゅっと息を呑むウィリアムと私を遮るように、飛びかかっていた魔法の一つが走った。

それを機に、千草と共に舞台袖《そで》へ離脱する。

「どうして、お前がそう言うんだ。……──エルディア」

だからウィリアムがどんな表情をしているかなんて知らなかったんだ。

◇◇◇

私と千草はオークション会場から無事に抜け出せていた。

もちろんオルディファミリーの全員と面識があるわけじゃないので、襲われたり捕まえられかけたりしたけど、千草が全部退けてくれた。めっちゃ助かった。

私も装飾品に仕込んでいた魔晶石で魔法を使うつもり満々だったけど、出番なんてまったくなかったので、今後について考える。

コルトヴィアが壁を破壊した時に見えたが、テベリス伯爵以外あの超VIP席には居ないようだ。

気にはなるが、状況が変わった今は居ない方がずっと良い。このままだと抗争に巻き込まれるからとっとと離脱だ。美術品やら売られる人達も誘導したいところだけども欲張りはしない。

さくさく私が影で盗み見した金庫を開けて、萩月《はぎづき》分のお金を回収する。

後はアルバートと落ち合うだけだと、右耳の耳飾りから彼の居場所を探したのだが手応《てごた》えがない。

繊細な魔法だからしょっちゅう誤作動を起こすし元々補助的な道具だ。いくつかの逃走パターンは決めてあるから困んないけども。

よしパターン2を実行しよう。

「千草さん、私のどこかに掴《つか》まっていてくださいね」

千草にそう声をかけて、私はアルバートと落ち合う約束をしているポイントまで影で飛ぶ。

テベリスの屋敷から少し離れた路地だ。ここが会場だとわかっていたから、先に印を準備していたんだよな。

すると夜の闇《やみ》に紛れるように人影がたたずんでいた。

「エルア様、ご無事でなによりです」

衣装はオークションのスタッフ仕様のままだが、変装をほどいたアルバートだった。

そのままゆっくりと歩いてくると、優美に頭を下げてくる。

「こちらは滞りなく用件を済ませております」

「……！　うん、ご苦労様。じゃあ行きましょうか」

顔が良いし感動するしどきどきしちゃう。けど私がそう促すと、彼は少し申し訳なさそうに眉尻《まゆじり》を下げて私の手を取った。

「ただ、申し訳ありません。追っ手を振り切るのに少々手間取りまして。情けないのですが少々供給して戴《いただ》けませんか？」

ふおおお⁉　めちゃくちゃ積極的⁉　しおらしくしながらも、断られることなど微塵も感じていないこの強気！　まさに！　アルバートではあるまいか‼

しかもほら手を取ったあと、腰に手を回してなで上げてくるんだよ。どこの色男テクだよ。私が体感して良いやつじゃないでしょというか壁になって客観的に見たいっ。

いいなこれ、すごく良い！　新鮮で萌《も》えるっ！

私が脳内に萌えの花をあふれさせている間にも、彼は引き寄せた私の手に唇を落とそうとする。

うわああ！　と、ときめいちゃうっけど！

「あなたはだめだよ」

私は眼前の彼を影で縛り上げた。

「っ⁉」

彼は私を突き飛ばして離れようとしたけれど、私が彼の影を縛り上げる方が早い。

だって今は夜。光源は月明かりだけの中、私は少し思考するだけでこの闇を操れるのだから。

しかも彼の首筋には千草によって抜き身の刃が当てられていた。

たちまち身動きの取れなくなった彼が険しく目をすがめる中、私は胸の高鳴りを抑える。

「エルア様、お戯《たわむ》れはやめてください」

「いやぁほんと完成度高い。すごいときめいた。でもあなたに噛まれたら私眷《けん》属《ぞく》化しちゃうかもしれないんだよね。それはだめ」

アルバートは一応ダンピールで、能力的には不安定。さらに私が自分の魔力ではじけるから眷属化の心配もなかったけど、本物の吸血鬼じゃ怪しいし、私だって見ず知らずの吸血鬼に吸われる趣味はない。

アルバートのそっくりさんが一歩踏み出した瞬間から警戒していた千草は、私のゴーサインで動いたのである。

彼女は殺気をあらわにしながら私に問いかけてくる。

「こやつはアルバート殿ではないが何者か」

「うん、たぶん吸血鬼」

「吸血鬼……魔界より去来しておる魔物のか⁉」

「この人は私の魔法で捕まえられたくらいだから、眷属だけどね。でもまともに会話できるということは、真祖あたりから直接血を分けられた強めの個体だから、四肢を切り落として……いや首まで落として無力化して欲しい」

この世界の吸血鬼は等級がある。

魔界で生まれて親を持たぬ、それだけで確立された存在である真祖。その真祖に血を吸われると、どんな生き物でも体を作り替えられ、眷属というその吸血鬼の配下になる。そして、眷属の吸血鬼も他人の血を吸えば吸うほど、眷属が増えれば増えるほど吸血鬼としての力を増していくのだ。

で、眷属の吸血鬼も人間より身体能力が優れるところから、銀の武器や聖女の使う浄化の魔法を使わない限り首を落とされても死なないところまで行く。

ここまで正確に体格から声色、仕草までアルバートに似せられるのだ、かなり古くからの、力をつけた吸血鬼だ。首を落としておくのが安全だ。

容赦なんかしない。だって、こうしてアルバートの情報を持って現れたということは、彼らはアルバートに接触したのだ。そして彼の記憶を少なくとも、私に対する呼び方や対話の仕方がわかるほど深いところまで魔法を使って暴いたはずだ。彼は敵の手に落ちたと考えるのが自然である。

だから私はアルバートの姿をしたそれを覗き込んだ。

「ねえ、アルバートはどこ？　言わないなら」

「エルア殿っ！」

闇魔法の拘束範囲外、つまり彼の顔が動く。

千草が彼の首を狩る。けれど、そのまえに男の顔が明らかにアルバートじゃ見ることのないような、卑屈さと嘲《あざけ》りに表情がゆがんでいた。

「我が君のために！」

ごぼりと彼の口から血があふれたとたん、彼を中心に展開された魔法に私と千草は飲み込まれた。

立っている場所が溶け崩れるような浮遊感の後。目を開くと、そこはどこかの屋敷の通路だった。

「エルア殿、ご無事か！」

「だい、じょうぶ。うんだいじょうぶ」

半ば千草に抱えられるようになってめちゃくちゃ動揺してたけど、千草が心底ほっとした顔をしているのにきりきり罪悪感がわいてくる。

うう、わかってるそういう場合じゃないのは！

千草に支えられながら周囲を見回すと、数人が手を伸ばしても届かないほど広々とした廊下の壁は乏しいながらも等間隔にランプで照らされており、華美ともいえる装飾が見えた。

絵画や像、美術品が並んでいるからギャラリーだろう。貴族の屋敷では廊下をギャラリー風に作り替えることがよくある。

しかし、飾られている美術品はどれもこれも悪趣味だ。だって生首を掲げてうっとりしている女性だったり、化け物が人間を踏みにじったりしている絵なんてぞっとするだろう？

明らかに悪意を以《もっ》て描かれているそれよりも、もっと違和があるのは窓だ。

こんな立派な屋敷にならば必ず付くはずの大きな窓が、あたりを見回しても一つもない。

意図的に作らなかったとしか思えなかった。

だけど当然だ。この世界の吸血鬼も日光を嫌うのだから。

「エルア殿、拙者から離れぬよう。害意ある者の気配がする」

完全に事態を把握できずとも、私を守ろうとしてくれる千草の姿勢にきゅんときていたが、私はだいぶ混乱していた。

見覚えがなくても見覚えがある。

だけどもこれは……。私が考えをまとめる前に、ヴン、と空気が重く震える音と共に、虚空に人が現れた。ゲームとかアニメでよくある立体映像っぽいやつで、そこに映っているのはぎょっとするほど冷たい美貌《びぼう》の男だ。

熟練の職人が細工したような黄金の髪に、いっそ不気味に思えるほど完璧《かんぺき》に整った顔立ちには一切の人間的な感情の色がない。贅沢《ぜいたく》でありながら気品のある貴族服が恐ろしいほどよく似合い、尊大に足を組み、肘掛《ひじか》けに頬杖《ほおづえ》をついてこちらを見下ろす仕草がしっくりとくる。

まあ要するに、すべての人間を虫けらくらいにしか思っていない絵に描いたような人外系スーパー俺様がそこに居た。

『我が城へようこそ。エルア・ホワード』

「……お初に、お目にかかります。ヴラド・シャグラン。魔界からやってきた始まりの吸血鬼にして茨月会《いばらづきかい》の元首よ」

『おや、我を知っていたか。猿にしては生意気だ』

心臓が痛いくらい脈打つのを感じながらも呼びかけると、ヴラド・シャグランは、わずかに眉《まゆ》を動かして、こちらへ興味を示したようだ。

うん、知っている。この、人間を言葉を話す動物くらいにしか思っていないエベレスト級のプライドの高さ！　彼は、アルバートのコネクトストーリーに登場するボスキャラだった。

ひぐ、顔が良い。それぞれのコネクトストーリーに出てくるボスってびっくりするほど立ち絵が豊富で、お金の使いどころがおかしいと言われていた。特にこのヴラドはガチャキャラになり得るほどのドイケメン立ち絵になっていて、少なからずファンが付いていたものだ。

かくいう私もときめきました！　虫けらを見るような冷めた眼差《まなざ》しがとても、おいしかったんだ……。

「ええ、存じていますとも。裏社会の人間ですら、茨月の名を聞いたとたん逃げ出す恐ろしき人。夜よりも濃い闇にその身を浸し、気まぐれに現れては、冒涜《ぼうとく》的な遊戯に興じる。一度目をつけられればただの人間では蹂躙《じゅうりん》を甘受することしか許されず、ただ死よりもむごい最期を迎える。それでも崇拝者が絶えないのは、あなたがもたらす不老が魅力的だからでしょう」

私がそう言うと、ヴラドはゆったりと口角を上げた。

うわああ、画像越しでも感じるこの冷えた威圧感んん！　開いてしまう門を通じて魔界からやってくる魔物は、門が「より強い魔物は、それに比例した巨大な門でなければくぐれない」という性質上たいてい弱いものが多いけど、ヴラドは違う。

自分で自分が通れるほどの門を作り、こちら側にやってきた。魔界の門の影響を受けながらも理性を保ち、教養も知恵もある。ただモラルが完全に死滅している化け物なのだ。

彼が関わっているのなら、カジノの奇妙な経営形態も、オークションのやたら緩い管理体制も納得できる。

だって、ヴラドは人間を食料兼遊び道具としか思っていない上、趣味といえば、粋がっている猿（＝人間）のプライドをばっきばきにへし折って尊厳を踏みにじり、跡形もなく堕《お》ちていく姿を眺めるのが大好きという真性の加虐趣味だ。

だから、貴族の子弟をカジノで破産させたり、千草のような人を喧嘩賭博《けんかとばく》の選手にしたり、あと一歩のところで変態貴族に買われていく大事な人の絶望する顔を見るために、被害者家族がオークションに入れるように仕向けたりしていたんだよ。

甘かったのは、その後がどうなろうと心底どうでも良かったから。そうしてぐずぐずに踏みにじられて、加害者の自分に命乞《いのちご》いをする人間の血が一番おいしいとか言って血を吸い尽くす。

実際目にするとすさまじい鬼畜生っぷりだし、悪役っぷりだよな。

私が知っているかぎり、ヴラドの登場はアルバートのコネクトストーリーだけだったけど、本編ストーリーのいくつかには、裏に彼がいたのではと話す考察班も居たくらいだ。

だってそうだよね⁉　魔界では最上位クラスの魔物。魔族と称される存在だもの！

いやまて、おちつけわたし。おかしいんだ。

彼が居るということは、アルバートのコネクトストーリーに入ってしまっている、それは確定だ。

この悪趣味な屋敷の背景もなんとなく知っている。

ゲーム内での彼のストーリーは、ダンピールでありながら吸血鬼の力を持ち、唯一克服できなかった太陽の光を浴びても平然とするアルバートに興味を持ったヴラドが、アルバートの大事な人……つまり主人公をさらう。そしてこの屋敷にやってきたアルバートに、様々な刺客を送りつけなぶり殺されるのを楽しむ遊戯をしかけるのだ。

満身創痍《まんしんそうい》になりながらも勇者の元にたどり着いたが、能力の使いすぎで吸血衝動に襲われるアルバートに、ヴラドは悪魔のようにささやくのだ。

「助かりたければその食料を食べれば良い」と。

まあ？　そこで苦悩するアルバートに勇者が最高のときめきをくれた上で、一緒に真祖ヴラドを倒してハッピーエンドなんだけども！

だけど、と私がおめめぐるぐるにしていると、ヴラドがこちらを睥睨《へいげい》しながら吐き捨てる。

『ときに小娘、そなたは我の眷属を下僕として扱っているそうな。混ざり物とはいえ我が同胞を人間の分際で従えるとは極刑に値する。この黒髪も紫水晶のような瞳《ひとみ》も美しい。このような者を死蔵していたなど罪深い。これは我にこそふさわしい』

そんな顔が良くてスペックが高くないと許されないことを言いながら、ヴラドは椅子の隣を流し見た。彼の魔法によってか、暗がりに沈んでいたそこが明るく映される。

やつの椅子にもたれかかるように座り込んでいるのはアルバートだった。

例の軍服風の衣装のままだったけど、変装はほどけて黒髪と紫の瞳に戻っており、服も髪も乱れている。

無表情で黙り込むアルバートに向けて、ヴラドがいっそ不気味なほど柔らかい声で話しかけた。

『なあ、アルバートや、そこな娘は我の眷属を見破るのにずいぶんと時間がかかったではないか。ただの人間ではその程度だ。こうして我の転移魔法すら防げぬ。お前が主《あるじ》と仰ぐ猿はこれでも仕えるに値するのか？』

はいここで私の立ち位置とアルバートの立ち位置を確認しよう。

アルバート、囚《とら》われの身。

私、探す側《がわ》。


入れ替わってますね？

一体全体どういうことだ。アルバートからも私の姿が見えるらしく、こちらを向いた一瞬だけ悔しそうな表情を浮かべた。その拍子に手首が縛られているのも確認できる。

うっちょっと、ほんのちょーっとだけ。おいしいなと思っちゃうけどそれ以上に、ヴラドの言葉にちょっとむっときた。

「頑張ってアルバートをしてくれたから見入っちゃったけど！　はじめから気づいていたから！」

コスプレ的に！　コスプレ的に！　頑張ってくれたのならわかっていてもスルーして愛《め》でて楽しむ習性がヲタクにはあるんですっ。どっちみち後出しじゃんけんになってしまうけどね！

私が主張すると少し強《こわ》ばっていたアルバートの表情が和らいだ。

『ほんと、あなたがいつも通りで、不本意ですが安心しました……』

「そうよアルバート！　無事で良かったけどなんで縛られちゃってるのよ素直においしいって言えないじゃない！」

私が叫ぶとアルバートはまた口を開きかけたが、声を発する前にヴラドが不機嫌そうに言った。

『我は発言を許しておらんぞ。アルバート』

とたん、アルバートが苦しげな表情を浮かべて黙り込む。

ここもゲーム通りなのかと私は顔をしかめた。アルバートの服装は一戦交えたにしてはきれいだ。それはヴラドが持つ血の従属にあらがえず、ろくな抵抗ができなかったからだろう。

そんなアルバートを見てヴラドは満足げな表情になる。

『はは、ダンピールにもかかわらず血の従属にあらがえぬとはやはり面白いのう。だが、ようやくわかっただろう？　我に呼ばれるたびにその血が逆らえぬと叫ぶのを。血潮を巡らせる心の臓を食い破る痛みがあろう？　早《はよ》うあきらめるが良い。さすれば思う存分愛でてかわいがってやろう』

『男に、かわいがられる趣味、は、ぐぅ……』

アルバートが無理矢理従わされている。

ぎしり、と私の体の内側がきしんだ気がした。

『ふむ、反抗的だな。中途半端に混ざっているせいか、魅了は効かぬのが面倒だ。で、あればその主気取りの小娘が取るに足らぬ芥《ごみ》のように蹂躙されるところでも見れば変わるか？』

つまらなそうに、頬杖をついたままヴラドは私を睥睨する。

『では、小娘。我が眷属《けんぞく》を許可もなく従えていた罪をあがなえ。せいぜい無様にのたうち回るがよい。……万が一、我の元にたどり着いたら褒美を考えてやろう。さあアルバートや、我の子になれば、気が変わるやもしれんぞ？』

「っ！」

ぶつん、と映像が切れたとたん、千草が私を背にかばう。

あたりからあふれるのは禍々《まがまが》しい魔力だ。

それを引き連れてやってきたのは、ゾンビみたいに足下のおぼつかない人間の形をしたもの。ヴラドの眷属吸血鬼となりはてた元人間だった。

その中に、ふとカジノで私の三つ離れた席に座っていた青年貴族の顔を見つけて私は真顔になる。

貧民の血なんて飲みたくないとのたまうヴラドだから、上流階級の人間を引きずり込んだのだ。

というかこういう粗雑な眷属は、完全に精神が破壊されているから知能がほぼゼロで二度と普通の人間には戻れないんだって知ってる！　ゲームの説明で見た！

「エルア殿、ここは拙者が片付けよう。お早く脱出されるよう。あの吸血鬼は尋常ではない。映像ごしでもあの気当たり、おそらく勇者のような英雄でなければ太刀打《たちう》ちできぬ」

私をかばう千草の横顔は鋭くすがめられている。その表情に余裕はない。ヴラドの脅威を正確に把握しているのだろう。

だけど、彼女は私と目が合うと、金の瞳を緩めるのだ。

「アルバート殿は拙者が救い出すと約束しよう。一宿一飯の恩義と、この萩月《はぎづき》を取り戻してくれた恩を返す。貴殿にとってアルバート殿は主従を超えた大切な存在なのであろう」

私は息を呑《の》んだ。

ああもう、千草は今、当たり前のように私のために命をかけようとしてくれているのだ。

悪人である私のために、自分と萩月《はぎづき》と一宿一飯の恩義のために。こういう頑固なまでに義理堅い姿勢が彼女の美しさで、尊さで、私が好きになったところだった。

でも、ここは現実。物語だったらそれでも良かっただろうがそれだけじゃダメだ。

ぐっとこみ上げるものがあったけれど、私は千草の腕を掴《つか》んだ。

「恩を返してくださるのなら、私のために、その刃《やいば》を振るってくれますか」

「エルア殿？」

私を見た千草の顔が驚きに染まるけれど、かまわず見上げる。

「私の従者なので、私が迎えにゆくのが道理です。というかこんな喧嘩《けんか》を売られて黙っているわけにはいかないんですよ」

「貴殿は……」

「もちろん死にに行くわけじゃないですよ。そっちの方が三人で生き残る確率が高いから言っています。なによりアルバートを連れ帰らないのもあり得ません」

というかアルバートを救出しない限りバッドエンド確定だ。

それ以前に私が、嫌なのだ。

コネクトストーリーは起きてしまった。でも勇者はいない。ならば誰かがやらなくちゃいけない。

こんがらがったストーリーでも。それができるのは、今この場に居る私で。

なにより。

「そもそもうちのアルバートの良さみを一切わかっていない人に語られたくないんです！」

はちり、と金の目が一瞬まぶたで隠れた。

「ふふふっあははははっ！！！」

突然、千草が笑い出した。心底楽しそうに何かを吹っ切るみたいに。

うえ、なんか面白いところあったかな⁉

私が目を白黒させている間にも、ゾンビ吸血鬼達が活《い》きの良い餌である私達目指して歩いてくる。

まっず！　と焦っていたけれど、千草が朗らかに私を見つめている。

「そうか、ようやくわかったぞ。貴殿の悪は、愛した者をより愛するための悪なのだな」

「い、いやそんなたいそうなものでは」

え、あ、え？　あの？　千草さん？

すんごくすっきりした顔をしていらっしゃいますけど、後ろに吸血鬼がってうえええ⁉

千草の手がぶれたと思った瞬間、吸血鬼は両断されていた。

涼しい顔でそれをした千草は灰になっていく吸血鬼を横目で見る。

「この者らはすでに魔物と化しておるな。せめて黄泉路《よみじ》へと送ってやろう。では、エルア殿指示を」

「私がアルバートを迎えに行くまでの、露払いと攪乱《かくらん》をお願いしても？」

展開について行けないながらも私が反射的に聞くと、刀を一振りした千草は、こんな場所では場違いなほど快活で楽しげで、驚くほど気負いのない笑みで応じた。

「承った。我が手には萩月《はぎづき》がある。兎月《とげつ》の妙技、披露しよう」

しかし、その一瞬で、金の双眸《そうぼう》に血に飢えた獣の野生がむき出しになる。

淡い月色に色づく耳がぴんと立ち、千草の体が地面すれすれまで深く沈み込み。


刹那《せつな》、彼女は跳ねた。


襲いかかろうとしていたゾンビ吸血鬼はおおよそ10。

そのすべてが彼女がすれ違った一瞬で両断されていた。

吸血鬼の体は吹き飛びあっという間に灰と化す。

そうして私のはるか向こうで残心をしている千草の手にある萩月《はぎづき》の、とろりとした黄金色の刀身がランプで優美に照らされていた。

私の心が高揚する。それは、ゲームで何度も何度も何度も見た超高速剣術、兎速《うそく》の奥義、月兎《げつと》だ。

月の兎が跳ねるように、敵を蹂躙《じゆうりん》する。

「我が牙《きば》の速さに敵《かな》う者なし」

千草が呟《つぶや》くのが聞こえた。

この世界の慣用句に、「兎に牙を持たせるな」というのがある。それは足が速く体が柔軟で聴覚が優れている兎に、その上牙まで持たせたら手がつけられない……どんな猛獣よりも恐ろしい物になる、という意味だ。

知っている。己の牙である萩月《はぎづき》を持たせた彼女に追いつける者などいない。

個人で出せる火力では並み居る猛者《もさ》達の中でトップの攻撃力を誇ったのだ。

萩月《はぎづき》の刀身を、肘《ひじ》を曲げた間に挟み拭《ぬぐ》った千草は、照れくさそうに私を振り返る。

「どうでござろう、貴殿が見たがっていた兎速《うそく》は」

「あい、最高でした」

感極まった私が口元を押さえつつ、片手でぐっと親指を立ててみせると嬉《うれ》しそうに笑いながらも、刀を構え直す。

わらわらと現れる吸血鬼を捉《とら》えつつ言った。

「萩月《はぎづき》を持った拙者に触れられる者などおらぬ。さあエルア殿、先へ進まれよ」

「ありがとう千草さん！」

心からの感謝を言った私は、アルバートとヴラドの居る場所へと走り出す。

萌《も》えた、ほんっとうに感動した。生の兎速《うそく》を見られるなんて外で叫び回りたいくらいに嬉しい。

だけどそれに浸れないほど、私は自分自身に怒っていた。

アルバートにはコネクトストーリーの存在を教えていたが、彼自身に起きることまでは明かしていなかった。

だって、彼は私がゲームストーリーという運命をゆがめてしまった存在だ。

だからゲーム通りにコネクトストーリーが起こせるかもわからなかったから、もしやるにしても徹底的に検証してからやりたかった。

でもそのせいで、この事態を避けられなかった。

「しかも私が推しの足手まといなんて最悪すぎる」

ヴラドはあの言動から察するに、アルバートを欲しがっている。

だからアルバートの心を完膚なきまで折り、自分の人形とするために私を引きずり込んだのだ。

ヴラドがいつからアルバートに目をつけていたかわからないけど、私が彼の心を折るのにふさわしい弱点と判断されたことが悔しい。

まあそうだよ私の闇魔法、地火水風光闇とある中で攻撃系のスキルが最も少ないから戦闘面では雑魚《ざこ》でしかないしな！

それでも譲れないところはあるし、ものはやりようだ。

ヴラドだって好きなキャラだった。本編通りの悪っぷりにテンションも上がった。

でもだめだ、だめなものがあるのだ。

素早く移動しつつ、スカートの隠しから必要なものを取り出していると、廊下の向こうから再びゾンビ吸血鬼がゆらゆらと現れる。

この眷属の吸血鬼は、人間の生命力やゆがんでいない正の魔力に強く反応する。

千草に盛大に兎速《うそく》を使って引きつけてもらっていても、私にも集まってくるのは道理だ。

くそう、もやもやとしている理由がわかってしまって頭を抱えたい。だがそれは後だ。

心に濁るこの感情に胸を押さえながらも、私はぐっと顔を上げた。

◇◇◇

しくじった、とアルバートは思うように動かぬ体に焦燥を覚えながらも傍らの椅子に座る男、ヴラドを見上げる。

エルアの願い通り撤退しようとした矢先、この男が自分の前に現れた。自分が対処に迷った隙をつかれて、体の自由を奪われここに連れ込まれたのだ。

アルバートは両親のことを知らない。あの組織がどういう意図で運営されていたのかも。

だが、あの組織に居た時に己に流し込まれた血のおぞましさは覚えている。

ダンピールを強化する。という名目で施された数々の実験の中で、自分は吸血鬼の血を注ぎ込まれた。同じく実験に使われた子供は体内でせめぎ合う血液に耐えきれず、自分だけが生き残った。

生涯忘れることはないが、思い出したくもない記憶だ。

しかしその中で、疑問があった。あの実験で自分に使われた吸血鬼の血は誰《だれ》のものだったのか。

つまらなそうに頬杖《ほおづえ》をついていたヴラドの赤の視線が、アルバートに落とされた。

「忌々しい日の光を克服できぬかと、戯《たわむ》れに慈悲を与えた産物が我が手に戻ってくるとはなぁ」

「お前のものになった覚えはない」

愉悦に笑むそれを、アルバートは冷然と切り捨てた。

顔を合わせ、すぐにわかった。自分にはこの男の血が流し込まれたのだと。忌々しい吸血鬼としての感覚がそう訴えるのだ。

吸血鬼は血を受けた主となる者に逆らえない。話だけだったそれを身にしみて感じていた。

この男は自分が欲しいと言った。その言葉にあらがえているのは良くも悪くも自分が半端物だったからだ。その代わりに己の主を屋敷に引きずり込み害することで、心を折ろうとしている。だが、こちらの抵抗など芥《ごみ》のようにねじ伏せ、我を通せるだけの魔力と実力がある。

自分が出会い、殺してきた吸血鬼の中でも最上位の危険な化け物だった。

「お前を調べれば、我もようやくこの忌々しい日々から解放されるのだ」

うっとりと微笑《ほほえ》む男に、アルバートは冷めた目で応じた。

熱を帯びた視線を向けられても、アルバートはただ煩わしさといらだちを覚えるだけだ。この男が欲しているのは暇つぶしになる愉快な玩具《がんぐ》で、アルバート自身ではないとわかる。

それは、本当に熱を帯びた眼差《まなざ》しを知っているからだった。

同時に己が彼女を呼び寄せてしまったことを悔やんだ。

早く早く、自分のことなど捨てておいてこの場から逃れて欲しい。この男の前に来ないで欲しい。己よりも、彼女の方が危険なのだ。彼女に魅《み》せられた自分だからわかってしまう。

だが、それでも彼女は迷わずここに来る確信があった。

アルバートが眼前の映像を食い入るように見つめていると、興味なさそうに映像を眺めていたヴラドが呟いた。

「多少顔立ちは良くて、魔力も豊富な娘のようだが、従僕などという卑しい立ち位置に収まっているのだ。混ざり物であろうと、アレ一匹しつける位は造作もなかろう。餌として飼い殺せば楽だろうに、良いように使われているとは嘆かわしい」

そのぞんざいな評価に、アルバートは苛立《いらだ》ちを抑えきれず、ぎり、と奥歯を噛《か》み締《し》める。

ああこいつはわかっていない。彼女を従えたところで面白くもなにもない。己は餌としての吸血は必要ないのだから飼う必要もないし、何より自分を手放したがっていたエルディアの従者に収まったのはこちらである。

まあ、少々落ち着けと言いたいことは多々あるが、ヴラドのそれは的外れなものだった。

確かにはじめはかりそめの主従だった。惰性で生きることになったために彼女を利用していた。八つ当たりも入っていたかもしれない。

しかし今は心の底から彼女の道行きを応援し、彼女が望む未来を隣で眺めたいのだ。

こんな存在の血が己に流れて、しかも現在進行形で縛られていることが耐えがたかった。

アルバートが返事をすることを期待していなかったのか、特に気分を害する様子も見せず、ヴラドは形の良い指で眼前に広がる映像を指した。

「まあ良い。お前もあの小娘が眷属《けんぞく》どもに蹂躙される様を見れば気が変わろう。猛獣の兎《うさぎ》が付いてきたことは予想外だったが、それも自ら手放している。顔は美しいが危機感も頭も足りないらしい」

「くっ……」

アルバートが失笑を漏らすと、ヴラドがいぶかしそうな顔でこちらを見た。

「お前は勘違いをしている。あの人はあえて千草と離れたんだ。最短距離で歩むためにな」

「……お前がなにを期待しているか知らんが、眷属どもに見つかったぞ」

ヴラドの言う通り、映像では栗色の髪にすみれ色……アルバートが選んだ己の瞳《ひとみ》と同じ色をまとった娘が、知性のかけらも見えない濁った瞳の吸血鬼達に囲まれていた。

なるべくなぶるように命じられているのだろう。

逃がさぬように数を頼みに、ゆっくりと包囲網を狭めていく。

あれだけ数が揃《そろ》えられていれば、多少魔法や武術を使えようと多勢に無勢だ。

ヴラドは、彼女のドレスがちぎられ、血を絞り尽くされる様を想像しているのだろう。

「さて、どのような鳴き声を上げるか。眷属は加減というものを知らんからなあ。はしたなく泣きわめくか、それとも快楽に溺《おぼ》れるか」

ヴラドがなぶるようにアルバートに悪魔のささやきをもたらす。

「お前が望むのなら、あの小娘をやるぞ。助けて欲しければ我の眷属になるが良い」

絶対的な支配の声に、アルバートに根付く吸血鬼の本能がひれ伏そうとする。

だが理性の部分はこの愉快さにおかしくてたまらず、故に脂汗をしたたらせながらもアルバートはくすくすと笑った。

「我が主が、あの程度の吸血鬼ごときに蹂躙されるとでも？」

その嘲弄《ちょうろう》の色に気づいたのだろう。ヴラドがいぶかしげにする。しかし映像で繰り広げられる光景に目を見開いた。

映像のエルアは、臆《おく》することも逃げることもせず、スカートの隠しに入れていた小型のステッキを手にすると、いつもより乱暴に地を蹴《け》り飛ばす。

『闇の輪舞《シャドウロンド》』

ぶわりと、彼女が踏み込んだ部分の床から、闇よりも濃い影が周囲に広がった。

影に追いつかれた吸血鬼は、できの悪い人形のように硬直しその動きを止める。

エルアがまるで糸繰り人形を操るかのように指を動かすと、彼らはぎぎぎと、できの悪いからくり人形のように体を動かして、近場に居る吸血鬼を斬りつけ出した。

たちまち同士討ちをはじめた吸血鬼達の中で、エルアは髪の一筋も損なわれることなく、その場を支配していた。

ヴラドの表情がかすかに変わる。

しかしアルバートにはなんの驚きもなかった。彼女は自分が弱いと思っているようだが、それは勇者達のそばに居る英雄達と比べたらだ。

アルバートが護身術と役に立つ範囲での暗殺術を教えた。彼女単体で暗殺者を退けたこともままある。己の持つ魔法の特性と敵のすべてを知り尽くし、その上で勝ち星をとれる方法を模索する彼女が、問題ないと残ったのだ。当然のごとく対策があるに決まっていた。

そして吸血鬼にとって圧倒的に有利な夜の暗がりだが、それは彼女が使う闇魔法も同じ。

知略を使える彼女に軍配が上がるのは当然のことだ。

映像の中であっという間に吸血鬼達を沈黙させてみせたエルアは、次いで虚空を見上げた。

『映像はないけど、聞こえているんでしょう』

エルアにはこちらが見えていないはずなのに、緑色の眼差しはまっすぐこちらを射貫く。

彼女の中身を知っている己ですら、見蕩《みと》れるほど美しく堂々とした立ち姿だ。

背後に凄惨《せいさん》な光景が広がっているとは思えないほど彼女の眼差しは澄み渡っており、苛烈《かれつ》に煌《きら》めいている。

『アルバート。なんであなたがわざと捕まったのかはわかんないけど、変な気を起こさないでよ。いくら悔しかろうとぶつくさ思おうと殺意がわこうと自分一人でなんとかしようとしないこと！私が行くまで待てだからね！』

あんまりな物言いに、アルバートは閉口する。意図は伝わってくるが不本意だった。

いくら隠そうと、こういう時の自分の思考を読まれてしまうのだから。その割にはアルバートが抱えていた感情に気づかずとことん鈍かったのだから残酷だ。

それでも自分の想《おも》いを知らしめた時の表情で報われたと思った。彼女に「わかる」情緒があるとわかっただけで充分だと思っていたし、彼女がアルバートから逃げることはない。

だからゆっくりと搦《から》め捕っていけば良いと考えていた。なにぶん彼女があぁだからこそ、無理に距離を詰めるつもりはなかったのだが。一抹の不安を覚えるとは思った以上に彼女の変わらない態度に動揺していたらしい。

アルバートはエルアの推しに対する想いを、信仰に似たものと解釈している。

自分を神と同列に考えるのは正気かと常に思っているが、それくらいしか適当な表現がないのだ。

彼女の無条件の好意は推しの幸福のために存在しているし、望まれたら何でも行おうとする。

そう、命の危機がある場所にも平然と飛び込んでいくのだ。推しであれば、分け隔てなく。

千草に対する献身を見て、改めて彼女に対して不安が膨らんでしまった。

彼女は推しに望まれれば何でもする。なら、果たしてあの一夜、自分に向けた表情は、彼女の本心だっただろうかと。

彼女は未だに一度として、アルバートを推しとして以外に望んでくれたことがないのだ。

我ながらここまで感情を振り回されるとは思っていなかった。多少なりとも、浮かれていたのだろう。まだまだ自分も甘い。

もとより同じように求めて欲しいとは考えていない。これから少しずつそう仕向ければいい。

すべては、ここから出て、この忌まわしい存在に決着をつけてからだ。

アルバートが横目で見ると、ヴラドの顔にいらだちと怒気が滲《にじ》んでいた。

予想通りの反応に内心ため息をつく。本当に彼女は、特定のキャラクターに対する扱いが上手《うま》い。

「ほう……我に命乞《いのちご》いをせんばかりか、勝つ気でいるのか。生意気な」

ヴラドが虚空に指を滑らせる。

この屋敷はヴラドの幻術で構成されている。

そもそもこの場にたどり着ける道など用意されていない。憐《あわ》れな贄《にえ》が、逃げ回り、希望を持ったあと、出口がないことに絶望しながら無残に喰《く》われていく様をヴラドが楽しむための隔絶された檻《おり》なのだ。

だが、エルアもそのことをわかっているはずだ。

あのヴラドの姿を見た一瞬、彼女が見せた表情はアルバートにはなじみ深い、彼女の旧知のキャラクターに出会い、特別な思い入れがある存在に対するものだったのだから。

映像の中で壁が動く。部屋の扉が彼女の前に現れ、再び眷属が送り込まれようとする。

そこまで映しているのは、アルバートの心を折るためだろう。そういう性質の男だと、この短時間で理解していた。

しかし茫洋《ぼうよう》とした眼差《まなざ》しを虚空に投げていたエルアの焦点が、こちらを……アルバートを捉《とら》えた。

『見つけた』

「っ⁉」

ヴラドの顔が驚きに染まる。

刹那《せつな》、アルバートにとってはなじみ深いエルアの魔力の気配と共に、闇のように濃い影が広がる。

予期していたアルバートもまた、素早く手首の枷《かせ》を外して地を蹴り距離を取った。ただの枷だ。造作もなかった。

そしてアルバートの傍らに、影の中からすみれ色のドレスを身にまとい、栗毛の髪をなびかせる娘、エルアが現れる。

険しい表情で立つ彼女だったがアルバートを見つけるなり、緑色の瞳を安堵《あんど》に緩めた。

見事に一杯食わされたヴラドは、怒りとも感心ともつかない表情でエルアを睨《にら》んでいる。

「……なるほど、魔法の痕跡《こんせき》をたどって道をつなげたな」

もうすでに取るに足らないものを見る目ではない。

ヴラドは明らかにエルアという存在を認識し興味を持ち、感情をあらわにし始めていた。

だから来て欲しくなかったのだと、アルバートは忸怩《じくじ》たる想いを抱える。

エルアという娘は、悪に身を浸し闇と暗がりに馴染《なじ》みながらもけして染まりきらない。そして己が愛した者には、美しくまっすぐな熱を帯びた眼差しを向ける。それがどんな存在であろうと絶対に目をそらさない。

闇の世界に生きる者にとって同じ闇に生きながら、表の世界の明るさと朗らかさをまとう彼女はひどく魅力的なのだ。熱望とも、嫉妬《しっと》とも、渇望とも、憎悪ともつかぬ感情を向けられ執着される。

まさに、今のヴラドがそうなっていた。

アルバートに向けていた興味といらだちの感情を、今はエルアに注いでいる。

「ここまで来たことは褒めてやろう。だがこれで終わりだ」

悠然とエルアを見下ろすヴラドは、余裕を崩さずに続けた。

「たとえ我の元にたどり着こうと、お前達は我の手の中で遊んでいるに過ぎぬ。しかし、気が変わった。そのダンピール共々、お前もかわいがって飼ってやろう。喜ぶが良い」

毒のような退廃をまとい、優美に、傲慢《ごうまん》に命じた。

ヴラドからあふれ出すおぞましい魔力は威圧となって襲いかかる。

にもかかわらず、彼女はすべてを見透かすような眼差しを曇らせることはない。

アルバートにはわかっている。なにせ十年の付き合いだ。彼女はアルバートの自由が奪われることを何より嫌悪している。今回も自分のことはそっちのけで、アルバートのために怒るのだろう。

そう、考えていたのだが。

「ふざけないでよ」

エルアの、怒りに炎のように揺らめく緑色の瞳に、いつもと違う色がある気がした。

◇◇◇

ヴラドが屋敷にかけられた魔法を使うように仕向けて、屋敷全体に広げていた自分の影でその魔力の元を探っていた私は、アルバートの囚《とら》われている部屋への転移に成功した。

ふふん、だって私からなら影をたどって彼の居る場所に行けるんだ。

ヴラドが油断するよう千草と別れたのはものすごく怖かったけどうまくいった！

そして少しよれてはいるものの無事なアルバートにほっとした後、目の前にいる本物のヴラド・シャグランと対峙《たいじ》する。

ゲーム時代は、なぜそこまで力を入れたというレベルの美麗な専用立ち絵だったけれど、実際に目の当たりにすると顔面偏差値の暴力だ。

魔界の魔族特有のすさまじい威圧感と美貌《びぼう》はその身にまとう魔力とも相まって、普通の人ならいっそ恐怖すら覚えてその場で釘付《くぎづ》けになるだろう。エモシオンやばい。

けれども、私に怯《ひる》んでいる暇なんかないのだ。

秒で言い返した私に、ヴラドはゆっくりと瞬《まばた》きをする。

まあ彼なりの最大の譲歩の言葉を「ふざけるな」の一言で突っ返されたんだからなぁ。そもそも言い返されることが少ないタイプのキャラクターなんだから当然だ。

けれど、私はいまだかつて覚えたことがないほどの怒りに燃えていた。

だってごまかしようもなく、自覚してしまったのだ。

「小娘、我の慈悲をふざけるなと申したか」

「ええ申しましたとも。アルバートを飼うだなんていう、彼の良さを一切わかっていない人になんて絶対に……ううんアルバートが行きたいと言わない限りは誰《だれ》にだって渡さない」

推しなんだよ。最推しなんだ。

画面の向こうで愛してやまなくて、なんの因果か同じ世界に立つことになっても、絶対自分のものにならない。悪役のエルディア・ユクレールになった私とは絶対に交わらない、遠い所で幸せになるはずの人が、私に想いを向けてきた。

少しずつ彼を一人の男性として意識するようになっていても、彼が幸福でいさえすればそれで充分なのだと何度も考えていたのに。

あの日、彼に生々しい想いを向けられて、今まで心の奥底に沈み込ませていた私の想いは無視できないほど大きく膨れあがってしまったのだ。

私はヴラドの赤い瞳を睨み返して叫んだ。

「アルバートは私の従者で、私が、幸せにするの！」

これは紛れもない独占欲だ。

ヲタク失格だ。大好きなキャラクターを自分だけのものにしたいだなんてタブーに等しい。

でもこうして実際に彼が奪われかけて、明確に思ってしまったのだ。

たとえ推しにでも、振りでも渡したくない。アルバートは私の従者だ。私のものだって。

それにだよ！

「アルバートを安く見ないで欲しいわ。這《は》いつくばって矜持《きょうじ》が折られたアルバートも二次創作でいっぱい見たけど！　それよりも誇り高く傲然《ごうぜん》と顔を上げるアルバートの方が百倍は魅力的だわ！」

「もっと言いようがあるでしょうに……」

「本心偽るのもあなたに失礼でしょうが！」

もうヤケな気分でアルバートを睨んだ。

顔は真《ま》っ赤《か》になっているだろう。今私は猛烈にこっぱずかしくて情けなくてどろどろしていて、子供みたいなわがままを言った自覚がある。

それでも大きく息をすって、吐いて、わずかな気力を取り戻した私は、絞り出すように最推しであるアルバートに宣言する。

「そう、いうこと、だから。帰るわよ」

「……ええ、帰りますとも。俺の居場所はあなたの傍らです」

さっきまで呆《あき》れていたはずのアルバートは、心の底から嬉《うれ》しげに微笑した。

表情はとろけるように柔らかく熱を帯びていて、ますます体温が上がる。

そ、そんなに手放しで嬉しがられること言ったつもりはないし、アルバート今の状況思い出して！

「ふん、茶番だな」

ヴラドはそんないらだちに満ちた声で吐き捨てた。

「人間風情が、我の慈悲を断る選択肢などはなからないことがわかっておらぬと見える」

だけど、アルバートも負けじとヴラドを睨み返していた。

「わかっていないのはお前の方だ。俺を従えられるのはエルア様のみなのだから」

にいっと唇の端をつり上げて挑発的に笑うアルバートは、ものっすごく様になっている。

ひええ、こんなこっ恥ずかしいことがんがん言っちゃうタイプだったっけ？　というか勝ち気なのに品がある表情がすんごく似合っていて、今私の脳内が偉いことになっていてやばやばです！

ぐうっと高まる萌《も》えゲージを私がなんとか抑えていると、ヴラドが尊大にせせら笑った。

「そうか。ときに、お前はまがい物でありながら、血を欲するのだったな。では〝アルバート〟、その娘の血を一滴残らず吸い尽くすが良い」

びくん、とアルバートの体が震えた。口を押さえ、体をよろめかせる。けれど手の間から覗《のぞ》く唇からは鋭く伸びた牙《きば》が覗いていた。

私は主である吸血鬼からもたらされる絶対の命令権、「血の従属」だとすぐに気づく。コネクトストーリーでもアルバートが消耗した時を狙《ねら》ってしかけられていたからね！　ゲームの時は鼻血吹き出すかと思ったよな。

アルバートが荒く息をつきながら私を見るその顔には、理性と本能でせめぎ合いながらも、あらがいがたい食欲が浮かんでいた。

「従者に喰われて果てるが良い。見送ってやろう」

ヴラドが優雅に肘《ひじ》掛《か》けに頬杖《ほおづえ》をついて悦に入る中、アルバートが私を乱暴に引き寄せる。

吐息の絡んだその声にいつもの余裕はない。

「すみ……ません、加減できません」

「好都合だわ、景気よくやっちゃって」

だって、わざわざどうやって私の血を飲ませるか考えなくていいんだもの。かなり悔しげなアルバートには申し訳ないんだけど、都合が良かった。アルバートにとっては操られている状態なわけだから屈辱的なのはわかるけれど、ほんの少し我慢して欲しい。

私が手にあらがわず抱き寄せられると、アルバートがますます感情を堪《こら》えるように眉《まゆ》を寄せる。

「くそッ」

悪態をつきながらアルバートは震える手で私のドレスの襟をくつろげて、首筋に牙を突き立てた。

ドレスを引き裂かないように気遣いをするだけでしんどいだろうに。

首筋に牙を突き立てられた瞬間、いつもと違う灼熱《しゃくねつ》の痛みが襲った。

反射的に体が竦《すく》んだのは許して欲しい。

「っくぅ……」

覚悟していたとはいえ、私が殺しきれなかった声に、アルバートは私の顔をヴラドから隠すように抱き込む。だがより一層、深く食い込ませて吸い上げた。

この痛みも久々だ、アルバートがまだ警戒心たっぷりの頃《ころ》はこれくらい痛かった。

だけど血がどっと失われていくのを感じながら、背筋を駆け抜けていく悪寒に似たものに目を見開いた。

アルバートが催眠術を使っているのだ。痛みを和らげようと考えたのか、それとも血の従属によって強制的に使わされたのか、痛みと同時に襲ってくるそれに脳が混乱する。

さらに血を食らおうと牙が容赦なく傷口をえぐるのに、次の瞬間には労《いたわ》るように舌が這う。大きな手が逃がさないとばかりに頭を固定していても、腰に回される腕は私にすがりつくようだ。無心に私を貪《むさぼ》る姿は子供のようだったけど、やっていることはえげつない。

いつものアルバートだったら絶対しない、まるで聞かせるように大きい啜《すす》り上げる音は、聴覚から何をされているのかを知らしめてきて、どうにかなりそうだ。

普段、どれだけ「やさしく」食べられていたのか図らずとも理解してしまった。

まってと言いたかったが、うかつに口を開くとあらぬ声が出てしまいそうで唇を噛《か》み締《し》めるしかない。

痛いだけの方がまだマシだったかもしれない。血が抜けて寒いはずなのに熱い。その熱に溺《おぼ》れかけたが、私は意識が持って行かれそうになるのを堪えて、アルバートにすがりつき念じる。

くるりと体が掬《すく》われたと感じたとたん、アルバートに抱えられて飛んでいた。

同時に、さっきまで立っていた床に赤い槍《やり》が幾本も突き刺さる。

吸血鬼の固有魔法であるブラッドウエポン、血を媒介に魔法で生み出される質量のある武器だ。

そんじょそこらの吸血鬼なら、一本の短剣や矢を生み出すだけで精一杯だ。けれど真祖のヴラドは、鼻歌を歌いながら無限のように作ることができる。

銀の武器で殺せても、日の光を浴びられなくても、彼が数百年と闇《やみ》の世界に君臨し続けられるのは純粋に彼に勝てる存在が居なかったからだ。

あとあと公開されたゲームの設定見て白目むいたけど、実際に目にしてみるとやっぱりチートどころじゃない。

「む、〝アルバート〟動くでない。貫けぬではないか」

ヴラドが不満そうにまた命じて、再び血色をした槍を投擲《とうてき》したけれど、床に着地したアルバートは私を片腕に抱えたまま平然と避ける。

それで血の従属が効いていないと気づいたのだろう。ヴラドの顔が目に見えて険しくなった。

「なぜ従わぬ」

「お前の血がエルア様に勝てないだけだ」

精神論的な答えだけど間違いじゃなくて、私の浄化の力で吸血鬼の血に潜む魔の穢《けが》れを一時的に抑え込んでいるのだ。

私にも、ユリアちゃんほどじゃないけど魔物や魔族の持つ穢れを祓《はら》う力はある。吸血鬼の血そのものを根絶できるわけじゃないけれど、今はこれで充分だ。

ゲームでは勇者の聖剣に宿る「繋《つな》がりを断ち切る力」のおかげで、アルバートはヴラドのくびきを外れることができる。私に同じことはできないけど、要は魔界由来の力を抑え込めればなんとかなるのでは？　と、前々から密《ひそ》かに練習していたんだ。うまくいってよかった。

ただ、私の血をたっぷりと取り込んだアルバートは、意識が高揚するのかものすごく俺様気質になってめちゃくちゃどきどきするんだよな！

アルバートは、悔しげに私の血で赤く染まった唇を舐《な》めたあと、顔にかかった黒髪を乱暴に掻《か》き上げる。

あらわになった紫の瞳《ひとみ》は鮮やかに赤みがかっていて、吸血鬼の気質が前面に出ていることを教えてくれた。

「よくも俺にエルア様を乱暴に扱わせた。お前は血の一片まで跡形も残さない」

怒気をむき出しにするアルバートの横顔に片腕に抱かれる私は見蕩《みと》れたが、次いで赤みがかった紫に申し訳なさそうに見下ろされた。

「申し訳ありません。あなたの推しなのはわかっていますが、アレだけは許せない」

片腕から降ろされながら、私は彼がどうして捕まるようなへまをしたのか悟る。

「もしかして、私の推しだからすぐに殺しちゃいけないと思ったの」

「万が一、今後に関わる重要人物だったらまずいでしょう。あなたの算段が崩れてしまう」

「ああ、もう」

自分に対する焼けるような怒りと猛烈な罪悪感と、それでもこみ上げてくる嬉しさにどうにかなりそうだった。

私の見通しが甘かったせいで、アルバートを危険な目に遭わせたのだとわかってしまった。けれど、本当に私の意図を汲《く》み取って私のためにやってくれたのだ、この人は。

こんちくしょう、本当に私にはもったいないできた従者なんだよ。お給料上げるくらいしか報いることができないなんてどんなバグだよ。

泣くのは後だ、こみ上げかける涙を堪えて、アルバートに言ってみせた。

「安心して。ヴラド・シャグランは推しだけど、その愉悦顔を徹底的に蹂躙《じゅうりん》してむごたらしく死んでいって欲しい系の推しだから」

アルバートは私の答えに戸惑ったように目を丸くする。

推しにも種類があるのだ。ひたすら幸福になって欲しい推しや、心が疲れている時によしよしされたい推し。私の推しはだいたいが幸せになって欲しい推しなのだが、その中でヴラド・シャグランは数少ない、気持ちよく死んで欲しい推しだった。

いやあこんな衝動が自分にあるとは思わなかったもんだ。数々の罪もない人間をもてあそび踏みにじり、血と腐臭と怨嗟《えんさ》にまみれながらも美しく君臨する姿はいっそすがすがしいほど。誰かにこの男を汚泥にまで引きずり落として欲しいと気がついたら願っていた。

彼に当然の報いをうけさせることが、私のヴラドに対しての愛なのだ。

眼前で混乱するヴラドを見ると、こんな時でも自然と笑みがこぼれてしまう。

「魔界から渡ってきて数百年、今まで暴虐の限りを尽くして人間を家畜程度にしか思っていなかった存在がね？　自分の何十分の一しか生きていない取るに足らないはずのアルバートに勝てずに、頂点から追われるの。ヴラドが絶対だと思っていた概念をへし折られてどんな表情をするのか、ものすごくものすごく楽しみだったの」

「あなたは、本当に……時々恐ろしくなりますよ」

アルバートが呆れたような苦笑をしている。えーなんで⁉

だって悪役がいないと、正義が映えないのだ。だからこそ私やヴラドのような者が必要になる。

悪役は、最高のタイミングで美しく死ななきゃいけない。

そんな中で、ヴラドは遠慮もなく憎める最高の悪役だったのだ。

普段悪役を好きにならない私が一点の曇りなくクソだと思えて死を願うとは思わなかった。自分が知らなかった新たな性癖を教えてくれた、ある種特別なキャラクターなのである。

うへへとやに下がった私だったけど、なんでだろうな、ヴラドの顔色が悪くなった気がするぞ？

まあいいやと私は満面の笑みでアルバートを見上げた。

「この状況はあなたとの情報共有を怠った私のせいよ。あとで全力で謝る。だから今はヴラドを遠慮なく、完膚なきまでにプライドへし折ってやっつけちゃって！」

「ええ、あなたのお望みのままに」

アルバートはひときわ優美に一礼をするなり、床を蹴《け》って飛び出した。

「貴様ら、どれだけ我を愚弄《ぐろう》すれば気がすむのだ！」

激高のまま立ち上がったヴラドが、おびただしい数の血の短剣を生じさせ、一斉に投擲してくる。

私はちょっと貧血気味でふらつく体に活を入れて、杖《つえ》を振るった。

「闇の盾《ダークプロテクション》っ」

アルバートの前に真っ黒な盾が出現し、血の短剣を吸収する。

闇魔法の特性を存分に生かした盾は、だけどほんの数本受け止めただけでぼろぼろに崩れ去った。

一つ当たるだけでもただではすまないだろう。

「小癪《こしゃく》な！」

青筋を立てて怒るヴラドによって生み出された血の剣の弾幕が、今度は私を狙《ねら》ってくる。

もはや壁のようなそれに、私は顔を引きつらせた。

いや、わかってた！　コネクトストーリーでは通常ボス扱いだけど、魔界からやってきて数百年間討伐もされずに君臨し続けているんだから、実質レイドボス級の強さがあって当然なんだよな！

くそう、同じ系統の闇魔法だから圧倒的な質量と技量の差がわかってつらい。

けど！　こうなることは予想がついていたので！

私はスカートの隠しに持っていた魔晶石をばらまくなり、仕込んでいた魔法を一気にくみ上げる。

「幻闇の障壁《ダークウォール》！」

魔晶石が転がった場所から、闇よりも深い色をした壁が立ち上がった。

広々とした空間がランダムに遮られ視界が悪くなる。

さらにもういっちょ魔晶石をばらまき、自分の周りに頑丈な防御壁を張り巡らせた。

ヴラドは慢心しているけれど、馬鹿じゃない。

私がアルバートの弱みなことはわかっているんだから、私を狙ってくるのは当然だ。

だから先に私が防備を固めることで勝率が上がる。

すべてアルバートが全力で戦えるだけの場を整える布石だ。

アルバートは剣士じゃない。魔法使いでもない。

戦闘スタイルは、遊撃手。得意分野は暗殺だ。

真っ正面から切り結ぶのは下策中の下策。相手を翻弄《ほんろう》し、隙を突いての一撃必殺が彼の領分。

だから、こうして強力な敵に遭遇したときの私の役割は、彼が十全に戦える場を整えることだ。

私は外に出している影を通して、いつでも援護に回れるように注視する。

アルバートは私が作った壁の間を縦横無尽に駆け抜け、時に足場として身を翻し、腰の短剣を両方引き抜いて降り注ぐ血の剣をさばいていた。

黒髪が翻り、着込んでいる上着の裾《すそ》が翻る様すら美しくて思わず見蕩れた。

避《よ》けきれなかった刃が全身を浅く切り裂いていっても怯《ひる》むことはない。

避けた血の剣が液体に戻って飛び散り、アルバートの白い頬を汚すけれど、彼はまったく表情を変えず、ただ赤みがかった紫の瞳に燃えるような闘争心を宿して突き進むのだ。

正直、戦いの場は今でも慣れないし怖い。だけど、アルバートの戦いぶりは、ぞっとするほどの妖艶《ようえん》さを帯びていて、彼の最も美しい姿を引き出していると思う。

私は壊れた闇色の壁を補充しながらも、アルバートの美しさと剣さばきに見蕩れていた。

なかなか彼を捉《とら》えられないヴラドが、苛立《いらだ》ち激高する。

「小癪な、我と顔を合わせる度胸もないか！」

「まさか、たどり着いたぞ」

「⁉」

完全にヴラドの死角から躍り出たアルバートが短剣を振るう。

すぐさま反応したヴラドが、生み出した血の長剣で迎え撃った。

硬質な音が響いた次の瞬間、私じゃ目で追えないほどのすさまじい応酬が繰り広げられる。

吸血鬼の身体能力は人間よりもはるかに上だ。たとえさっきみたいな数に物を言わせるような血の剣を生み出せずとも充分脅威なのだ。

けれどアルバートも血を取り込んで身体能力はほぼ互角にまで引き上げられているし、なにより彼は剣以外にも体術やフェイント、ありとあらゆる手を使って相手を制圧することに長《た》けている。

床を砕き、衝撃波すら飛ぶそれをアルバートは紙一重で避けながら短剣を振るい、隙あらば蹴撃を見舞う。ヴラドにも攻撃が通るようになっていた。

これで拮抗《きっこう》するかに見えたが、ヴラドは怒りを覚える余裕があった。

「よくも我に剣を抜かせたな、下郎」

ヴラドの低く這《は》うような声音にかまわずアルバートが短剣を振り抜いたが、ぶわとヴラドの体が霧状になる。

吸血鬼の固有能力である霧化だ。

渾身《こんしん》の力を込めて打ち込まれるはずだった短剣が空を切り、アルバートが体勢を崩しかけた。

すぐに立て直したけれど、アルバートの首筋にするりと男の手がまといつく。

「今のお前に通じんと言うのであれば、再び食らわせてやるまでよ」

アルバートは逃げようと身を引いたが、霧の中から姿を現したヴラドが彼の腕を掴《つか》み牙《きば》を突き立てるのが先だった。

「っ」

「ぐっあぁぁあぁぁあぁぁあああ！！？？？」

アルバートの押し殺したうめき声をかき消すように、ヴラドが絶叫した。

突き飛ばすように後ずさったヴラドの霧化はとけて実体化しており、何より毒でも一気に飲み干したように苦しんでいる。もうそこに先ほどまでの余裕はない。

「がっ、はっうぐっ何をしたっ」

「お前の記憶力が鶏《とり》で良かったよ。吸血鬼の力を持とうと、俺はダンピール。お前らの敵だ」

荒く息をついてよろめきながらも、アルバートが愉快そうに顔をゆがめて笑うのに、ヴラドがはっとした顔になった。

そう、この世界でもダンピールの血は吸血鬼には飲めない、毒になる血なのだ。

にもかかわらず、吸血鬼にとってはかぐわしく思えるらしい。

なんだよそれ最高に滾《たぎ》る設定じゃねえかと萌《も》え転がって薄い本が厚くなったのも懐かしい。

つまりアルバートはこのままじゃ勝てないことを理解していて、誘っていたのだ。わざと体を浅く斬らせて、血の香りを漂わせながらヴラドの正常な判断を少しずつ削っていった。

しかもアルバートは、さっき私がたっぷり浄化の魔法を込めた血を取り込んでいる。

ただ普通の吸血鬼ならそれだけで灰になる猛毒に、ヴラドは口をつけたのだ。

にもかかわらず、ヴラドは霧化がとけただけだ。ほんと真祖だけあるよなあ！

そして、罠《わな》にはまっていたのは自分だと気づいたヴラドが激高する。

「おのれ、このような小細工で我を殺せると思ったか！」

ヴラドが牙をむき出しに吠《ほ》えたとたん、周囲に再びおびただしい数の杭《くい》が生じる。

くっそ、多少作製速度は落ちているけれど、アルバートの血を取り込んでもまだこんなに余力があるのかよ！

私が作製した闇の壁もほとんどが壊されている。

もう一回作ろうにも私の魔力はほとんどアルバートに渡しているから、防護壁を維持するだけで手一杯なんだよな。しかも戦闘中に私がこれを解除して援護に回ろうとすると、アルバートがどちゃくそ怒るんだ。

それに、アルバートの顔に宿る殺意はまったく衰えるどころか切り裂くような鋭さを増している。

私はかろうじて消し飛ばず残っていた影を通じて成り行きを見守っていたんだけど、息を呑《の》んだ。

だってアルバートは短剣で自分の手を斬って、深く腰を落としたのだ。

地面すれすれにまで沈み込んで……え、うそ、それって、千草の……っ⁉

私が絶句する中、アルバートが腰だめに構えた手の中で、したたる血が意思を以て収束する。

そして、ヴラドによって血の杭が射出される刹那《せつな》。


アルバートの姿が消えた。


さっきまでアルバートが居た場所に血の杭が着弾し、赤く染める。

手応《てごた》えのないことに気づいたヴラドが周囲を見回そうとした瞬間、ぱっとその胴に赤の花が咲く。

「なっ⁉」

風すら置き去りにしたアルバートがヴラドの背後で振り抜いているのは、血色の刀身をした刀
……血で生み出した刀だ。

「ぐ、は貴様、貴様ぁあぁ！」

毒になるアルバートの血で胴を切り捨てられてもなお、ヴラドは彼に向けて剣を薙《な》ごうとする。

しぶといんだよ吸血鬼は！

けれど、アルバートは崩れ落ちる血の刀を、扱い慣れた短剣の形にしてあの構えを取る。

一撃必殺の武技。

アルバートの姿がぶれる。

黒炎のような残像を引き連れて彼の剣がヴラドの首筋へ吸い込まれてゆく。

「鮮血暗殺《ブラッドアサシネーション》」

ざん、と黒炎の刃がヴラドの頸動脈《けいどうみゃく》へ的確に、致命傷を与える。

一撃必殺のそれは、ゲームで設定されていた、私が何度も見蕩《みと》れたアルバートの必殺奥義だ。

周囲の状況、相手の情報を即座に精査し最適解での暗殺方法を行使する、彼の技術と身体能力があってこそ成り立つ技だった。

気づいた時にはアルバートの手の内なのだ。

今まで瞬時に治っていたヴラドの傷からは、赤々とした血が流れ彼の豪奢《ごうしゃ》な服を濡《ぬ》らす。

自分が明らかに致命傷をうけたことがわかったのだろう。

信じられないと言わんばかりに噴き出す血で汚れた手を見つめていた。

「うそだ、嘘《うそ》だ……我が、このような所で……あやつの言葉が正しかったとでも、いやみとめん、断じて認めんぞ」

最後のヴラドの猛攻で崩れ去った防護壁の間から直に聞こえた言葉に、私は首をかしげる。

けれど、ヴラドの血のように赤い目が私を捉えた。

「血を寄越《よこ》せえええええ‼」

どこにそんな力が残っていたかと思うほど鋭く私に飛びかかってくる。

すごい、本当に魔族は最後の最後まで油断できないって典型だよな！

さすがに怯んだがヴラドが私に手をかける前に、アルバートに捕まった。即座に腕の関節を極《き》められ、アルバートに背中を乗り上げられる形で、ヴラドは地べたに押さえつけられる。

だが、吸血鬼の王である彼は、屈辱に顔をゆがめながらもあざ笑うように言った。

「我を殺せば、我が配下にある眷属《けんぞく》がすべて野放しとなるぞ。あの街は阿鼻叫喚《あびきょうかん》となろうな」

うわあ、そうかこういう所はコネクトストーリーの通りなのかと私は顔をしかめた。

まあそうだよな、あのカジノの従業員やオークションスタッフは、みんな顔が良い上に暗示にかかりやすくなっているって言われていた。ヴラドと眷属の餌場の役割にもなっていたんだろう。

コネクトストーリーでも、ヴラドは自分の支配下にある眷属が野放しになることで、自分が最後まで強者《つわもの》であることを誇りに死んでいく。

ここで見逃せ、と言わないところが彼のエベレスト級のプライドを表しているようで敵ながらあっぱれ！　と思ったものだけど、やられる方はたまったもんじゃない。

だって、未曾有《みぞう》のパンデミックを引き起こされるのだから。

とはいえコネクトストーリーでは、その解決方法もあったの、だけど。

ヴラドの哄笑《こうしょう》に若干眉《まゆ》をしかめたアルバートがこちらを向いた。

「エルア様」

明らかに指示の催促だったけど、私はぐっと唇を噛《か》み締《し》めて首を横に振った。

「い、言えない」

これを私から提案することは、できない。だってアルバートにとっては、自分の矜持《きょうじ》を折り曲げるような死んでも嫌なことなんだから。

大丈夫、アルバートがどんな選択をしてゾンビ吸血鬼が街中に解き放たれたとしても、私が責任を持って始末するから一匹残らず！

確かヴラドが直接配下にしていたのは十数人。そこからネズミ講式に増えていたとすると、この街に居るのはたぶん数百ちょっと。……う、行ける行ける！

私がぐるぐると考えていると、アルバートが仕方ないな、とばかりにため息をついた。

「エルア様、お詫びとして後で俺のお願い聞いてください」

「へ？」

「そうすれば、俺に言わなかったこともすべて不問にします」

「え、あ、うん！　わかった!?」

激しく頷《うなず》くと満足そうにしたアルバートは、ヴラドを押さえつけたまま、やつの腕をあらわにする。

まさか……。

私が息を呑んで見守る中、いきなりのことに驚いて不自由な首を巡らせるヴラドに対して、アルバートは恐ろしいほど穏やかに言った。

「吸血鬼は格上の相手を噛むと、その力と格を奪えるらしいな？」

「な、それは」

それでアルバートが何をしようとしているか、理解したヴラドが青ざめる。

アルバートが嗜虐《しぎゃく》に唇をつり上げながらも私を見た。あ、これはとことんやっちゃっても大丈夫かって確認だ。ゲーム上のアルバートならわかるのだけど、まさか今のアルバートが自力で気がついて、提案してくれるなんて。けれど、ヴラドの真祖としての能力を奪う、がコネクトストーリー的には最適解なのだ。

唯一の懸念は、聖女が居ない中でこの次の展開に対処できるか、だけども。

こうしてアルバートが示してくれたんだ、私がなんとかしてみせる。だって私が彼の責任をとるって決めたもの。

だから、イイ笑顔で親指を立ててあげた。

「やっちゃえ、アルバート！」

ふ、とその一瞬だけは端整な微笑を浮かべたアルバートだったが、容赦なくヴラドの腕へ牙を突き立てた。

私は一気に昂《たか》ぶる感情に顔を真《ま》っ赤《か》にして、口元を押さえる。

これが！　これこそが！　アルバートのコネクトストーリー実装時にアルバート推しを瀕死《ひんし》に追いやり、アルバート推しじゃないユーザーをもアルバート沼に落としたシーン！

通称吸血下剋上《げこくじょう》！！！

「ぐぁあがっ……」

吸血は本来痛いものだ。今まで自分が散々してきたそれを存分に身に叩《たた》きつけられたヴラドはのたうち回るが、アルバートは容赦なく膝《ひざ》で押さえつけて抵抗を封じる。そしてさらに深く牙を突き立てた。

私はひぃと、出かける悲鳴を堪えた。ここに専用のスチルはなくて、テキストだけだったんだけど、だからこそ想像力を恐ろしく掻《か》き立てられる表現で世の腐女子をざわつかせた。

しかも公式でアルバートがはじめて見せた吸血シーンだったものだから、ずっと自分達の妄想で愛《め》でていたヲタク達は、幻覚以上に過激だったそれに鼻血を噴きながら倒れ込んだ。

私？　初プレイの記憶がないよ。気がついたら夜に家の外にいた。さすがに冬は寒かったなあ。

ともかくどんな風に吸血するか明らかになったのだが、そのときのアルバート沼の感想と言えば。

「血を吸われた人全員抱かれてるんじゃ？」「これ食われた側正気を保ってる？　無理でしょ？」「むしろ一種の愛情表現なのでは？」「アル×ヴラありですかありえますよね？？？」

とまあこんな感じで正気を失っており、彼のコネクトストーリー実装直後から、投稿サイトに強火の幻覚のイラストや小説が大量にあふれたものだ。

そんな二次創作で何度も見た、その強火の幻覚がリアルに繰り広げられているんだぞ⁉

興奮するし釘付《くぎづ》けにもなるだろう！

そりゃあね、私の血をアルバートが間近で飲む姿は何度も見たよ。けれど客観的に誰かの血を飲む姿を見るなんて、ほとんどないからめちゃくちゃ貴重だし、何より相手があのヴラドなのだ！

というか無造作に容赦なく食らうアルバートの表情はひたすら冷淡なのに、どこか艶《つや》を帯びている。ヴラドを煽《あお》るためだろう下品にも響く水音にすらどっこんどっこん心臓が煩《うるさ》い。

なにより下等と見なしていたダンピールに力を奪われるヴラドが、プライドを粉々にされて苦しむ姿ときたら！

「なぜ、この我が！　真祖である我が。こんな、こんなダンピール、に……ぐぅあ!?」

ヴラドの弱々しいかすれた声が響いたが、アルバートが容赦なく腕を極めた痛みで黙り込む。

口答えを封じたアルバートは腕から少しだけ牙を離すと、こちらまで背筋が凍るような冷めた表情でヴラドを見下すのだ。

「抵抗できない弱者を選んでいたぶる存在は、下等と相場が決まっている」

そして、壮絶な色気をまといながら厳然と言い放つ。

「俺にすべてを奪われて、無様に死ね」

私の心臓を的確に打ち抜いていったそれに、ヴラドの希望も崩れ去る。

やっぱり私は正義の人にはなれないな、と思う。ヴラドの最期に悲しみは感じないし、ざまあみろと思っちゃうのだ。

やがてアルバートに踏みつけられていた男の体が黒く染まったかと思うと灰になる。

魔界で生まれ、人界に現れてからも数百年生きていたはずの魔族が、あっけないほどさらさらとほどけていった。


立ち上がったアルバートが、忌々しそうに顔をしかめながら、赤く染まった唇を雑にぬぐう。

その仕草に私の脳内でスタンディングオベーションがとまらない。

五体投地して天と地とこの世界のすべてに感謝した後むせび泣きたい。けどそんな場合じゃないんだ。

私はふらつく体をなんとか起こしてアルバートに駆け寄る。魔法を限界まで使うのって、三徹しながら仕事するレベルでめちゃんこ疲れるんだ。

「大丈夫？　体の感じはどう？」

「……血がまずい。きもちわるい。体の中がかき混ぜられているようです」

たいそう不愉快そうに顔をゆがめるアルバートが、いつも通りの様子で心底ほっとした。

ゲーム時だけどフレーバーテキストに「血を飲んだ側が弱すぎると、血に宿る魔力に耐えきれずに体が崩壊する可能性がある」って記述があったものだから一抹の不安があったのだ。

もちろんゲームのアルバートより今の彼の方が能力値が上だと思うから、大丈夫だとは思っていたけど。

「確認されている中で一番古い吸血鬼だから、うまく馴染《なじ》まなくて体の中で暴れ回っているんだと思う」

「ああ、だから体が熱いんですね」

アルバートは理解したように息をつくけど、私はそわそわと落ち着かない気持ちで問いかけた。

「あの、アルバート。なんでやってくれたの。あなたが一番に嫌ってる、吸血鬼の力を強くすることなのに」

「やはりあなたが引っかかっていたのはそこですか」

戦闘で乱れた服装を整えていた彼は、少し眉を顰《ひそ》めつつ呆《あき》れ顔《がお》になった。

その通りですよ、私が言い出せなかったのは。

アルバートは自分の中に流れている吸血鬼の血を嫌悪している。合理的ではあるから必要な時に能力を使うことをためらわないけれど、むやみに振るおうとはしない。だから、アルバートがコネクトストーリー通り自分から言い出してくれたことが驚きで、戸惑っていたのだ。

勇者に対してゲームの彼が言った台詞《せりふ》は、一言一句覚えている。

『なぜかだと？』

不機嫌そうにかすかに眉を上げたアルバートは、しかしほんの少し口元を緩めるように笑うのだ。

『まあ……お前なら、どんなやつだろうと受け入れるだろう？』

それが、公式ではじめて見せたアルバートの微笑で、感涙すると同時に、ちがわいあんただから受け入れるんだ！　と絶叫したものだ。

だが今の彼はどう言うのだろう。

私が不安と期待におずおずと見上げていると、アルバートはふ、と表情を緩めた。

気のぬけたような、なんでわからないのだとちょっと咎《とが》めるような素の表情だった。

「なぜって……あなたなら、どんな俺でも『俺』なら受け入れるでしょう」

心臓一発。

からかうように、けれど確信に満ちたその声音には屈託が一切なくて。

ゲームの言葉と似ているようで決定的に違う。

まさにその通りなのだ。私はきっとアルバートがやむを得ない事情で本当の吸血鬼になったとしても、絶対に萌《も》え転がる。

アルバートだったら推せる。愛してるのだ。

でもちゃんと伝わっていたことに、体の真ん中を打ち抜かれたような衝撃と嬉《うれ》しさと感慨深さで泣きそうだった。というか気がついたら目から涙がぼろぼろ落ちていた。

「ちが、いまぜん!!　アルバートが生きてたらそれでいい!!」

「泣くようなことですか、未だにあなたの琴線にどう触れるかわかりませんね」

ちょっとアルバートの声が呆れていたけれど、違うんだこれは感動の涙なんだ。

よかった、無意識卑屈がなくなったんだ。自信たっぷりアルバートもめちゃくちゃ推せる。

語彙《ごい》力を溶かしながらぐすっひっくと脇目も振らずびしょびしょに泣いていたのだが、視界が白に染まりかけた。

あ、やべ貧血だ。足下をふらつかせると、アルバートがすぐ支えてくれた。

すまない、いつもより血を沢山なくしているし、魔力ごっそり使ったから、足に来てるわ。

「大丈夫ですか、今回はぎりぎりまでもらいましたから」

「ひっく、歩かなければまだなんとか。アル、ちょっとこっち向いて」

今のアルバートは平気そうにしているけど、異物とも言える魔力が暴れ回っているのはしんどいだろう。このままだと吸血鬼としての側面が強くなって、ヴラドと同じようになる。私も色々足りてないけど、今対処しといた方が良い。

だから、大人しくこちらを向いてくれた彼の胸に体を寄せた。

私の魔力が少なくてちょっと心配だけど、このゼロ距離ならなんとかなるだろう。

アルバートの体が硬直した気がしたが、その前に私は目をつぶっていて彼の体内にある魔力を探っていた。

聖女が使う浄化の魔法では魔力の色を見分けるのが初歩なのだ。

いつも見ているアルバートの魔力の他に、もう一つの魔力が渦巻いている。さらにもう一つ淀《よど》んだ……異物を見つけた。これが魔力が混ざらない原因だ。反発し合って体の中で暴れ回るもの。

私はそれに自分の魔力を慎重に伸ばして包み込む。

浄化するには今の力では足りないけど、抑えれば当分は大丈夫だ。

「ひとまず抑え込んでみたけど、どう？」

「エルア様……」

吐息を含んだ声音で呼ばれて、私ははっとした。

あれ、まって自分でやっておいてなんだけど、めっちゃ距離近くない？

見上げてしまって後悔した。

アルバートの赤みが残る紫色は熱を帯びていて、乱れたままの髪は隙がありそうなものなのに、目が離せなくなるようなある種のすごみが滲《にじ》んでいる。魔力の荒ぶりは抑え込んだとはいえ、まだ戦の昂揚《こうよう》はそのまま。要するにアルバートの色気がダダ漏れだ。

血の気が引いていたはずなのに、彼の瞳《ひとみ》に宿るそれが私に熱を移してくる。

めちゃんこ魅力的で、めちゃんこ尊くて。

なにか言わなきゃと思っても、全然うまく声が出なくて、とっさに身を引こうとしたら腰に大きな手が回ったうえに抱き上げられた。

「え、あ」

「離れないでください。もうすこし、このまま」

耳元で、吐息を吹き込まれて硬直する。

だって熱が消えないまま、心地よさそうに目を細めながらすり寄ってくるアルバートの顔が美しくて。その眼差《まなざ》しが捉《とら》えているのは私だ。勝手に喉《のど》が鳴った。

頭がふらふらして、でも逃げられなくて。

抱き込まれた上でアルバートが近づいてくるのを、ただ見ていることしかできなかった。


ドゴン！！！

壁の一部が破壊されるまでは。


瞬時にアルバートが私を片腕に抱き込んだまま、応戦のために身構える。

けれど壁の瓦礫《がれき》を乗り越えて現れたのは、白い髪をなびかせて、萩月《はぎづき》を携える千草だ。

燕尾服《えんびふく》は所々すすけていたり返り血で汚れていたりしたけど、怪我《けが》はないようだ。

「エルア殿！　ご無事、か……」

千草は私の姿を見つけたとたんぱっと顔を輝かせていたけれど、私がアルバートに抱き上げられているのを見て、すぐに顔を真《ま》っ赤《か》に染めてあわあわとしだす。

「あ、その、外はあらかた片付けたゆえ、匂《にお》いと勘を頼りにはせ参じた次第であったが、邪魔でござったらそ、外に」

「うううううん⁉　ぜんっぜん大丈夫だから！　来てくれてありがとうっ！」

正直ナイスタイミングだと思った！

私が慌ててアルバートの腕から下りようとしたけど、またくらっときたせいで彼に抱え直された。

い、いや確かに歩くのはこりゃ無理だと自覚したけど！　アルバートに抱えられるのもものすごく心臓に悪いんだよお⁉

もういつも通りに戻ったアルバートは小さく息をついて、咎めるように見下ろされた。

「気を失ってもかまいませんから、大人しくしていてください」

「ふぁい」

推しの言葉は絶対だ。顔を覆って衝動をなんとか堪えた私は、アルバートのぼろぼろになった上着にしがみつく。

ただ、私の推しは最強だけれども。

やっぱり戻ってきてくれてよかったと、そう思った。

言うことをちゃんと聞いた私に、アルバートが穏やかに言った。

「では、帰りましょうか」

「……うん」

「う、うむ？」

状況がよくわかっていない戸惑いがちな声の千草にちょっと笑っていたら、アルバートがくしゃり、と私の頭をなでる。

その手がいつもより気安くて、なけなしの正気ごと意識が飛んだのは余談である。

エピローグ　私の推しは尊い

そんなこんなでコネクトストーリーバッティングを乗り越えたわけなのだが。

ゲームではそこまでしか描写されなくても、当たり前だが現実になるとその後も続いていくのだ。

というわけで、翌日から私達はコルトヴィアと共に後始末に奔走した。

だってなあ、数百年形を変えながらも裏社会を支配していた組織が一つぶっ潰《つぶ》れたのだ、むしろこっちの方が本番かっていうくらい忙しかった。

魔力も血も足りてなかったけど、萌えパワーを全力投下して走り回ったさ！

トップを失ったことで空中分解した茨月会《いばらづきかい》は、案の定関わっていた貴族が次の長を決めるために骨肉の争いを繰り広げかけたけど、そこはコルトヴィアと私がありとあらゆるつてと根回しとハッタリで封じ込めた。

無事あのカジノもコルトヴィアの傘下に入ってクリーンな経営体制になって大満足だ。

さらにコルトヴィアは、今回の件を利用して着実に吸収統合しつつ勢力図を広げていったようだ。

あんまり目立ちすぎると、他の組織から警戒されるからとある程度協力体制を取りつつ、だけど一番おいしいところはかっさらっていく手腕はさすがだなと思ったさ。

コルトヴィアが生き生きと戦国時代的な裏社会の権力闘争に身を投じている姿はビビるけれども。

びっくりするほど艶《つや》が増して美人に磨きがかかっているんだよな。戦場で輝く人なんだと再認識したもんさ。サウルくんが目をギラギラさせて食らいついているのもなかなかかっこ良かった。

もちろんコルトヴィアは、リヒトくんと縁をつないでくれたからさらに安泰である。むふふ。

これで一つ、私の肩の荷が下りたというものなのだが……。


私がいつものごとくアルバートと執務室で仕事をしていると、萩月《はぎづき》を携えた千草《ちくさ》がはつらつと入ってきた。

「エルア殿！　コルト殿の助太刀《すけだち》から戻ったぞ」

今日の彼女はたっつけ袴《ばかま》だ。ただ時々洋装もたしなむようになってくれていて、私の目の保養になっている。

「おかえりなさい。千草さん、どうでした」

「また一つ人買いのシンジゲートを潰してきたぞ。敵の首級を上げてきた」

おおう？　ちょっと偵察に行くだけの任務って話だったけど、そうかー潰しちゃったのかー。

褒めて褒めて、と言わんばかりの彼女は、そういえば仲良くなると勇者くんの敵の首を真っ先に狩りに行く戦闘狂《バーサーカー》だったな？

イベントストーリーだとすぐに刀や手が出るし、猫みたいに獲物を見せびらかして褒めてもらおうとするし、ちょっと強い相手には軽率に鯉口鳴らしていくから「血みどろかわいい」なんて呼ばれてたっけか。あれれぇ？　よく見たら足下の袴がちょっと血に染まってないかい？

確かににこにこ全力で懐きにくる千草は血みどろかわいいけども。

内心首をかしげていたが、千草から渡されたコルトからの手紙には、彼女のめざましい活躍に感謝の言葉が綴《つづ》られていて、また頼むって書いてあるし、いいのかな。

アルバートも何も言わないし、悪いことにはならなかったんだろう。

「ありがとう、助かります」

「うむ！　コルト殿の傘下へ入った吸血鬼達もエルア殿が施した術のおかげで、暴走せずに働けているようだ。オルディファミリーも吸血鬼達も皆ほっとしているようでござった」

「良かった、コルトの所は少数派種族の避難所みたいな役割をしてくれているから。大丈夫だとは思っていたけど」

吸血鬼は人間に戻ることができないけど、飢餓状態になると凶暴化する発作は、聖女の浄化の力で消し去れる。だから、私はコルトヴィアを通じてカジノや茨月会に隷属させられていた吸血鬼達に、問答無用で浄化の魔法をかけたのだ。

そうすりゃ、人間と見るや襲いかかるようなことはなくなるので、普通の生活ができる。

「吸血鬼の吸血行為って、緊急補給や能力強化の側面が強いもんねえ。まあ、魔族としては『強さ』を捨てるようなものだし、受け入れられない人も居るだろうけど。普通のご飯だけでも生きていけるものね」

「元々望んで吸血鬼になった者の方が少数ですから、少しでも人と同じ生活をしたいと願う者は多いでしょう」

私から渡されたコルトの手紙をざっと読んでいたアルバートがそう言いつつも、表情に冷めた色を浮かべた。

「ただ、味をしめて戻れない愚者もいますので、そちらはなるべく早く処分いたします」

するとと千草も、金の瞳に闘争を渇望するような熱を灯《とも》している。

「そのような輩《やから》は斬って捨てよう。狩りには同行する」

「当然です。……さっさと教え込みましょう。夜と闇《やみ》の覇者は誰《だれ》なのか」

「エルア殿だな」

ねえ千草、アルバート。あなた達が通じ合ってますって感じにあくどく笑う姿に今私すごくきゃ――！　すてきー！　と心のペンライトを振り回したい気分なんだけど。

最後にどうして私の名前が出てくるのかしら。

「ねえ、夜の覇者って言うんなら、アルバートじゃないの。真祖の力使えるようになったんでしょう？　吸血鬼を従えることはできなくても、かなりのパワーアップになってるはずだけど」

そう私が言っても、アルバートは曖昧《あいまい》に微笑《ほほえ》んで無言を貫くだけだ、ぐぬう。

そう、アルバートはヴラドの血を取り込んだことで、能力が大幅に底上げされていた。

コネクトストーリーをクリアすることで、キャラクターのスキルや能力値が強化されるのと同じ現象が起きたのだ。

その結果、アルバートは日下の吸血鬼《ディウォーカー》といっても過言じゃない能力を手に入れた。

ただ、真祖に成り代わったわけじゃないから、その血でつながった吸血鬼達を完全に従えること

はできなかったようだ。

さらにまだあの騒ぎから半月ほど。魔力の取り込みはなんとかなったのだが、飛躍的に増した魔力や体の変化に慣れずに調整をしているところだ。私も彼の中にある異物の魔力を浄化するために協力している。

しかも、真祖が死んだことはすぐに血に連なる吸血鬼達に伝わった結果、アルバートの体内にある真祖の血を手に入れようと古い血の吸血鬼達が現れるようになっていたのだ。

アルバートは自分の能力に慣れるため、千草は私に害が及ばないように夜な夜な狩りに出ていた。

私としては、なんか知らない間に二人がツーカーな感じになっていてびっくりするんだけども。

そもそも千草はアルバートが吸血鬼だって知ってもあっさり納得していたんだよ。

「というか、アルバートはどうして兎速《うそく》ができたの？」

あのヴラドとの一騎打ちで見た光景を思い出して、いや何度も脳内再生でもだえていたけれども、聞く機会がなかったそれを口に出す。

すると、アルバートがああ、と答えてくれた。

「もしもの時のために彼女の戦の癖を観察していたんです。兎速《うそく》は兎《う》族ならではの脚力と身体の柔軟さ、そして動体視力で成立する歩法ですから、俺が限界まで身体能力を引き上げれば可能と少々訓練をしていました」

「ふむ、確かに拙者、鍛練場で何度か披露していたからなあ。それで再現するとはアルバート殿はとても筋が良い。兎族以外でこれを跳べる者がいるとはあっぱれだ」

ふおう、さすがアルバート！　って思ったけど、それって良いの？　技を盗んだって言っているんだけど！

隠しもせずに言うアルバートに、だけど千草は気を悪くした風もなく飄々《ひょうひょう》としていた。

「ふむ。ただあまり妙な癖が付く前に直しておいた方が良い。共に修行をしようぞ。貴殿の戦い方はこの半月で把握しているが、実際に手合わせもしたい」

「本気でやるぞ」

「うむ、でなくては手合わせにならぬからな！　望むところだ」

うっ推しが、推しと会話をしている！　ゲーム上では見られなかった日常シーンを生で間近で見ることができるこの幸せよ！　二次創作と妄想で何度も幻覚を見たけど公式に勝るものはないんだよおおおお‼

「エルア様、もだえる前にきちんと口にしてください」

「推しが尊い」

「良くできました」

口を押さえて真っ赤《まか》になる私に、アルバートが仕方なさそうにぞんざいに返してくれた。

千草は相変わらず私が萌《も》え転がるのに慣れないらしく、完全に引いた顔をしている。

すまない、すまないだがこれは無理なんだ。十年経《た》っても悪化するばかりの病気だから……。

だけどアルバートはお気に召さなかったらしい、眉《まゆ》を寄せつつ千草に言った。

「千草、これからもエルア様のそばに居るのなら慣れろ」

「うむ、うむ……彼女が少々想《おも》いが深すぎるだけなのはわかっているからな……」

「あの、すみませんお見苦しいところを」

そんな言い聞かせなくて良いいし納得しないでいいから。ぶっちゃけ私の方が失礼なことをしているわけだし。

けれども気を取り直した千草は、柔らかい表情を向けてくる。

「いいや、エルア殿のそれは生きるための原動力なのだろう。拙者がその一つとなれていることは、面はゆいが嬉《うれ》しくもある。気にしないでくれ」

え、いいの？　いいの？　でもやっぱりもう少し、千草の前では頑張って抑えよう。

でもだいぶお付き合いが長くなってしまったから気が緩んでしまうのだよな……。こまった。

「じゃあ、ありがとう。千草さん」

「うむ」

千草はうさ耳をぴんと立てて嬉しそうにしながらも、すまし顔を保っていた。

けれど思い出したように懐に手を入れて、そこから包みを取り出す。

「では此度《こたび》の金子でござる。これにてひとまず拙者を買い取った際の金子分は完済できたでござろうか」

「ええと、うん。そう、なんだけども」

彼女は食客のつもりだったから、お金に関しては返さなくて良いと今でも思っている。

それでも気にするだろうから、彼女を救い出したときにかかった金額の返済を提案したのだ。

それもコルトの所にお手伝いのバイトや、夜な夜なのお勤めで無事完済した。

すでに千草の萩月《はぎづき》は取り戻せているのだから、リヒトくんとユリアちゃんと出会うストーリーを進めても良い頃合いだ。だから、送り出してあげたいのだけど。なかなか言い出せなかった。

だって、好きなんだもん。推しなんだ……。

私が悶々《もんもん》としていると、千草はひどく晴れやかな表情になる。およ？

「ではようやく、この言葉を口にできる」

言うなり、腰の刀を引き抜いた千草は、私の眼前に膝《ひざ》をついたのだ。

もちろん私の脳内は大混乱に陥った。

え、そ、その座り方は！　跪座《きざ》！　しかも刀を脇《わき》じゃなくて膝の前に置いているだと⁉

十和《じゅうわ》でそれは主《あるじ》に対して敬意を表す体勢だぞ！　それって、勇者や聖女にすらしたことがなかったはず。それをなぜ私にするのっ。

「え、え、千草さんなにして……⁉」

もちろん座ってなんかいられずに、椅子から立ち上がって彼女に駆け寄ると、千草は月のような金色の瞳《ひとみ》でまっすぐ私を見上げた。

そうして表情を引き締めると、彼女の端整な顔立ちが際立つ。

「エルア殿の身辺はまだまだ物騒なご様子。専任の用心棒は要り用ではござらんか」

千草の意図に気づいてしまった私は、ひぐ、と息を呑《の》んだ。

ここに居ると、言いたいのか。彼女は。

「あええと、その、必要といえば、必要なん、です、けど。千草さん、でも私は……」

私は兎月《とげつ》千草が望むような主ではない。この世界の裏側でひたすらうろちょろするだけの存在だ。表舞台には絶対に上がれない。彼女はいくらでも華々しく明るい未来が選べるのだ。いくら私が好きでも頷《うなず》きはしない。

けれど、彼女の金の眼差《まなざ》しは揺るがない。どころか私に向けて、前に置いた刀を両手に捧《ささ》げ持《も》ったのだ。

言葉を失って馬鹿みたいに立ち尽くしていると、千草の金の瞳が和らいだ。

「貴殿は己のことを悪だと申すが、拙者とてひとたび刃を抜けば、一匹の獣になりはてる。師には主を見つけられぬ限り、己の心根で牙《きば》を振るうなと言われていたほどだ。しかし、拙者は貴殿に出会い、まっすぐに想い人を慕い愛するその生き様に惚《ほ》れ申した」

「ひっ」

彼女の率直な言葉に、勝手に悲鳴が漏れた。

私、隠していないのに彼女はそういう風に言ってくれるのか。

「貴殿が何を抱えているかすべては知らぬ。拙者はおそらくアルバート殿とは違い、教えていただいても理解できぬだろう。ゆえにこの牙を捧げたい。主殿の大義を果たす刃のひとつとして使ってはくれまいか」

私は身のうちからぶわりとこみ上げてくる熱に顔を真っ赤にした。

牙を捧げる。彼女のその言葉の重さを私は知っている。だって千草のフレーバーテキストは全部読んだもの。

何があろうと、唯一無二の生涯付き従う相手に捧げる鋼の言葉。何があろうと信じ抜き、その時に捧げた言葉を、牙を以《もっ》て貫き通す。

その固い誓いを、推しの渾身《こんしん》の願いを断れるだろうか。

私はからからに渇いた喉《のど》につばを送り込んで、震える声を絞り出した。

「一生、表舞台には上がれないですよ」

「貴殿の傍らがこの牙を披露する最高の舞台と心得よう」

「あの、それと、私奇声上げるのやめられませんよ」

「……そ、それは拙者が慣れよう」

苦笑いをする千草に、私の心臓が壊れそうだった。

手汗がやばい。どうしよう、良いのかな。また一人、ゆがめてしまって。

千草は、ゲーム時代で言うとガチャ産のキャラクターだ。メインストーリーに顔を出すことはあれど、確定で仲間になるキャラクターじゃない。

だから、絶対にリヒトくん達と合流させなければいけないわけじゃない。

なによりここまで言わせてしまったのに、だめですなんて言えるか？　いや無理だ！

彼女の思いに報いたかった。

「じゃ、じゃあ、よろしくおねがいいたしまう」

噛《か》んだ。大事なところで噛んだ。

やっぱり推しの前で平静を保つなんて無理なんだ！

ぶわっと、羞恥《しゅうち》で顔から火が出そうだ。もう穴に入りたい。墓に入らせてくれ。頼む。

だけど、当の千草は心底嬉しそうに目を細めるだけだ。うさ耳も上機嫌を表すように揺れていた。

「この牙が折れる時まで、そばに」

萩月《はぎづき》を両手に捧げ頭《こうべ》を垂れた千草の、ささやくように静かな誓いの尊さにいっぱいいっぱいすぎて、全力で叫んだ。

「絶っ対に最高の戦舞台を用意しますからああああ！！！」

きょとんとした千草だったけど、楽しげに笑う。

「はは、さすがエルア殿、拙者のことをわかっている！」

無邪気でありながら、まだ見ぬ戦場に昂揚《こうよう》するその表情が魅力的すぎた。

いっそ殺してくれと思いながら、私は天を仰いだのだった。

◇◇◇

晴れ晴れとした顔で鍛練場に行った千草を見送った私は、感情の起伏に耐えきれずにソファで休憩タイムに入っていた。

うん、無理。千草が残ってくれたことは嬉しいんだけれども。

「うう、どうしてこうなった」

「自業自得です」

お茶の準備をするアルバートにばっさりと切り捨てられた。

私が何をしたというんだ。推しの衣食住を完備しただけだもん。しかも……、

「推しに気楽に呼びかけるなんてハードルが高いんだよぉぉ……」

「慣れてください。良いって言ったのでしょう」

「言ったけどぉ……あんな寂しそうな目で見られたら断れないって」

そう、これから主と臣下になるのだから、千草に敬語はなしということになってしまったのだ。

まあ千草は砕けた関係を好むけども、しっかりと線引きはするタイプだからこういうことになるのは当たり前なんだけど。嬉しすぎて困ってしまうのだ。

差し出されたお茶をちびちび飲みながらも全然気が休まらない私に、アルバートは無情だ。

「あれだけ彼女を口説いたんですから、責任を取って召し抱えてください。彼女のように純粋に強い護衛役は、居てくれた方が俺も行動の幅が広くなりますし」

まさかアルバートがそんな風に考えているとは、千草のことでちょっと思うところがあったみたいだからとても意外だった。

それが顔に出ていたんだろう。アルバートが肩をすくめる。

「あなたがやろうとしているのは、勇者達が魔神に負けないように彼らを鍛えることです。はっきり言って普通の人間なら正気を疑いますし、これからどんどん過酷になっていく以上、戦力はどれだけあっても足りません。さらに言えば勇者と聖女がまだあなたをあきらめていませんから。こち

らも対抗できるように増強したい」

「いやリヒトくん達は敵じゃないよ……？」

「何があるかわかりませんからね、念のためですよ」

アルバートしれっと言ってるけれども、どう料理してくれようか感たっぷりだよね？

確かにあの仮面舞踏会の後、リヒトくんとユリアちゃんは私を捜し回っていたみたいでひえってなったけど。まだ、大丈夫、だいじょうぶ。

「ともあれ、あなたが見込んだ千草であれば問題ないでしょう」

「アルバートの懐が深すぎて、推せる要素しかない」

あんまりにあっさり受け入れられて、申し訳ないやら嬉しいやら。あとちょっと肩すかしを食らわされた気分というか。

「元々、あなたの覚えている人物をもう何人か、こちらの陣営に引き込めたらとは思っていたんです。それがたまたま彼女だったってことですよ。……確かに戦いやすくもありますし」

アルバートがぽそっと呟《つぶや》いた言葉に、私は一気にテンションが上がる。

「でしょでしょ！　彼女は強いんだけれども搦《から》め手《て》の攻撃にはすごく弱いから、アルバートの弱体化や封じ込めが役に立つんだよ！　逆にアルバートのあと一歩火力が足りないって時には彼女の瞬発力がかみ合うんだ。うふふ後は回復役か強化役が居てくれれば最強パーティの完成で……あ」

うっかり語ってしまってぴたりと口を止めた私に、アルバートはやんわりと生ぬるい表情を浮かべている。

「ごめんついつい語っちゃって」

「かまいません。その態度であなたが千草に対して、一切男女の情をはさんでいないことがわかりますから」

「い、いきなりぶっ込むね」

「聖女と女性化した勇者のもしもの話を聞かされたこともありますから、可能性は考えますよ」

「その節は大変申し訳ありませんでした！」

昔の話だけど、まさかアルバートが聞いているとは思わなくて百合《ゆり》妄想垂れ流しにしちゃったんだよ。事故なんだ！

とはいえ私が机に額をこすりつける勢いで頭を下げると、小さく笑う声がする。

今のアルバートがよくやる、吐息が多く含まれた完全に気を許した笑みだ。

「だから、いいんですよ。あのときの言葉で吹っ切れましたから」

今、きっと彼はとても良い顔をしている。

直感した私が顔を上げると、アルバートはひどく愉快げに表情をほころばせて私を見つめていた。

「だって、あなた以外の誰かと幸せになる俺が許せないんでしょう？　あなたが俺を幸せにしてくれるんでしょう？」

ヴラド戦の時に言ってしまった自分の言葉が、時間を超えて瀕死《ひんし》の重傷を負わせてきた。

ぶわっと羞恥が襲いかかってくる。うわあああんん。ごめんなさい、ごめんなさい！　つい口走っちゃったんです。

「わ、わすれ」

「忘れるわけがないでしょう。あとなかったことにもしません。ほら俺から目をそらさないでください」

「ふえ」

羞恥に耐えきれずに視線を逃そうとすると、アルバートに両手で頬《ほお》を包まれて戻された。顔面暴力とも言えるその美貌《びぼう》をまともに見て勝手に頬が熱くなる。

「あ、あのちょっと近くないですか」

「最近はこれくらいの距離感だったでしょう。だけじゃなく俺を隅々まで探り尽くしていたんですから今更では？」

「そ、それはあなたの真祖の魔力を馴染《なじ》ませるためで純粋なる治療行為でしょ⁉」

三次元の推しにそんな卑猥《ひわい》なことなんてしないよ！　からかわれているのはわかっていても声がうわずるのは抑えられない。

ひどく楽しげにしていたアルバートだったけど、少しだけ憂いをともらせた。

「俺ばかりがあなたを求めているようで業腹だったんですよ。あなたは思いの丈を叫んではくれますが、俺に望んではくれませんし」

ざっと血の気が引く。顔が良い、なんて思っている場合じゃなかった。

なぜなら私だって本当にアルバートの恋情を受け入れて良いのか、私も本当にこれが恋だと言っていいのかわからなくて。彼がなにも言ってこないことに甘えて、今までと同じ関係を続けていたんだから。それで彼を不安にさせてしまったのならファンとしても主としても大失格じゃないか！

とにかく謝らなければ！

「ある……」

焦った私が声を上げる前に、アルバートはするりと手袋に包まれた指先で頬をなでた。

そのささやかな感触だけで、私は声が出せなくなる。

「まあ、いいんです。そういうあなたに惚れたのが俺ですから。ただ、詫《わ》びはしてくれる約束ですよね」

「も、もちろん！　私にできることなら何でもいいよ。ばっちこい！」

なんとか声を張ったはいいが、完全に空気をぶち壊しにしてしまう返事になった。

うわあああ私のばかぁ！

しかし、アルバートは私のそういう反応はわかっていたのかちょっと苦笑するだけで、紫の瞳《ひとみ》で私を覗《のぞ》き込んでくる。

「今からする俺の質問に、正直に答えてください」

「え」

何が来るのか、どんなことでもやってみせようと意気込んでいたのだが、そんなことを言われて拍子抜けした。

「それだけでいいの？　欲しいものとかは」

「自分で解決できるものをわざわざあなたに願いませんよ」

あ、まあアルバートの性格からしてそうか。

すんとなった私だったけれども答えないなんて選択肢はない。

「おっけー何でも聞いて」

「正直に、答えてくださいね」

アルバートの願いなら何でも叶《かな》えてみせる！

私が待ち構えていると、彼が悠然と唇の端を上げる。

「俺とキスをしたいと思いませんか」

言葉が頭にうまく入ってこなかった。

え、ちょ、まってなんて言った。

一瞬幻聴か空耳だったんじゃないかと思ったけれど、アルバートは感情の読めない淡い微笑みのままこちらを見つめている。

「き、きす？」

「ええ、キスです。口づけですよ」

念押しされた単語がようやく脳に浸透してきて、ぶわ、と様々な感情が一気に全身を冒した。

堪《こら》えきれない熱がこみ上げてきて、顔が真《ま》っ赤《か》に染まるのがわかる。

「そ、それは、あなたがそ、そのきすを、したいと、いう？」

「ちがいます」

喉《のど》がからっからになるのを感じながらもうわずった声で聞いたのだが、即座に否定された。

ひっと声が詰まり、まだ触れられたままの頬の指を明確に意識する。

完全に硬直する私に、アルバートがふ、と困ったような顔をした。

「あなたは、俺が願えば必ず叶えようとするでしょう。まだまだ俺を変に崇拝しているし、もはや反射の域で受け入れる」

「そ、そりゃあ、アルバートだし……最推しだし……なにされてもいいし……」

ぐずぐずと私が言いよどんでいると、アルバートの表情が固まった気がしたけれど、すぐに大きく息を吐いて引き締められる。

「ですが俺は強欲なもので。あなたに俺と同じ温度で望んで欲しいんですよ。少しずつ陥落させていこうと思ったのがそもそもの間違いでした」

そういえば、アルバートが普段と違う言動をしたことがあった？

「もしかして、千草が来た直後に聞いてきたことも……」

「あれは話運びを失敗しました。意識させるつもりではありましたが、違う方向に行ってしまって……。だから、答えてください。正直に、本心から。これが俺から望むお詫びですよ」

ねえ、簡単でしょう？　と言わんばかりに微笑《ほほえ》むアルバートに、私はごくりとつばを飲み込んだ。

「こた、えるだけ？」

「ええ、答えるだけです」

からっからの喉から声を絞り出すと、アルバートはいっそ優しく頷《うなず》いた。

なのに私は蛇に睨《にら》まれたカエルの気分だった。

追い詰められたと思った。いや自業自得といえばそうなんだけれど。

アルバートはこれを私に求める詫びだと言った。だから彼の言葉に応《こた》えなきゃと思う。

けど、答えるだけだというのも嘘《うそ》だ。

だってアルバートの悦を含んだ瞳は私を逃さない。あまつさえ頬にあった親指がかすかに私の唇をなでていく。そう、肯定したら私が同じ想《おも》いであると宣言しているようなものだ。

恋愛系の経験値が底辺を這《は》いずっている私でも、二次でこういう展開いっぱい見た！

触れ方がものすごく柔くて、愛《いと》おしげで、でもその先を否応《いやおう》なく意識させる。

本気で私をどぎまぎさせにきているアルバートが、答えただけで済ませるとはとうてい思えない。

なぞられた唇が燃えるように熱かった。

「ひ、ひきょうだとおもいます」

「おや、何でも叶えると言ったのはこの口ですが？」

そう言うアルバートに、ふに、と唇をつままれた。

うわあああああこんなタラシなこと実際にやってサマになるってなんだよアルバート萌《も》え殺す気かいやそうだった‼　なんで私がやられてるんだよっ客観的に見たかった‼

そんな心の声が顔に出ていたのだろうか、頭が沸騰しきる直前、彼の指が離れる。

去って行く指先を無意識に目で追ってしまい、アルバートの顔が意地悪そうな愉悦にゆがむ。

「今日は気を失わせませんよ。ねえ、エルア様。俺とキス、したくありませんか」

今日のアルバートはまったく逃がす気はない。

どうしよう、と視線をうろつかせても、私はあの場で宣言したたし、自覚してしまった。

アルバートは私が幸せにしたい。私で幸せになって欲しい。もっとずっとそばにいたい。

彼が望むか望まないかじゃなくて、私が、どうしたいか。

理性がぐらぐらと揺れているのがわかる。

元々、主従という建て前なんて彼が私の最推しである時点であってないようなものだ。それは、私が、充分に知っている。

推しが望んでいるなら！　と答えるのはただの言い訳だ。

だってこの世界のアルバートは生身の人間として生きている。ゲームのように決まった反応があるわけじゃないんだから、彼から手を伸ばすことだっていくらでもできた。なのに、アルバートが私が推しとヲタクで主従でいたいという気持ちを汲《く》んで、そのずるさを許してくれていた。

だから私はこれを口にしたら、どうなるか。知っている。

これからもヲタクでファンで居たいのなら言うべきじゃない。

けれど、アルバートの瞳に熱を移されて、せり上がってくる欲が否と、言うのだ。

私は、気を失いそうなほどの羞恥《しゅうち》と、なけなしの勇気をかき集めて、彼の紫の双眸《そうぼう》を見上げた。

「……したい」

振り絞った三文字を聞いたアルバートは今までで一番美しく微笑んで、一瞬でどろりとしたたるような熱と艶《つや》を帯びる。

「ええ、俺もです」

よくできましたと言わんばかりに頬をなでる手は優しかったけれど、低くささやかれる声はどんな創作でも見たことがないほど甘さを孕《はら》んでいて。

見蕩《みと》れている間に距離を詰めた彼に、腰を抜かされたのだった。

今日も推しの尊さに死にながら、悪役をやってます。

あとがき

はじめまして、道草家守《みちくさやもり》と申します。あ、どちらかで私をご存じの方がいらっしゃいましたら、ありがとうございます！　お久しぶりです！

このたびは、本書を手に取って頂きましてありがとうございます。

諸事情あり、あとがきというものをしたためるのが久々で、何を書こうかなーと悩んでいるのですが、このお話を書き始めた経緯でも一つ。

作家の友人達と共に牡蠣《かき》を腹一杯食べに行った時のことです。話に花が咲きまくり、当然のごとく店をはしごして、酔ったり酔わなかったりしながら尽きぬ話題にくだらない冗談にと行きつ戻りつしていた時、ふと誰かが言い出したのでした。

「悪役令嬢物だったらどんなの書きたい？」と。

物書きでしたらそんなお題を出されたら反射的に考えるのは当然のことで、しかも場の空気やらに上機嫌に酔っておりましたのでゲラゲラ笑いながらその場の思いつきを語るわけですよ。

推しを推す悪役令嬢いくない？　というか推しの為《ため》に悪役やっちゃう令嬢とかどうよ？　え、ヒーロー？　私従者と令嬢って好きなんですよ。ただの従者じゃなくて暗殺者や殺し屋やってたイケメンがヒロインにほだされまくって従者に収まる展開が大好物でしてね。愛に冷めてるのに令嬢から全身全霊で愛をぶつけられた結果、彼女に惚《ほ》れちゃう従者とか……え、滾《たぎ》る？　やった。まてよこれつまり推しに迫られる転生者の悪役令嬢と元暗殺者現従者の恋愛物になりません？

……とまあ友人達の合の手が良すぎた結果良い感じに正気を失った私は、その場の思いつきと萌《も》えをつぎ込んで書いておりまして、そして「小説家になろう」へ投稿したのが本作の短編版でした。

やりきった感でいっぱいだったんですけど、そしたら「続編待ってるぜ！（意訳）」という感想を頂きまして……。あの性癖暴露もあり、ありがうわぁぁぁぁ！　と荒野に逃げて行きたくなりましたがそれはそれ。ならば書くしかないでしょうと、また自分の萌えとヲタク心を詰め込んで書き上げた結果、こうして紙の本としてお届け出来ることになりました。

まずお話を書くきっかけをくれた友人達にこの場を借りてお礼を。そして続編を書く原動力になってくださった読者さん達に感謝を。

刊行に当たってご助力くださった編集さん、校正さん、デザイナーさん。彼女達に姿を与えてくれたイラストレーターの春が野《はるの》かおる先生。ありがとうございました！

推しを推す情緒が楽しいエルアさんと、冷静だけどそうでもないアルバートの掛け合いににこにこしてもらえたのなら本望です！

では、またどこかでお会いできることを願って。

秋晴れの爽《さわ》やかな陽気の中　　道草家守

カドカワBOOKS

悪役令嬢《あくやくれいじょう》は今日《きょう》も華麗《かれい》に暗躍《あんやく》する
追放後《ついほうご》も推《お》しのために悪党《あくとう》として支援《しえん》します！

2020年11月10日　初版発行

著者／道草家守《みちくさやもり》

発行者／青柳昌行

発行／株式会社KADOKAWA
〒102-8177
東京都千代田区富士見2-13-3
電話／0570-002-301（ナビダイヤル）
編集／カドカワBOOKS編集部

印刷所／大日本印刷

製本所／大日本印刷

ISBN 978-4-04-073892-5 C0093

新文芸宣言

かつて「知」と「美」は特権階級の所有物でした。

15世紀、グーテンベルクが発明した活版印刷技術は、特権階級から「知」と「美」を解放し、ルネサンスや宗教改革を導きました。市民革命や産業革命も、大衆に「知」と「美」が広まらなければ起こりえませんでした。人間は、本を読むことにより、自由と平等を獲得していったのです。

21世紀、インターネット技術により、第二の「知」と「美」の解放が起こりました。一部の選ばれた才能を持つ者だけが文章や絵、映像を発表できる時代は終わり、誰もがネット上で自己表現を出来る時代がやってきました。

UGC（ユーザージェネレイテッドコンテンツ）の波は、今世界を席巻しています。UGCから生まれた小説は、一般大衆からの批評を取り込みながら内容を充実させて行きます。受け手と送り手の情報の交換によって、UGCは量的な評価を獲得し、爆発的にその数を増やしているのです。

こうしたUGCから生まれた小説群を、私たちは「新文芸」と名付けました。

新文芸は、インターネットによる新しい「知」と「美」の形です。

2015年10月10日
井上伸一郎

建築、農業、ついでにテイムもおまかせ！
異世界で村おこし始めます！
シリーズ好評発売中!!!!!
コミカライズ決定！
B's-LOG COMICにて今冬より
コミカライズ連載開始予定！
元ホームセンター店員の異世界生活
~称号《DIYマスター》《グリーンマスター》《ペットマスター》を駆使して異世界を気儘に生きます~